小醫女的逆襲 5

完

風文創 414

墨櫻 著

目錄

第五十一章

翌日清晨，陳悠一大早起身，與唐仲一行人在秦征的陪伴下去了藥樓。

今日藥樓熱鬧非凡，因為是真正藥會的第一天，所以天未亮，藥樓周邊酒樓、茶館的位置就被人訂光了。

這些進不了藥樓的人，雖然看不到藥會的審核過程，卻能第一時間知曉結果，知道參加審核的大夫展示了什麼。儘管這樣，人們還是趨之若鶩，因為藥會的一個變化就有可能影響整個藥界。

陳悠、唐仲和賈天靜三人在藥樓門口與秦征分開。

陳悠低眉間突然瞥見秦征腰間懸掛的玉珮，竟然是她過年時無奈贈與他的那塊。玉珮上綁了繐子，上頭穿了兩顆刻字的金珠，可那玉質不好，只不過是陳悠當初一時興起，替阿梅、阿杏在玉器店中挑選禮物時，畫了樣子，讓玉器行的老闆順手做的。

現在那塊怪異又質地一般的玉珮竟被秦征佩戴在身上。福娃玉珮可愛迷你，根本與秦征冷淡威嚴的氣質不相配，而且還生出一股怪異的違和感來，不知道他是怎能做到行動自然的。

她有些想笑，可是一想到秦征不顧氣質，將她送予的玉珮佩戴在身上，她心中又有些甜蜜。

陳悠嘴角彎彎和唐仲、賈天靜一道在夥計的帶領下進了藥樓內間。

秦征則直接去二樓，那裡有專門為他準備的雅間。

藥會審核的老藥星們已坐在上首，藥樓內這間花廳屬於開放式的，整棟藥樓的雅間都能瞧見花廳內的審核。

雅間內的人不是藥界巨賈，就是高門貴冑，誰也不知道民間藥局將這些雅間包給了誰。

陳悠拿了銅牌便與唐仲、賈天靜在周圍的桌邊等著。

今日要審核一百人，時間緊迫，坐在上首的六位老藥星很快就宣布開始了。這些藥星分別是來自大魏各方城池州府，坐在中間的便是這次藥會的主持杜院使。

其中有兩人來自東昌府，其餘的各出自太原府、漢中府、汝寧府，且都是清一色的男子，年紀最輕的也有天命之年，這些人是藥界真正的老藥骨，無一不是對大魏醫藥發展有貢獻的人。

上首杜院使站起身，提高聲音道：「話不多說，規矩早已說明，這就開始吧！」

過了初審坐在下首等待的大夫們，都聚精會神地瞧著走到花廳中央的大夫。花廳裡安靜非常，可每個人心中都激動難抑，陳悠也同樣凝神瞧著第一位被審核的大夫。

隨著藥徒唸出。「第一位，劉志學。」

走到中間的是一位已經花甲的老大夫，只見他跛著腿、拄著枴杖走到藥星們的面前，恭敬行了一禮。

「劉志學，你今日要展示的是何成果？」

劉大夫朝身邊徒弟招手，年輕的學徒將手中一個藥箱打開，裡面放置著陌生的植物。

陳悠瞧見藥箱中擺放的植物，微微擰眉，她總覺得在哪裡見過，但是一時間卻想不起來。

「這是何物？」杜院使問道。

已駝背的劉大夫卻一下子精神煥發，他雙眼晶亮地看了一圈整個藥樓中的人，而後得意地笑了一聲。「幾位藥星，還有各位同行，想必你們沒有人沒聽過麻沸散這三個字吧，當初神醫華佗曾說，若疾發結於內，針藥所不能及者，乃令先以酒服麻沸散，既醉無所覺，因刳破腹背，抽割積聚。但麻沸散的藥方已失傳多年，致使外傷醫診不能行，今日老朽有幸尋到與麻沸散相同功效的草藥，還請大家親眼鑑定！」

這僅僅一段話，卻令所有人都驚得差點站起來，上首坐著的幾位老藥星也都吃驚地看著劉大夫。

「此言可當真？」杜院使激動地問出口。當初唐仲在宮中給清源長公主醫治時，也提過麻沸散，不過那時杜院使未當真，而且長公主的病也用不到此湯劑，所以杜院使到現在都不知道唐仲已試出麻沸散的方子。

藥樓中議論紛紛，萬寶祥大藥行的少東家也在其中一間雅間內，他精明的雙眼盯著廳中那藥徒手中捧著的藥箱，沈聲吩咐道：「找人瞧清楚那草藥的模樣，立即畫下來，若是一會兒藥星們審核通過，即刻派人去高價收購這種草藥！可知了？」

「回少東家，小的明白，這就吩咐人去辦。」

而在萬寶祥少東家隔壁的雅間內，秦征坐在桌邊飲茶，透過紗窗，他能將下面的情景一覽眼底。

白起站在一邊，皺眉問道：「世子爺，您說這老大夫說的是不是真的？麻沸散的方子唐大夫不是已經配出來了嗎？若是這草藥能有麻沸散的作用，那唐大夫的麻沸散方子價值可就要大打折扣了。」

秦征端起茶盞抿了一口，眼神卻沒落在劉大夫以及那草藥上。他深邃的雙眸中，少女纖細的側影，微微擰起的眉宇，不禁咬唇的動作，秦征突然覺得自己有些口乾舌燥，急忙又喝了口溫茶。

白起沒得到回應，小心地瞥了主子一眼，識相地閉了嘴，不再言語，他家主子的思維根本就與他不在同一條水平線上。

對面，一間雅間窗紗突然微動，但又很快平靜下來。

唐仲和賈天靜坐在陳悠身旁都凝神看著中間那位劉大夫，賈天靜暗中捏了捏唐仲的手，給他無聲的安慰。

唐仲轉頭朝妻子笑了笑，輕聲道沒事，如果有比麻沸散更好的草藥，他是樂見其成的。

不管是麻沸散還是新的草藥，都是為了推動大魏朝醫藥業的發展，是為了大魏的千萬百姓謀利。

陳悠緊盯著中央，杜院使道：「劉大夫，你要採用何種法子來驗證這草藥的功效？可要尋得一病患來？」

每屆藥會開辦，趕來慶陽府的不但有許多各地名醫，更有許多奇怪病症的患者，他們都期望能在慶陽府舉辦藥會時，遇到替他們治病的名醫，所以審核時，絕對不會缺少出來試藥的患者，這些患者由民間藥局的專人登記過，一旦有需求，立即就能請來。

杜院使正要叫人去尋合適的病患，劉大夫卻伸手阻止了。

「杜藥星，不用麻煩。」

劉大夫的徒弟給他搬來一張凳子，而後劉大夫坐下，從藥箱中取了草藥摘取少許服下，過了半刻鐘，突然從藥箱中尋了一把小匕首，當著眾人的面撩起褲管。

當他把褲管撩起時，在場所有人都驚住了。原來這位劉大夫瘸腿並非是因為患病或是腿部受創，而是因為他小腿部都是匕首的割傷，坑坑窪窪、傷痕累累，根本就沒有一塊好肉了，有些大夫都不忍直視劉大夫的小腿。

劉大夫的徒弟也不忍心瞧師父這般自殘，阻止道：「師父，您這腿再試下去，就要廢了，還是我來吧！」

劉大夫一把推開徒弟。「我都是半截身子進了黃土的人，還在乎什麼？你在一邊看著。」

徒弟只好無奈地站到一邊。

杜院使看到也不忍。「劉大夫，你不必這樣，這……」

「杜藥星，您不用擔心，只要是能為藥界做點什麼，這點皮肉又算得了什麼。老朽醫藥一生，若是憑藉這草藥能在史上留下一筆，即便搭上這條老命也是值得的。」

劉大夫的一席話讓在場所有大夫都動容。

杜院使朝劉大夫點點頭，默許了他。其實這種實驗，不管是在誰身上做，都是不公平的，劉大夫唯有用自己的血肉之軀來實驗，才能將每次的感覺清楚地記錄下來。

陳悠瞧著緊抿著唇，不管劉大夫發現這種草藥的性狀是真是假，他的這種犧牲精神都值得敬佩。

只見劉大夫將鋒利的刀刃插進自己小腿的皮肉中，服下藥物的劉大夫經過藥星們檢查後，確實感覺不到疼痛，所有人都為這一刻驚訝歡喜，就連陳悠也有些不敢相信地瞧著眼前這一幕。

正當杜院使要宣布劉大夫通過審核時，劉大夫卻渾身一軟，癱倒下去，幸而他的徒弟在一邊扶住他，他才沒有摔倒在地。

杜院使臉色一沈，急忙上前給劉老大夫號脈，發現劉大夫臉色青紫，小腿部位竟然呈現詭異紫色。

杜院使面色徹底變了。「快將我的藥箱拿來！」

旁邊的藥徒急忙照辦，杜院使給劉大夫幾處大穴扎了針，片刻，劉大夫緩緩醒來。見劉大夫恢復意識，杜院使才抹了抹額頭上滲出的汗珠。「扶劉大夫下去，餵服緩身湯，湯後半個時辰，再浸藥浴，藥浴的方子我一會兒叫人送過去。」

身後有人應下，就要將劉老大夫抬下去。

他那徒弟卻跪在劉大夫的身邊，眼眶通紅，淚水在雙眼中打轉。「杜藥星，我師父這是怎麼了，明明這草藥是有用的啊！他都傷成這樣了，難道還是過不了審核嗎？」

杜院使嘆口氣。「你師父這是中毒了……因多次服用這種草藥，毒素在身體內累積，若現在不及時疏散排出體外，以後全身都將麻木失去知覺！」

劉大夫的徒弟低著頭，淚水流了滿臉，師父辛苦三年的心血就這麼被否定，他著實為師父覺得不值。

「為什麼！這草藥明明有麻痺止痛的作用，為何不行？」

杜院使搖搖頭。「先不論這草藥毒性如何，是什麼症狀，但瞧你師父身上的這些副作用便不成，抱歉，我們不能讓劉大夫通過。」

陳悠突然腦中一閃，這種草藥她見過，她曾經在藥田空間的那些醫書中看過。這種草藥叫蛇紅，莖葉內都是毒素，確實有麻痺的功效，但是它會積毒於五臟六腑，很難排除體外，而且降低免疫能力，服用這種草藥後，會經常患病，時日一長，藥食無醫。

劉大夫被杜院使讓人帶下去後，藥樓中一片感慨唏噓之聲。

接下來十幾人的審核一個多時辰便過去了。二十五人之中，只有兩人過了審核，獲得參加藥會的資格，一人是因治癒了瘧疾，另一人則是發現了一種新的草藥，並研究此種草藥的性狀。

下一個就輪到唐仲。等到藥徒唸到唐仲的名字，他深吸一口氣，起身走到中央。

陳悠笑著瞧唐仲的背影，不知唐仲說出麻沸散時，場中會是何情景。

「華州唐仲，行醫十六載。」

杜院使朝他看過來，一雙眸中帶著探究。「我當是誰，原是劉太醫的女婿。」

劉太醫在太醫院中本就與杜院使有些不對盤，二人可說是吵了多年的死對頭，杜院使雖不至於在審核時對唐仲不公，但是口頭上倒是會給他些氣受。

再加上清源長公主的事，杜院使對唐仲更沒有什麼好印象。杜院使這句話一說，藥樓中頓時一片議論之聲。坐在雅間中的劉太醫瞧見老對頭這樣為難唐仲，氣得罵了兩聲「老不死」。

唐仲面色不變，朝杜院使又行了一禮。

杜院使不耐煩道：「這麼多禮做什麼，沒瞧見還滿藥樓的人等著，還不開始？愣著幹麼？」

唐仲也不惱，轉身對滿藥樓的人高聲道：「今日我要向大家展示的之前已有大夫提到過。」

他一句話說出來，引來陣陣議論。大夫各有所長，能過初審，進入藥星審核的大夫都可說是技藝精湛，這麼多屆藥會舉辦下來，幾乎沒有人展示的成果是一樣的。唐仲這麼說，當然引起討論。

杜院使朝身邊的藥徒使了個眼色，藥徒會意，急忙走到中央，大聲叫大家安靜下來。

片刻，藥樓中恢復安靜，唐仲才繼續說道：「實不相瞞，在下已尋到真正麻沸散的藥方！」

唐仲從袖袋中拿出一張寫滿字的宣紙，朝杜院使走過去，而後雙手捧著宣紙遞到杜院使面前。

「你說什麼？」杜院使驚得從桌前站起來，而後意識到自己有些失態，而且之前又有劉大夫的事情，他很懷疑這方子的真實性。

藥樓中大夫們的表情一點也不比杜院使少吃驚，他們紛紛盯著那張在杜院使手中展開的薄薄宣紙，恨不能立即衝上前奪過來親手查看。

「你要如何驗證？」杜院使看完藥方後嚴肅著臉詢問。

「唐某願現在向大家示範。」

杜院使准許，唐仲吩咐旁邊的藥徒去準備，不多時一個病患便被帶來。

陳悠捏了捏手心，儘管知道唐仲不會出差錯，但她還是為他緊張。

病患是右手小臂上有一道一尺來長的傷口，幾乎要疼暈過去，傷口深及經脈，若不縫合，將會有生命危險。

但是這種傷口縫合時太過疼痛，病患很可能因為過度疼痛，休克窒息而死，這個時候便需要麻沸散。

唐仲當著所有人的面，餵了病患喝過麻沸散後，開始縫合手術。不久後，手術成功結束，病患被唐仲刺激穴位醒過來。

所有人都驚到忘記說話，一時之間，藥樓中鴉雀無聲，還是杜院使最冷靜。「果真是麻沸散，日後外創之症便可突破了，實是我界之幸，恭喜，唐大夫獲得藥會的資格！」

二樓雅間內，萬寶祥大藥行的少東家也正盯著唐仲的背影。「快去尋人打聽這麻沸散的方子，結交這位唐大夫！我們藥行的人定要第一時間知曉！」

身後的手下急忙應了，飛奔出去辦事。這邊藥樓中還處於驚喜中，外面早已因為藥樓中的變化忙得天翻地覆。

待到三十五位過後，上午的審核算是完成了，剩下的人用過午飯後接著審核。

陳悠與唐仲、賈天靜還未走出藥樓，便被大夫們圍住，紛紛詢問唐仲是如何還原神醫華佗的麻沸散方子。唐仲正被問得頭痛，陳悠也被身邊這些大夫擠得難受，白起忽然帶著人擠進來。

「不好意思，各位大夫，唐大夫還要與我們世子爺一起用飯。」白起這句話一出來，這些熱情的大夫才不甘心地散開。

他們雖然好奇，但並不敢得罪官家的人。

被白起帶著的手下護著，唐仲、陳悠和賈天靜才安全出來。

「唐大夫，咱們世子爺早料到會這樣，便派我帶人在一旁守著，還是我送你們直接去得月樓用飯吧！」

於是，他們跟著白起去得月樓用飯。因下午審查的時間更長，他們吃完飯後只能歇上一會兒，稍晚又得回到藥樓中。

另一廂的秦征從藥樓雅間中出來，秦東恭敬跟在身後。「世子爺去哪裡用飯？」

「得月樓。」

秦東趕忙招來屬下去辦。

秦征方出雅間，就遇到熟人。

李霏煙款款走來，精緻的妝容、華貴的衣裙、鮮妍的容貌，在外人看來真不愧是建康金誠伯府的嫡三小姐，當今國母的親妹。但是秦征眼神變都未變，他就像是未看到李霏煙一樣，轉身離開。

「秦世子，多日不見，莫不是連我的容貌也記不住了？」李霏煙巧笑嫣然地喚道。

她這一聲喊，許多雙眼睛就帶著探究的目光看過來。

秦征深眸沈了沈，李霏煙完全是故意的。

秦征無法，只好停住腳步，回身道：「李三小姐，有何貴幹？」

李霏煙朝雅間看過去，秦征伸手做了一個請的姿勢。

兩人進了雅間，冷面護衛便在外頭守著。

「沒想到，這藥界之事，皇上竟然交給秦世子。」李霏煙逕自坐下，青碧替兩人各倒一杯茶水放在兩人面前。

秦征笑了笑沒接話，李霏煙便大膽地直直打量他，秦征今日著一身淺灰色用銀線勾勒祥雲暗紋圖案的長袍，烏黑的長髮束在腦後，上配一玉冠。修長挺拔的身姿如林中修竹，氣質凜然，外形完全就是少女殺手。

李霏煙目光掃過他繫著五福玉帶的腰間，本是有些陶醉的眼神，突然陡變。她有些猙獰地盯著秦征腰間那塊形狀詭異的玉珮，簡直不敢相信心中突然冒出的那個猜測。

「福娃」玉珮！簡直太有現代氣息了，一個歷史上根本不存在的大魏朝絕對不會有這種東西！這個到底是誰的？

李霏煙本還得意的臉上就好像被澆了一盆冷水，而後冷水瞬間凝結成冰，將她凍個半死。

這裡除了她，竟然還有其他的穿越者？怎麼可能！

秦征奇怪地瞥了李霏煙一眼，不明白她什麼話都沒說，情緒為何這般不穩定。

「妳有什麼話說？」秦征話語中帶著不耐煩，在她面前一刻，就會讓他想起前世這個惡婦的所作所為。

李霏煙還是經由青碧提醒才回過神，不再盯著秦征腰間的玉珮，她甜膩地一笑，只是這個笑容與以往相比都要顯得僵硬許多。

「沒想到在這裡也能遇到秦世子，我瞧今日秦世子這腰間的玉珮有些特別，我看了也很歡喜，不知秦世子可告訴我來處，過幾日我也去尋師傅刻幾個。」李霏煙邊說邊打量著秦征。

「若只是為了這些雞毛蒜皮的小事，李三小姐還是去尋刻玉的工匠吧，恕不奉陪，我還有許多事。」

秦征的話語雖然強硬，但是李霏煙並未從他的口中聽出絲毫有關「福娃」玉珮的蹊蹺，所以李霏煙敢肯定秦征不知道「福娃」玉珮真正的寓意和涵義。

這件突然冒出來的事讓李霏煙的計劃徹底作廢，她現在心中亂得很，如今她的首要任務，就是要找出這個穿越過來的人！

特殊的人，有她一個就夠了，其他的人，便都去死！

李霏煙盯著秦征離開的冷漠背影，心中滿是不甘。她緊捏著拳頭，眼神陰沈，青碧站在她身後，都能感受到李霏煙身上傳出來的陰冷氣息。

「讓蔣護衛派人去查，我要立刻知道秦征身上的那塊玉珮哪裡來的！」

青碧絲毫都不敢耽擱，急急應是。

青碧一離開，雅間內桌上的茶盞就被李霏煙掃到地上。茶盞碎裂的刺耳聲響，讓門口的護衛也禁不住打顫。

等秦征到了得月樓，陳悠、唐仲和賈天靜已吃得差不多了。

陳悠轉頭見秦征竟然站在雅間門口，有些驚訝。「秦大哥還沒用飯？」

秦征點頭，逕自在陳悠身邊的位子坐下，讓秦東添了一雙筷子，隨意地吃起來。

陳悠有些內疚。「秦大哥，這些我們都吃過了，還是重新點些菜吧。」

他們叫的菜不多，因為午時吃飯的時間短，準備隨便吃些，休息片刻後就去藥樓。

一桌子四菜一湯，看起來著實是有些寒酸了。

「不用了，一會兒下午的審核就要開始，我便就著湯隨便吃些飯就成，你們休息一會兒。」

主子都發話了，站在身後的秦東哪裡還敢說什麼。瞧著桌上的殘羹冷炙，秦東有些不解，其實重新叫菜，時間真的夠，他們主子又不參加藥會審核，什麼時候去根本就不影響。平日裡主子那麼講究，喝個酒都要喝全建康最好的，這時候也不知是怎麼想的。

這邊秦東不明所以，秦征卻吃得香甜。陳悠有些看不下去，親手替秦征盛了碗三鮮湯放在他旁邊。

賈天靜倚著唐仲偷笑，時不時瞥秦征一眼。

陳悠瞧著已經空掉的盤子，尷尬地問道：「秦大哥，要不要再叫些？」

秦征喝下最後一口湯，放下碗。「不用了，我吃飽了，一會兒我們一起過去。」

秦東趕緊吩咐候在外頭的小夥計進來將碗筷收了。

小夥計端著托盤直犯嘀咕，怎麼這群人看著就是非富即貴的，碗盤卻是吃個乾淨，連剩菜都沒有，難道現在富人也節衣縮食了？

小夥計路過櫃檯，瞧見白起給了大掌櫃一大錠銀子，要掌櫃的去準備些糕點帶走。

小夥計又鬱悶到不行，那一大錠銀子可以在玲瓏齋買十份點心了……有錢人的心思真是難猜。

幾人歇了一會兒，由白起帶人護著回了藥樓。

萬寶祥大藥行的少東家正坐在雅間中等著下午藥會審核開始，雅間的門被人從外面推開。

他瞥了一眼。「事情辦得如何了？」

他手下的掌櫃面色為難。「大少爺，唐大夫身邊有官家的人，咱們的人根本接近不了。」

萬寶祥少東家眼神一厲。「官家的人？何人？」

「建康毅勇侯府秦世子的人……」

「秦世子……」

秦征的身分地位他有所耳聞，當今皇上的一把利刃，頗得皇上信賴。

「你去查查為何這唐大夫會與秦世子有關係。」

掌櫃退下，急急去辦事。

萬寶祥藥行的少東家敲擊著桌面，眼神黑沈，不知道在想著什麼。

等藥星們落坐，下午的藥會審核便開始了。

賈天靜排在第五十三位，而陳悠更加靠後。等到前面的人輪完，叫到賈天靜的時候已是申時兩刻。

「第五十三位，賈天靜！」藥徒大聲報著名字。

賈天靜深吸一口氣站起來，陳悠捏了捏她的右手，她回給陳悠一個放心的眼神。

藥會審核非常嚴格仔細。賈天靜藥會審核上拿出的是一套緩解婦人陣痛的針法，可以有效助產。不過很可惜，五位藥星只有兩位給了通過。

賈天靜回到座位上，對唐仲和陳悠笑了笑。

唐仲暗中牽她的手，給她安慰。幸而賈天靜比較想得開，能夠將自己所創所學展示在藥會審核中，就已經沒有遺憾了。至於未能通過，她也不過一笑置之。

賈天靜過後還有八位才輪到陳悠，當中又有一位大夫耽擱許久，當叫到陳悠的編號時已經是傍晚了。

經過一下午的審核，不管是審核的老藥星們還是等待的大夫們臉上都有疲色。從飯後一刻不停審核到現在，中途都沒有休息過，就算是年輕人也有些扛不住，何況藥星們年紀都大了。

杜院使難免脾氣變得更壞，上前被審核的大夫們都小心翼翼，生怕觸他霉頭，被刁難。

陳悠提起裙裾走到幾位藥星面前。「晚輩便是第六十二位，華州陳悠。」

陳悠的嗓音乾淨清冷，且有穿透力，她一句話出口後，引得藥樓中的人都打起精神。這一瞧，藥樓中便滿是議論之聲，女子能過藥會初審的本就少，像陳悠這麼年輕的小姑娘那更是鳳毛麟角了。

大夫們吃驚之餘都對陳悠產生了質疑。這是三年一度的藥界盛會，可不是年輕人的兒戲。

陳悠在整個藥樓人的盯視下並沒有緊張，她行動自如，好似只是在和好友相處聊天。

當陳悠站在他面前的時候，杜院使已滿臉吃驚之色。他怎麼也沒想到陳悠會來參加藥會。在宮中，他本也如這藥樓之中的人小看這個小姑娘，但到頭來，他自己卻還不如眼前這個小姑娘。

她今日到底會拿出什麼來呢？杜院使之前因為審核所累積的疲憊似乎在瞬間都散去了，忽然有些期待起來。

杜老院使對陳悠的偏見早在她查出清源長公主真正病因的時候就已經消失了。不但如此，他反而對眼前這個進退有度的小姑娘有一絲好感，果然是後生可畏。突然，他還有些羨慕起唐仲能收到這麼個有情有義的小徒弟，想想自己收的那些迂腐、死腦筋的傢伙們，杜院使心中就開始生起悶氣。

他抬頭朝藥樓中的大夫們看了一圈，直到那些大夫都閉了嘴，這才出聲。「陳姑娘，妳今日要展示什麼？」

陳悠上前一步，朝幾人屈了屈膝。「幾位老藥星稍等。」

她轉身拿起身邊帶來的藥箱，所有人都好奇地盯著陳悠的藥箱。

這麼年輕的姑娘於醫藥一途能有何成就？說到底，還是因為沒有人相信陳悠的能力。

雅間內，秦征站在窗前，右手無意識地摩挲著左手拇指的玉扳指，但是眼神卻透過薄薄的窗紗落到她身上。他也好奇，陳悠會拿出什麼來滿足那幾位極其挑剔的老傢伙們。

白起站在秦征身後，忍不住嘴賤。「世子爺，您說陳大姑娘藥箱中裝著的是什麼？不會是像唐大夫那樣，是一張什麼了不得的藥方吧！陳大姑娘真會吊人胃口。」

秦征被他說得心煩，回過頭冷冷瞥了他一眼，白起急忙閉嘴。

「世子爺，屬下多嘴！」

「知道就好，下次你的事與秦東的換換，你比一隻八哥都煩！」

白起瞬間便蔫了。

與此同時，另一廂的李霏煙也同樣吃驚。

那站在藥樓廳中央的人怎麼會是陳家那個大姑娘？之前她雖然也瞧見陳悠，私下以為她是陪著唐仲和賈天靜一起來的。可當陳悠走到藥星們面前，她心中的妒火就開始熊熊燃起。不過就是個長得周正些的古人，古板無趣，豈能和她相比？

可她這樣想時，捏在手中茶盞裡的茶水已經傾倒，她卻未覺。

青碧瞥見她青筋暴露的手背，渾身打了個寒噤，她害怕地小聲提醒道：「三小姐，茶……茶水倒了……」

李霏煙低頭盯著滿是茶漬的右手，她今日穿的淺藍色衣衫袖口也沾了些，只見她右手一揚，那杯還溫熱的茶水就都被她潑到青碧的臉上。

青碧狼狽地閉起眼睛，即使心中委屈膽顫，卻一點也不敢表現出來。

李霏煙回頭看見她滿是茶漬狼藉的樣子，冷哼了一聲，發洩之後心中才覺得舒坦。

此時，陳悠從藥箱取了一本裝訂的冊子，從各個角度看就如一本書一般。

將這本冊子呈到杜院使等藥星面前，陳悠就算是極力克制緊張，說話的聲音也不自覺帶了一絲顫音。「各位藥星，這便是小輩這次用來參加藥會的審核之物。」

什麼？陳悠呈出冊子後，藥樓中議論紛紛，開什麼玩笑，到底還是個小姑娘，竟然隨便拿本書就來參加藥會審核了，未免太兒戲了些。

那本冊子沒有書封，杜老院使拿到手中時，只感到一沈，他疑惑地看著陳悠。「陳姑娘，這是何物？」

陳悠笑了笑。「杜老藥星翻開看看便知。」

杜院使翻開手中冊子，先只是粗略看了幾頁，本渾濁的雙眼突然亮得要放出光來。他激動地又翻了幾頁，而後，面上的表情再也維持不了平靜，等到翻看到一半時，他已激動地站起身。

杜老院使不敢置信地抬起頭，看向眼前年輕纖弱的少女，他艱難地嚥了口口水，問道：「陳姑娘，這些都是妳整理試驗出來的？」

陳悠點頭承認。

杜院使覺得他應該好好冷靜冷靜，他拿著冊子的手顫抖著，如果不是眼前所見太真實，他都懷疑是不是自己在作夢，一個小姑娘竟然能寫出可比擬《傷寒雜病論》的著作！

杜院使激動地深深吸了口氣，以平靜自己的情緒，他嚴肅地看著陳悠。「陳姑娘，為了藥會的公正，老朽要再問妳一次，這本冊子當真是妳所寫所著？」

陳悠早就猜到杜院使會這般問，在醫藥面前，每一個盡職的大夫都應該保有十二萬分的謹慎。她認同杜老院使這樣的嚴謹和慎重。

陳悠面色毫無變化，坦蕩地再次點頭，並高聲宣布。「這本冊子上的所有內容乃是我親自收集撰寫並且論證的，毫不摻水！」

到底是什麼情況？隨著杜院使與陳悠之間的對話，藥樓中的人也漸漸安靜下來，他們都滿臉困惑，不信地瞧著中央的幾人。

這時，其他幾位藥星湊在一起，也大致瀏覽過陳悠這本冊子上寫的內容。他們都是有幾十年醫藥經驗的老大夫，又是最精於此道的人，怎麼可能分不清手中東西的好壞和作用。

幾個老藥星的反應要比杜院使大得多，翻冊子的手都在顫抖。

「老傢伙，這一篇不就解釋了你研究好幾十年都沒有進展的和肝湯嗎？」

「來，給我瞧瞧！」另一位老藥星連忙奪過去。

「哎，老傢伙，你慢點，這可是無價之寶！弄壞了，你這條老命都賠不起！」

「我看看怎麼了！姓丁的，你讓開！」

……

幾位藥星的反應讓其他一眾大夫更為不解與好奇，到底那冊子上寫了什麼？和肝湯不是早就失傳多年，難道又被配出來了？

「陳姑娘，既然這冊子是出自妳之手，還是由妳來給大家解說吧。」杜院使和藹地對陳悠說道。

隨著杜院使的這句話，藥樓中瞬間靜如黑夜。

陳悠轉過身，她溫潤卻堅定的眼神掃了一圈，而後吸了口氣，來平復自己的心情。

「這次小女子參加藥會拿出的這本冊子，乃是一本藥典，由我親自收集撰寫論證的，我大魏朝醫藥發展迅速，但各家有所長，師徒之間親傳相授，病症藥方眾多，卻無一根本，草藥運用眾多，對於初學醫藥之人卻難以掌握。甚至一些藥材不容易保存，多有浪費。於是，小女子在前人基礎上收集論證了此冊。此冊中包含基本的丸、散、膏、丹、藥酒等中成藥型，其中收集了治療內、外、婦、兒、五官等疾病的大量中成藥，方劑約有千餘劑，統一基本方劑有利於初學醫藥者掌握，對百姓也便利許多！診病抓方是常用的手段，可若是這些普遍病症的藥方能夠統一普及，這些成藥便可時常備置，以利急用和不時之需。」陳悠的這番話就像是炎炎夏日裡的一盆冷水，兜頭澆下，讓人醍醐灌頂。

惠民藥局的普及將促進大魏朝醫藥前進的速度，這時許多醫者都處於迷惘狀態，他們在猶豫中找尋方向，明明已經到了一個瓶頸，明明應該更進一步，但是他們卻一時不知道該怎麼做。

陳悠的這本藥典就像是個指路燈，讓本來迷霧重重的十字路口瞬間明亮起來，也如一劑強力的催化劑，讓醫藥界沸騰起來。

話音落下許久，藥樓中依然沒有人說話。陳悠有些忐忑地朝唐仲、賈天靜的方向看了一眼。

唐仲眼眶有些微紅，他早就知道陳悠不會令他失望，沒想到她帶給他的是意想不到的驚喜。

唐仲朝陳悠欣慰又激動地笑了笑，點頭肯定她的說法。陳悠如吃了一顆定心丸，慢慢地放下心來。

不知道是誰帶頭突然鼓掌，而後藥樓中響起經久不衰的掌聲。

藥典經過五位老藥星手手相傳後，都一致認同陳悠通過藥會的審核。之前的看輕和嘲諷通通被欽佩和驚訝取代，當真是活生生打臉，又有誰能想到一個不過及笄不久的小姑娘能親手撰寫出這本意義重大的藥典呢！

生活總是充滿戲劇性和驚喜，天外有天，人外有人，永遠不要用自己狹隘的思想去猜測別人。你做不到，不代表別人做不到。

杜院使走到陳悠身邊，對著藥樓中的眾多大夫說道：「陳姑娘的這本藥典意義重大，需經過民間藥局的鑑定後方能公布，也請各位稍安勿躁，陳姑娘本意是這本藥典就是要普及的，但所謂博採眾長，藥典若是普及定要經過嚴格審核，還請大家多等一些日子，不管是民間藥局聯盟還是惠民藥局都會給大家一個交代！」說完這句話，杜院使又轉頭徵詢陳悠的意見。

杜院使這樣的考量很嚴謹，她當然不會拒絕，雖然這本藥典是她根據自己這麼多年來的醫藥知識、這些年來唐仲和賈天靜的悉心教導以及在藥田空間中所看的書所著，雖然她站在前人肩膀上，又具有超前的醫學知識，但不能代表所有人。一本重要醫藥著作的誕生，是需要千萬人肯定的。

陳悠的謙遜和低調讓杜院使對她印象越發好。

當陳悠穩穩地走下審核臺，所有人看著她的目光都變了。這本還沒有名字的藥典，注定要成為這屆藥會的最大黑馬！

經過如此大的刺激後，後面的藥會審核都讓人興趣缺缺。

陳悠回到唐仲、賈天靜的身邊後，賈天靜一把拉她過來，嗔了她一眼。「阿悠，妳竟然連妳靜姨也瞞著！」

「靜姨，其實之前我自己心中也是一點也沒底。」

「好了，現在可以安心了，若是妳爹娘知道妳做了這麼一件大事，還不高興得睡不著。」

唐仲笑著看了陳悠一眼，並沒有說別的什麼，只因為他最清楚陳悠的實力。

此時，萬寶祥大藥行的少東家捧在手中的茶盞直到涼了都沒想起來喝上一口。他震驚地站起來，湊到雅間的紗窗前，微胖的臉恨不得擠出紗窗。

杜院使話畢後，他的胖身子靈活地轉過來，犀利地盯著自己的心腹掌櫃。「你不是說這小姑娘什麼都拿不出來嗎？現在又是怎麼回事？」

掌櫃一張瘦臉都要皺成一團。「大少爺息怒，是老奴有眼無珠！」

這般年輕的小姑娘，有誰會想到她能一鳴驚人，只要是有些經驗的人都不會說出這種話來啊！掌櫃覺得自己委屈到不行。

「知錯了，還愣在這裡做什麼？討打？」

「老奴這就去，這就去！」

「明日前你若是見不到陳姑娘，以後就莫要來見我了，直接捲鋪蓋回家吧！」

掌櫃灰溜溜地去辦事了。

而在秦征的雅間中，白起已然渾身僵硬。

嘿！原來陳大姑娘這麼厲害？

秦征站在窗前，冷笑著瞧了白起一眼，白起頓時覺得被看得渾身發冷。「世子爺，陳大姑娘真是讓人刮目相看。」

秦征什麼也沒說，只是嘴角微不可察地彎起，眼神落在下面那纖細身影上的時間變長了。

「藥會審核結束，帶著人將阿悠送回到陸家巷，莫要出差錯。」秦征沈聲交代白起。這場一過，整個藥界都要炸開鍋，他們世子爺稀罕著陳大姑娘呢，他哪裡敢疏忽，忙點頭應下了，這會兒就出去布置眼線。

在另一廂雅間的李霏煙卻越發心焦和懷疑。原本中午她在秦征身上發現的那塊玉珮就令她暗暗後怕，下午的藥會審核她都沒心思看，滿心思都放在那塊玉珮上，焦急地等著，卻還沒等到消息，陳悠又突然受到眾人矚目，不讓李霏煙多想都難。李霏煙雖前世對醫藥方面不甚瞭解，但是普遍的、該知道的她都知曉一二，而且她也是高材生，不然也不會透過皇后攛掇皇上弄這惠民藥局，令大魏朝的統治者對她刮目相看。

陳悠的這本藥典雖然在旁人看起來沒什麼錯處，令人佩服還來不及，都眼巴巴等著瞧藥典裡寫了什麼方子，哪有空想別的，坐在藥樓中的大夫大半是藥癡，怎會往別的地方想，只有李霏煙，才覺得這件事懸乎。

陳悠的年紀與她一般大，甚至比她還小上幾個月。還是那句話，一個不過才十六歲的小姑娘，再天才，也不可能著書，文曲星下凡也沒有這個先例，除非，底下的陳悠與她一樣，是活了兩輩子的人了！

這麼一聯想，李霏煙幾乎肯定自己的猜測，雖然陳悠比較低調，若放平日裡看這姑娘絕對與古人沒什麼區別，可是想到秦征與她走得那麼近，兩人的關係也不一般，秦征身上的那塊玉珮很可能就是陳悠送的，那麼這一切都說得通了！

李霏煙越是往深裡想，越是肯定自己的猜測。

清源長公主小產後的病就連整個太醫院都沒轍，最後卻被陳悠找出原因。還有唐仲早上藥會審核拿出的麻沸散方子和陳家開的百味館……

這些東西原本都是大魏朝沒有的，只是與大魏朝的發展出入不大，瞧著並不明顯，所以她之前也沒細想起來，在這個世界還有與她有相同際遇的人。

李霏煙緊緊盯著陳悠，尖尖的指甲在手心留下深深的印跡，她也顧不得疼，現在滿心的想法就是怎麼弄死這個女人。

怪不得，秦征根本不看她一眼，有這樣一個特別的女人在他身邊，他又哪裡會看見她！

陳悠做的這些事，已經夠招李霏煙的嫉妒了，這個世界只有她一個人特殊就夠了，若是再多一個，她又怎麼能「興風作浪」下去？

李霏煙本就是惡毒狠辣的女人，活了兩輩子，上輩子太憋屈，這輩子開頭又太肆意，以至於碰到陳悠這樣的人，她就立馬起了殺心！瞧著陳悠的背影，李霏煙的雙眼因為氣憤和惱怒變得通紅，彷彿從地獄爬出來的魔鬼，任誰看到她這個樣子都會覺得渾身冰寒。

陳悠與唐仲、賈天靜坐在一起，時不時就覺得後背發涼，還以為天色晚了，氣溫下降。等今日的一百名大夫審核完畢，夜色已覆蓋了整個慶陽府。

他們還未從藥樓出來，就瞧見等在門口的白起。

一想起中午秦征毫不見外地在得月樓中吃剩飯，陳悠突然覺得臉都有些熱熱的。

她這還沒問，白起就先開了口。「陳大姑娘、唐大夫、賈大夫，天色晚了，這藥樓外頭到處都是人，世子爺還有些事要忙，就派我來送幾位回去。」

陳悠、唐仲今兒都在藥會審核上露臉且表現出眾，他們來時也帶了幾個護衛家丁，可怎麼也比不上白起的這些人護衛來得安全。左右恩惠也受了，也不在乎再多點，幾人便與白起一起離開。

晚上慶陽府一點兒也不比白天少熱鬧，到處都掛著黃燦燦的紙燈籠。這賣小吃和各種小玩意兒的商販也出來了，藥樓前頭的廣場上都是人，比上元節也差不到哪兒去。

陳悠幾人在藥樓中幾乎待了一天也覺得極累，這會兒天都晚了，還空著肚子，秦長瑞夫婦和弟弟妹妹都還在家中等著，他們也不想再耽擱，索性就直接與白起說，快些回去陸家巷。

秦征交代白起的也是這個意思，一拍即合，也不用白起再費口舌，命手下護著幾人快速消失在藥樓。

萬寶祥大藥行的掌櫃早就令人盯著唐仲師徒倆，乾耗了一下午，就等著藥會審核散了，在門口堵人呢！沒想到人先被白起給截走了……

白起是秦征的手下，官家的人，萬寶祥的掌櫃不會連這點眼色也沒有，敢在白起手上搶人，況且他帶的這些人也不是白起的對手。

萬寶祥的掌櫃哭喪著臉，打算認命地回去等著被少東家罵，這時候卻突然橫出來一個人找上他，攔住他的去路。

第五十二章

陳悠在白起的護送下安全地回到陸家巷，人還沒進門，就見到陳奇站在門口。

「大哥，怎麼不進去，站在這裡幹麼？」

陳奇笑道：「剛回來，聽見巷口的馬車聲，想著定是你們回來了，便站在門口等。今兒藥樓裡的事我都聽說了，沒想到阿悠一直在韜光養晦，妳寫藥典的事情竟然連妳大哥都瞞著。」

賈天靜哼了聲。「陳家兄弟，別說你了，這丫頭連我和她師父都瞞著呢！估摸著她爹娘都不知道。」

陳奇笑著點了點陳悠，搖搖頭。「快都別站在門口了，進去吧，三叔、三嬸還等著你們吃飯呢！」

飯桌上，陳悠被秦長瑞夫婦好一頓數落，這麼大的事情竟然不跟他們透露分毫。

阿梅和阿杏吃驚地看著陳悠，兩個小姑娘臉上一個模子刻出來的表情，把大家又逗樂了。

陳懷敏屁顛屁顛地跑到陳悠身邊來。「大姊，妳真寫醫書了？」

陳悠抿著嘴笑，摸了摸陳懷敏的腦袋瓜子。「哪還能有假。」

陳懷敏滿臉的羨慕和敬佩，抓著她，嚷嚷著要坐在陳悠身邊吃晚飯，用完了飯又求陳悠給他看藥典。

阿梅盯著大姊，只拽了拽她的衣袖，小嘴抿著，一家人這麼高興的時候，她卻一句話都不說。

陳悠一見到妹妹這樣，心頭的喜悅忽地散了。瞧著阿梅的模樣，陳悠心疼地將她摟到懷中，摸了摸妹妹柔軟的頭髮。

若不是當時她不在妹妹身邊，阿梅也不會變成這樣。

自從阿梅出事後，表面上陳悠看來沒有什麼異樣，可她心裡卻一直自責著。

秦長瑞夫妻瞧見大閨女這樣心中也不好受。現在他們將兒子給找回來了，心中負擔減少一層，目的更加明確，誰讓他們閨女不痛快，他們絕不饒過那人！

這麼一說，大家喜悅的心情都去得差不多了，快速吃過飯後便回去歇息。

陳悠剛歇下不久，秦征便進了陳府。秦長瑞夫妻連夜與兒子去外書房商量事情。

「爹，湖北竹山那事有著落了，我已經叫人著手，竹山那兒東西多，咱們不但要快，更要神不知鬼不覺，那東西恐怕得到明年才能弄乾淨。」秦征嚴肅中帶著一絲興奮。

從現在忙活到明年的話，起碼還有七、八個月，這期間他們先不急著動手。

「你叮囑不用定要小心，那邊安排好就趕緊回來，他是你身邊的人，若是時間長了不在身邊，皇上定然會懷疑。」

「爹，這個我知曉。」

「金誠伯府那邊如何？」秦長瑞問。雖然前世的時候，金誠伯府還沒有異動，但這世與前世有許多不同，這也是防患未然。

「暫時還沒什麼動靜。」

秦長瑞手指有節奏地敲擊著桌面，似乎在沈思著什麼。「征兒，記得派人盯著十三王爺，還有登州一帶。」

「爹，這個我早就安排下去了。」

兩人又說了些重要的事，陶氏才將秦征拉到一邊。「征兒，娘有話與你說。」

秦征捧著溫熱的茶水喝了一口。「娘，您與兒子還有什麼事情是不能直說的。」

陶氏摸了摸兒子明顯瘦削不少的臉頰，有些心疼。上輩子秦征這麼大的時候，還被他們夫妻護在羽翼下，這輩子兒子早早就擔起家族門第的重擔，也不知吃了多少苦。

將兒子長滿繭子的大手握在手中，陶氏瞧了眼丈夫，才開口道：「娘是想問你，你對阿悠是怎麼想的，我和你爹養了這幾個孩子這幾年，說實話，都是當作自己的親生孩子疼愛，若不是咱們，這幾個孩子也不會失了親生父母。」

特別是陳悠，那時他們忽從高門貴族跌落為白丁，若不是陳悠，他們夫妻都指不定活不下來，再加上秦長瑞喜歡閨女，陳悠又自小懂事惹人疼，所以他們是真把幾個孩子當自己孩子疼愛。

他們夫妻又對陳悠最為重視，婚姻乃一輩子的大事，秦征上一世就是因為婚事不順，吃了那麼多苦頭，這輩子秦長瑞說什麼也要擦亮眼睛，而陳悠又是他們的心頭肉，性格人品都不差，若是兒子也有意思，那真是再好不過的事情了。若是兩人真能成了，他們也就是正正經經的一家子，秦征就算與他們再親近也不會有人說三道四。

秦征也沒想到他娘竟突然問起這個，他抬頭與陶氏的眼睛對視，見陶氏雙眸中沒有一點開玩笑的意思，他也慎重起來，站起身來，先是朝秦長瑞深深行了一禮，而後轉身又朝陶氏行禮，最後直起腰板，滿臉認真地說：「爹、娘，你們既然問我的意見，我就直說了，本來這事你們不提，我遲早有一日也是要與你們說的。我喜歡阿悠，日後定要娶她！」

陶氏倒是被兒子這般慎重的樣子給逗笑了。「怎了？娘還沒瞧見你這麼急的時候呢！」

陶氏是真覺得兒子的性格變了，若是前世，這兒子被他們護著也拿不了任何主意，性格軟弱不說，自己的事情都沒有主見，也正是因為這樣，才有了後來的慘劇，如今變得真是令人心疼又欣慰。

秦征現在是只要遇到自己喜歡的，不論用什麼手段都要弄到手；只要是自己憎惡的，便叫他們好看！前世的仇要報，那些害他們家的每一個人，他都要讓他們得到報應！

人活著就是為了爭一口氣，早年以為父母已逝，無牽無掛，他更狠的都做過。現在雖然尋回了父母，但是他也沒忘記那些人給他受過的苦。

這麼久他才遇上一個合心意的，這輩子他都不會放過，任誰也不行！何況又是在親生父母面前，他又怎會不好意思。

「你這孩子，還真是一點都不含蓄。」陶氏將秦征拉到一旁重新坐下。

秦長瑞也笑出了聲，端著溫熱的茶盞，難得好心情地啜了口。一時夫妻倆心中的兩塊大石頭落地，能不讓他高興嗎？

秦征和陳悠都到了要成婚的年紀，夫妻倆也為此煩心，陳悠再拖個一、兩年倒不是問題，可秦征今年都二十了，他若還不婚的話，皇上也不會同意，可媳婦不是他們認同的，夫妻倆也不放心。

這下好了，兒子和「閨女」配成一對，兩人都不用費心了，而且以後對外也是真正的一家人，外人也沒話好說。

「娘，經過上輩子那事，我還有什麼可含蓄的。」

陶氏無奈地翻了個白眼，敢情她兒子現在的臉皮比城牆還厚了？

「其實，上次阿悠從建康回來，娘瞧見你給她帶回來的那三疋雲錦，娘就知曉你對阿悠已經上了心，但是那會兒還不確定你是不是娘的親兒子，還害得娘心中好一陣後怕。」

秦征無語地撫了撫額頭。

「得，娘知道你的想法就成，娘改日找出那幾疋雲錦替阿悠做衣裳，這眼看著天越來越熱了，還能做兩件褙子穿，要是再過一陣子，那雲錦就不能穿上身了。」

聽到他娘這話，秦征心中有說不出的順暢。「娘，您先做，前些日子不用從湖北那邊捎過來幾疋流紗緞，用來做夏裳正好，明日我讓白起讓人取來。」

陶氏搗嘴，笑著瞪了兒子一眼。

秦征現在臉皮厚著呢，對他娘的瞪視根本無動於衷。以前他從不注意這些，可是現在他有喜歡的人，遇到什麼好的，總想著要留給她。

秦長瑞放下手中的茶盞。「征兒，阿悠以後可是你媳婦，你可得看好了，今日藥樓一露臉，以後可就不太平了。」

「爹，放心吧，我已經布置下去了，我那些人也不是吃白飯的。」

秦長瑞點頭，他承認兒子手中的人確實比他的好使許多。「得，去休息吧，今晚也別回去了，在這裡睡下，明兒我還有事與你說。」

秦征應了父親後，出去交代白起一聲，就在陳府留宿了。

跟在秦征身後的白起百思不得其解，自家主子最近好似與陳老爺處得太過近了些，就算是未來老丈人，也不用這麼近乎吧，還整日在陳府留宿。

再怎麼說，他們世子爺的身分擺在那兒，陳家再厲害也不過只能算個富戶，為什麼他這陣子總覺得自家主子對陳老爺兩口子是恭敬又孝順？難道是提前演練了？可是，他們家爺對皇上那兒的賜婚還沒搞定呢！這是要雙喜臨門，一次娶兩個？

可就算是他們世子爺作這樣的美夢，皇后娘娘也不會允許，李家三小姐可是皇后娘娘一母同胞的親妹子，老伯爺也不會同意的。還有陳大姑娘那性子，估摸著也不願意。

白起想著就糾結起來，秦征要是知道他想得這麼多，早一腳將他踹湖北去了。

慶陽府熱鬧得有如過年，相比之下，建康城卻顯得有些冷清。

若是瞧著此刻的趙燁磊簡直與大半個月前不像同一個人。他從慶陽府回來後就沒刮過鬍子，整個人也消瘦了一圈。他原本就高瘦，現在又掉了一層肉，眼眶深陷下去，兩頰的顴骨凸出得更明顯。

一身邋遢的趙燁磊靠在院中，手中的書本也不知道從什麼時候就沒翻過頁了。

阿農看到趙燁磊現在的樣子越發擔憂。「大少爺，小的剛從薛管家那兒聽到消息，說大小姐通過藥會的審核，著了什麼藥書。」

趙燁磊驚喜地看向阿農。「真的？」話音一落，他又無比自責和失落。

當初他在陳悠面前承諾過，要與她一起尋找能治好阿梅癔病的大夫，而他早已違背承諾……

阿農瞧趙燁磊臉色不好。「大少爺，您多歇歇吧，晚點小的給您送飯來。」

趙燁磊沈默著不說話，阿農放輕腳步退了出去。

慶陽府藥會審核持續了五日才結束，共選出兩百多位大夫。

明日，藥會將在藥樓召開，持續兩日，到時參加藥會的大夫可暢所欲言，並且每位大夫都將有一次由眾人為其解惑的機會。

陳悠要的便是這樣的機會，到時候，她會將阿梅的症狀在藥會中提出，在名醫薈萃的藥會上，聽杜院使說過，藥會上還沒有大夫提出的疑惑沒有被解決的，所謂人多力量大。

陳悠滿懷信心，相信自己能在藥會上替阿梅的病找出醫治的法子。這天夜裡，她在藥田空間將自生藥田的草藥收穫後，就早早睡下了。

第二日藥會，天未亮，陳悠就已經起身，整理好前幾日的手札帶上。她見離天亮還有一會兒，便喚了佩蘭進來，去阿梅、阿杏的屋子看看。

陳悠坐在兩個小姑娘的床邊。阿梅、阿杏已經十二歲了，按理來說應該分開睡，可阿梅還病著，陶氏與陳悠都不放心，便將兩個小姑娘安排在一起。陳悠的院子離這邊最近，有什麼事，她能第一時間趕過來。

兩個小姑娘還在熟睡中，陳悠摸了摸阿梅、阿杏的額頭，又給她們掖了掖被角，直坐了兩刻鐘才出去。

見時辰差不多了，與秦長瑞和陶氏打過招呼後，陳悠便與唐仲在阿魚等人的護衛下去了藥樓。

秦征牽馬站在巷子拐角，他視線落在遠處，還能看見陳悠馬車的影子。「白起，派人看著些。」

李霏煙也在慶陽府，他時時都要提防著她。

白起領命，對身後一個手下低聲交代兩句，那手下翻身上馬離開。

陳悠等人到了藥樓，還未進去，就被一個身寬體胖的中年男子攔住。

「陳姑娘好，在下是萬寶祥大藥行的少東家邵華藏。」萬寶祥大藥行的少東家笑咪咪地朝陳悠抱了抱拳，猶如一尊彌勒佛。

「邵老闆好。」陳悠一怔，隨即朝邵華藏屈了屈膝。

「叫邵老闆就見外了，我長陳姑娘十多歲，大可叫我一聲邵大哥。」

陳悠笑了笑，這邵華藏專門來結交她一個小姑娘，若不是沒有目的，那真是吃飽撐著。

「那我也不見外，叫聲邵大哥了。」

邵華藏眼睛都笑眯成一條縫。「陳姑娘真是爽快，在下也不客氣地喚一聲陳家妹子。相逢不如偶遇，等陳家妹子藥會結束，咱們這異姓兄妹可要好好聊聊。」

陳悠笑著應下來。

「藥會一會兒就要開始，那老哥也不耽誤陳家妹子的時間了。」邵華藏滿臉帶笑地離開。

他一走，陳悠揉了揉笑僵的臉，鬆了口氣。

方才唐仲在身邊，邵華藏在時，並未問陳悠為何會執意與他交好。

現在人走了，唐仲眉頭也皺起來。「阿悠，這萬寶祥少東家的名號可是不大好。」

陳悠無奈一笑，低聲道：「唐仲叔，並非是我一定要與這位交好，實是爹叮囑我這般做。」

唐仲一噎，怎麼也沒想到這件事竟然是秦長瑞叮囑陳悠做的。陳悠她爹做事自有章法，他從不指點，也就揭過去，不再詢問。

等到他們進入藥樓，藥樓中已坐滿大半位置。

藥樓中，藥徒報上陳悠與唐仲的名字時，所有人都朝他們的方向看過來。原先大家都不知兩人是師徒關係，等唐仲、陳悠雙雙通過藥會審核，自然兩人關係也被揭曉。

今日他們師徒兩人算是藥界明星，尤其是陳悠，那藥典內容前幾日已被杜院使公開，好東西誰都知道，但正因為這樣，大家疑問也是最多的。大夫們笑著將他們師徒推到前面的座位。

三年一次的藥界盛會時間緊迫，所以參與的人都已早早到了藥樓，就連杜院使也不例外。一聲威嚴的鐘響，意味著慶陽府藥會正式開始。

杜院使領著這屆參與藥會的大夫們先給醫祖和醫聖上香，而後藥會便直接開始。

藥會的討論異常激烈和熱鬧，但是卻沒有人顯得高傲和蔑視，就算是資歷最深的杜院使也一樣是謙虛嚴謹。

各地名醫群坐論藥，證方論病，時間過得飛快，轉眼一上午就過去了。中午有半個時辰休息，民間藥局的人早已在藥樓中為各個參加藥會的大夫準備了飯菜，等陳悠伸筷嚐過後，驚訝地發現這其中有一半是百味館的藥膳。

在午飯期間，杜院使還特別強調他對藥膳發展的肯定，並提出「辨證施食」、「藥以祛之，食以隨之」等藥膳的初期想法。

讓陳悠也大為讚嘆驚奇，藥膳是根據生理密切相關的理論作為指導，針對病人的症候，根據「五味相調，性味相連」的原則調養病人，以達到治病康復的目的，杜院使能在短期內對藥膳認知到這種程度，確實不是徒有虛名。

食不言，寢不語，所以在用飯時，藥樓中反倒是最安靜的時候。

飯畢，杜院使單獨找到陳悠，希望她能就藥會審核拿出的藥典給大家說些心得。陳悠的藥典一出，簡直就是一石激起千層浪，就算杜院使不專門來尋她，她也能預想到提問環節時，被連連詰問的情景，為此，她也早做了心理準備。

陳悠應下了杜院使的要求。休息時間一過，藥會再次開始。

隨著杜院使一句話落下後，陳悠就被請到藥樓的臺上。即便是經驗豐富的陳悠，在面對兩百多位各地名醫仍然有些緊張。

她啜了一口身旁小几上放著的藥茶，開始將自己早準備好的內容與大家分享。陳悠的許多知識畢竟都是超前的，加上她自己對醫藥也有獨到見解，這番心得分享下來，原本那些不相信她的人一時間也心服口服。

陳悠話音落下，朝藥樓看了一圈。「大家若還有什麼疑惑，就都一併問出來，若是我能解釋的便解釋，解釋不了的大家就一起討論。」

杜院使將藥典公開後，這些大夫無一不開始精研，當即就有一位中年瘦高的大夫站起身。

「陳姑娘藥典中記錄長安丹的方子，我之前仔細瞧過和對比過，可在下嚴格控制劑量煉出的成品，藥效卻不如陳姑娘藥典中說的那樣好，明明藥方劑量都相同，效果差距如此之大，這是為何？難道是陳姑娘藥典中的記載，偏離實際情況嗎？」

如此犀利的問題，讓整個藥樓安靜得猶如黑夜。

陳悠卻是淡淡一笑。「藥效有出入算是正常，藥典中我所記錄的方子都是按照最大的藥效來寫的。」

「那陳姑娘的意思，妳自己能煉製出這般藥效的長安丹？」

陳悠毫不猶豫地頷首。「四時有異，春煉最宜秋則忌，就拿長安丹來舉例，春日裡萬物復甦，生機盎然，長安丹本就是滋養生機的丹藥，自然春季煉製最是有益。藥方不是死的，每個病患的身體不一樣，比如一個老者，流明湯中便要少放熟地、多防己，這樣每種方劑才能達到最大藥效。醫書藥典都是死的，但是咱們大夫卻是活的。藥典醫書只是基礎，當真要用的時候不應拘泥其中，這也是我在藥典後面提出，隨方加減、隨症加減、隨病患加減的想法。」

陳悠這席話一結束，那提問的大夫深深朝她揖禮。「陳姑娘所說的話令在下茅塞頓開。」

就連杜院使在一旁也撫著鬍鬚點頭，一副深思的模樣。

「既然陳姑娘說到加減藥方，在下就想問問，為什麼要組方加減，有何依據或是前證？」又一個大夫提問。

陳悠想了想，細心解釋。「這件事說來也簡單，至於事實依據，就可以用最簡單的感風來解釋，許多大夫都會給感風的病患配製祛濕丹的方子，但是會發現有些病患只需服用幾劑藥便已見效，而有的病患吃了一句都無用，這時候就要改變方子，給方劑中加重藥量。」

頓了頓，陳悠繼續道：「就好比一個人喝酒，如果經常喝，且喝得多，那這人的酒量肯定不錯，自然就不容易喝醉，要是換作一個未喝過酒的人，或許一杯西鳳酒下去，就已經昏醉。相同的方子在不同的病患身上也有不同作用，這也就是組方加減的意義了。」

「對，就是這個道理，所以才有了這句隨症、隨方、隨患。」不知是誰恍然大悟說了一句，眾人紛紛點頭。

「隨方？隨病、隨患我都能理解，陳姑娘，為何要隨方？」

隨著一個問題被提出，而後被解決，隨後又有另一個問題被提出來，一個問題衍生另外許多的問題，本來是一場解答會，到最後已經演變成一場討論會，大家各抒己見，這場藥會對於這些大夫來說可以說是酣暢淋漓。

直到外頭天色昏暗，掌起了燈，眾人才回過神來，已經是晚上了。

今日藥會也在杜院使的宣布下告一段落，每個大夫都收穫不少，他們依依不捨地告別，等著回去都要好好回憶一番，而後記錄下今日藥會的心得。

藥樓中的大夫們相互告別後，相繼陸續離開，而陳悠卻萬分失落地坐在原處。

唐仲低頭瞧她失望的臉，雖不忍心，但是事實擺在眼前，不得不叫人面對。「阿悠，莫要想了，先回吧！」

陳悠從愣怔中回過神，眼神空洞無神地朝唐仲的方向看過去，緩緩地站起身，什麼話也沒說，只是隨唐仲出了藥樓。

搖晃的馬車中，陳悠疲憊地靠向車壁，她現在有種感覺，覺得她這一切的努力都白費了。掩蓋在寬袖中的雙手緊緊攥成一團，右手背上還未好的燙傷傷口崩裂，她也感覺不到。

她在藥會中將阿梅的症狀說了，可是大魏朝兩百多位藥界菁英齊聚，卻無一人能有法子醫治阿梅。她的問題引來整個藥樓的沈默後，陳悠渾身像是墜入冰窖，後頭的藥會她都不記得是怎樣結束的。

唯一的希望破滅，陳悠覺得眼前照明的燈盞被無情熄滅，雙眼一片黑暗，黑暗中只有阿梅讓她心疼的哭泣聲。

夜色中，馬車裡的陳悠渾身冰冷，她難過地靠著車壁，這一刻，她不知該怎麼面對阿梅、阿杏那一雙雙純潔的眼眸。疲色侵襲，陳悠腦中一片混亂。

身後有快馬趕上來，唐仲回頭就見到秦征騎在高頭大馬上，已與他們並排。

「唐仲叔，今日藥會如何？」秦征詢問道。

篷。

唐仲嘆了口氣，將陳悠並未尋到醫治阿梅病症的事告知秦征。

秦征轉頭，看向沈寂在黑暗中的馬車，偶爾路過街道邊的燈盞時，映出深藍色的馬車

秦征朝唐仲一抱拳，駿馬嘶鳴，已帶著屬下離開。

回到陸家巷，陳悠在佩蘭的攙扶下，下了馬車。

「大小姐，老爺今日不回來，夫人在兩位小姐房中，您看，飯擺在哪裡合適？」

陳悠朝佩蘭搖搖手。「不用擺飯了，我有些累，直接回房歇息了。」

佩蘭瞧了眼陳悠蒼白的臉，沒有再說，只是沈默地扶著陳悠回自己院中。進了院子，才轉身出來，交代桔梗，讓她去廚房將食盒拎到房中來。

陳悠坐在桌邊，左手撐著額頭，右手放在桌上，手背上的紗布已經被傷口滲出的血水染濕，陳悠卻像是沒看到一樣，坐在桌邊發呆。

桔梗拎著食盒，匆匆走向陳悠所住的小院，在半路上卻突然被人叫住。

只見秦征背著手，白起跟在他身後，他問桔梗。「你們小姐回來了？」

桔梗恭敬行禮回道：「回秦世子，大小姐剛回來，只是臉色不大好，奴婢正要給大小姐送吃食。」

「可去見了陳伯母？」

桔梗搖搖頭。「大小姐回來誰也沒見，就回了院子。」

秦征眉頭一攏。「我恰巧也未用晚飯，便去你們大小姐那兒一併用些。」

桔梗想著廚房的那些飯菜都被她盛來了，這時候一時真沒吃的，只能領著秦征一同去陳悠的院子。

「大小姐，秦世子來了。」桔梗進來時，急忙提醒一句。

聽到這句話，陳悠才勉強自己打起精神。

桔梗將飯菜擺放在小花廳中的桌上，又替二人拿了碗筷。

秦征坐在陳悠對面，見到她表情淡然，臉色蒼白。「可是阿梅的方子未尋著？」

明明只是平靜的一個疑問，卻突然讓陳悠強壓在心中的所有難過、壓抑瞬間冒出來，止也止不住。淡然的表情頃刻坍塌，陳悠鼻頭酸澀，她不敢開口，怕自己一開口，出來的聲音就是哭腔，所以只能輕輕點頭。

秦征見她這模樣，盯著她的眸光動了動，舉起手朝白起揮了揮。

白起識趣地退下去，走時還朝佩蘭使了個眼色。

片刻，小花廳中就只剩下陳悠與秦征二人。

秦征什麼都未說，只是坐到陳悠的身邊，沈默地將自己的衣袖遞到陳悠面前。

「別忍著，他們都被我打發走了，難過就哭吧。」

低沈的男聲，很普通的一句話，卻讓陳悠忍了很久的淚水頓時像開了水閘一樣。在馬車中她都沒有哭，卻在秦征面前哭得上氣不接下氣，狼狽不堪。

哽咽抽泣的聲音好似砸在秦征的心口，讓他也跟著心塞難受。他不會安慰人，只希望自己能成為她的依靠。

陳悠只覺得淚水越流越止不住，這時候她也不顧及自己的形象了，拽過秦征的寬袖就朝臉上抹。

有時候人便是這樣，不哭的時候還好，只要一哭，就想將所有的憋悶痛苦都發洩出來，陳悠現在就是這樣。

春衫不厚，不一會兒秦征那臨時充當帕子的袖口都濕了。不知為何，看到陳悠這樣毫無顧忌在他面前流淚，嘴角忍不住就揚了起來。他順勢挨近，將陳悠按進自己懷中。

陳悠好不容易發洩一次，而且骨子裡又是現代人，況且她對秦征本來就有好感，對於這樣的安慰，她並不排斥。

她現在哭得難看，又一發不可收拾，根本就抽不出空來拒絕秦征，於是她就順勢撲在秦征的胸口，埋頭進去，哭得天昏地暗。

外頭到底還是有白起等人，陳悠不敢放開聲哭，只能越發將臉埋進秦征的衣襟裡，企圖抑制自己的哭聲。

秦征右手攬著她，沈默地輕拍著她的後背，替哭得哽咽的陳悠順氣。此時，他的心又酸又軟，他又覺得好笑，這丫頭真是能哭，他都能感覺到前襟已經潮濕，陳悠熱熱的呼吸撲在他胸口浸濕的直裰上，讓他渾身瞬間有些僵硬。

果然女人都是水做的，日後他定不會讓她哭得這般傷心。

時間就在這樣的依偎中慢慢流逝。

白起與佩蘭一同守在門外，佩蘭聽到裡面隱隱壓抑的哭聲後，幾次擔心地想進去看個究竟，都被白起給攔住。

「妳這時進去，只會讓你們大小姐越發尷尬，妳便裝作未聽到就好。」

佩蘭想了想，也知道白起說得有理，咬了咬唇，忍耐下來。她也明白老爺、夫人早屬意大小姐與秦世子之間的往來，這時候若是進去打攪，恐怕不大好。

裡面哭聲過了許久才慢慢停下來，白起嘴角翹得老高，這次世子爺總算是抓著機會了。

待心中的壓抑和失望全都發洩出來後，陳悠才覺得心裡舒服許多，就像是壓著的大山被搬走一樣。

等到她漸漸止住哭泣，回到現實，腦子也慢慢清醒，才意識到她現在正以一種完全依靠的姿勢趴在秦征寬厚的胸膛時，她的臉就一紅，渾身不自覺開始緊張，一緊張，便情不自禁抓緊他的衣襟，這時才後知後覺發現，秦征胸前的衣襟竟然都被她的淚水浸濕透了，一股抑制不住的潮紅從陳悠的臉上升起，而後連她的脖子也跟著紅透了。

秦征今日穿著淺色直裰，被陳悠的淚水浸濕後，瞧起來實在太明顯了。

微微睜開眼，她都不好意思抬起頭來，秦征的聲音卻在這個時候響起。「阿悠，可好受些了？」

陳悠想當縮頭烏龜也當不成，只好偷偷抬起頭，而後恨不得摀住臉。她偷偷瞥了秦征一眼，輕輕點頭。

昏黃燈火下，眼前男子輪廓分明，深邃俊朗，好看得不像話，不過那沾了淚水的衣衫卻毀了眼前畫面。

「秦大哥，對不起，將你的衣裳弄成這樣。」陳悠低頭抱歉。嘴上這麼說著，陳悠已經暗自記下，下次定要贈還一套新衣與秦征。

秦征笑道：「無事。」

「秦大哥，謝謝你今日安慰我。」

秦征端了一杯溫茶放到她面前。「世上哪裡有解決不了的事，我相信阿梅的病總有一日能治癒，無論何事都不要想得太悲觀。」

陳悠雙手捧著熱茶小口啜著，暖暖的茶水順著喉嚨流到胃中。

發洩過後，她也看開許多，她確實不應該為在藥會上尋不著能治療阿梅病症的大夫而絕望，世上機遇很多，指不定何時她自己就能治癒阿梅的病症。

「秦大哥，我已經想開了。」

秦征瞧她是真看開了，心情也跟著好起來。「飯菜都冷了，可要換上新的？」

陳悠頷首，秦征叫了白起與佩蘭進來。佩蘭將冷透的飯菜撤下去，也未再端上來，而是讓白起派手下去陸家巷的夜食攤子買兩碗餛飩來。

陳悠去淨房洗了臉，再出來時，兩碗熱騰騰冒著香氣的餛飩就放在小花廳的桌上。秦征坐在桌邊，她轉頭瞧著煙氣後的挺拔男子，忽然有了一種叫做怦然心動的感覺。

走到桌邊，陳悠一點也不客氣地拿起旁邊的勺子，撈起一個餛飩吹了吹，送進嘴中。其實餛飩的味道一般，可陳悠就是覺得這碗餛飩特別好吃。

秦征笑了笑，二人沈默著吃完了當作消夜的晚飯。

陳悠喝了口熱呼呼的湯，這個時候心情也徹底平靜下來，想起前幾日就想要問秦征的事情，她頓了頓還是開口了。

「秦大哥，最近你可有什麼難事？」

秦征聞言抬頭認真地看她，顯然沒想到陳悠為什麼會突然這麼問。「阿悠怎會這樣問？」

陳悠總不能實話實說是藥田空間的任務，她討好地笑了笑。「我只是隨便問問，秦大哥若是沒有就算了。」

秦征深邃的雙眸深處有些亮光。「真的想知道？」

見陳悠點頭，秦征拿起佩蘭剛剛新沏的茶水，重新替兩人倒了茶，冒著白色煙氣的碧綠茶水注入白瓷杯中，煞是好看。

他邊倒茶邊如聊家常一般地說著，低沈磁性的聲音與倒茶水的聲音混在一起。「皇上逼我成婚，皇后娘娘想促成我與金誠伯府李家三小姐的婚事，我若是沒法子推託，月底聖上便要頒布賜婚聖旨。」

秦征平靜地說出這件事，卻在陳悠心中掀起驚濤駭浪。儘管她早就知道秦征的婚事他自己作不了主，但一旦事實擺在她面前，卻又是另外一回事。

陳悠也沒想到這件事會這樣快。剛剛心中醞釀的那一點點甜蜜，就被這樣的驚濤駭浪沖散。

秦征抬眼瞥見陳悠帶著失落的臉，眼眶還因為之前的哭泣微微紅腫，他心口微甜。「阿悠，妳可知道，李家三小姐是誰？」

陳悠有些失落和迷茫地抬起頭看他。

「是誰？」

建康城中高門貴胄滿地，之前去建康城為了救唐仲與賈天靜也是匆匆忙忙，建康城中的這些關係她並不瞭解。

「李霏煙。」秦征冷漠地唸出這個名字。

陳悠的身子跟著一僵，阿梅、阿杏當初被綁架，秦長瑞查了許久，最後指向的便是建康，後來又通過秦征，陳悠記住了這個名字，也想過要報仇，不過那時候他們人微勢輕，還不是時候。現在從秦征口中聽到這個名字，陳悠的雙手下意識地攥緊，她突然轉頭看著秦征。

秦征嘆了一口氣，白起、佩蘭在旁，他不好有旁的動作，只是溫柔地輕聲道：「阿悠，我不會娶李霏煙，妳可懂？」

他這句話一出口，陳悠的心就跟著猛烈跳動起來。

他這是向她承諾？

陳悠深深吸了口氣。「秦大哥，我幫你。」

秦征深潭般的雙瞳一縮，陳悠的這句話比吃了蜜餞還要讓他心中甜蜜。儘管他無法指望陳悠能阻止這樁賜婚聖旨，但是他仍然為了陳悠的心思激動。此時，秦征還不知曉陳悠身上有清源長公主的鳳玉。

外頭已是漆黑一片，遠處傳來打更的聲音。即便大魏朝民風開放，可大晚上的秦征在陳悠的院中逗留也不好，白起提醒兩聲，秦征便起身離開。

陳悠帶著佩蘭將秦征送到院門外，秦征轉身讓她快回去休息，陳悠這才回房。

白起忍不住笑出聲來。

秦征一個冷刀般的眼神掃過去，白起連忙捂住嘴。「若是你說不出高興的理由叫我滿意，明日就啟程去湖北換不用回來吧。」

白起急忙正色，一本正經回道：「世子爺，沒準兒陳大姑娘真能阻了您這樁婚事。」

秦征回頭皺眉，看了眼白起。白起湊上去，小聲道：「世子爺，長公主的鳳玉在陳大姑娘那兒。」

秦征一怔。

「若是陳大姑娘拿著鳳玉親自與長公主說這件事，有長公主出面，皇上怎麼也不會強人所難。」

秦征想到陳悠給長公主治病，鳳玉大概是長公主給陳悠的回禮。

白起會知道這件事，也是因為阿北的關係。

「這件事我自有打算，你與阿北都莫要插手。」秦征冷聲扔下這句話，便快步朝客院去了。

第五十三章

卻說藥會落幕後，陳悠在藥會中的藥典，由杜院使領頭，經過多位藥星的共同商定和修改，很快就在慶陽府的書局發行。這本藥典的名字，杜院使與陳悠商議後，定為《百病集方》。

杜院使原本是屬意用陳悠的姓氏命名，但被陳悠委婉拒絕了，杜院使道她不用在這樣的小事上靦覥。陳悠一想起這醫書有可能被喚作《陳氏千金方》這類的名字，就覺得一陣惡寒。

見她堅持，杜院使也不勉強，反而覺得眼前少女謙遜不圖名利，心中對劉太醫更是嫉妒。

那個死老頭，醫術不怎樣，徒孫倒是有大家風範。

可不是，賈天靜嫁與了唐仲，陳悠也算得上是劉太醫的半個門下。

前來慶陽府參加藥會的大夫們臨行前，幾乎是每人都要帶上一本《百病集方》，書局都賣斷貨了，有些大夫甚至是熬夜手抄。

大夫們的醫術大多口口相傳，大魏朝醫藥發展雖然不差，但是能正經論醫的書卻不多，而其中還有很大一部分都藏在宮中醫藥書閣中，並不外傳。所以慶陽府每三年一次的藥會才會這麼熱鬧、受歡迎，因為藥會上的醫藥資訊都是公開平等的。

藥會結束後，陳悠坐著回程的馬車。秦征的事情被她放在心上，這兩日她一直都在想法子，想來想去，能在皇上、皇后面前說話的也只有清源長公主了。

深吸了口氣，陳悠決定先與父母商量一番。

等陳悠一回陸家巷，陶氏就將她尋到房中說話。「來試試這兩件衣裳，一件是娘親手做的，還有一件是送到梅蘭居做的，也不知哪件合適些，梅蘭居做的比甲腰身要大些。」

陳悠哭笑不得，沒想到她娘將她叫到房中是為了試衣裳。

「娘，我有話要問您……這……」她話說到一半，走近一看，發現衣裳的料子有些不對，等看清楚這是什麼料子後，到口的話就說不出來了。

「娘，您怎麼把這幾疋雲錦都拿出來裁了衣裳……」陳悠有些無語地走到陶氏身邊，這料子昂貴，以後她想還給秦征都沒得還了。

陶氏「噗哧」地笑出聲來，將衣裙在她身上比劃。「怕什麼，再好的料子不用都是浪費，何況是給我的阿悠做衣裳，別說了，快試試。」

布料用都用了，陳悠還能再說什麼？以後只能再尋旁的東西作為給秦征的謝禮了。

陶氏將衣裳塞進陳悠手中，讓她去淨房換了出來。

雲錦布料稍厚，天氣要是太熱，這布料就穿不了。而且他們要去建康，往後少不了來往走動，陳悠也要有幾件像樣且正式的衣裳才行。

沒一會兒，陳悠從淨房中出來，她有些不自在地掖了掖袖口，平日裡都是素淨簡單的打扮，若是待在藥房中，外頭罩著棉布罩衫就更簡單了，她還沒特意穿過這般華貴典雅的衣裙。

陶氏眼前一亮，陳悠本就長得白淨，若是穿平日的那些衣裳不免顯得太過素淨，現在被濃重的顏色一襯托，就像是原來的黑白水墨上了色彩一般。

「娘，這衣裳好像太隆重了些。」

陶氏抿著嘴笑。「我看穿著正好，哪裡隆重了。」她邊給陳悠理著衣角邊道。

這時，陶氏也明白了那些老想要閨女的人的心裡。瞧著自己辛辛苦苦培育，像花朵一樣的女兒穿著漂亮的衣裳，比自己做十件衣裳都開心，恨不得現在就領出去顯擺一番。

如今她都不用擔心，自己的漂亮閨女被別人連著花盆一起端走了，有了兒子，以後他們老夫妻倆就瞧著這對小的，陶氏越想心情越好，那笑容都染到了眼尾。

「這腰身有些大，一會兒娘替妳改改就好了。」

陳悠無奈又好笑地點點頭。

等到陶氏將新衣疊好，放到一邊，陳悠才找到空隙與陶氏說事。「娘，我有一件事要與您和爹商量。」

陶氏拿過旁邊小几上的針線簸箕，在裡頭尋銀線。「何事？妳先和娘說，等妳爹回來了，娘再告訴他。」

陳悠偷偷瞥了眼陶氏的神情，見她娘一門心思在準備給她改衣裳，她頓了頓，還是開口道：「娘，我想用那塊鳳玉。」

提到鳳玉，陶氏突然抬起頭看著大閨女，手中的動作也停了。「阿悠，怎麼突然要用那塊鳳玉了？」

其實陳悠還是有些擔心的，她組織了一下語言，才將用途說給陶氏聽，說到最後，陳悠頭都要埋到胸口。

實在是這件事確實會令他人亂想，若說她要用鳳玉阻止秦征的婚事，不讓陶氏想到旁的地方那就怪了，雖然她心裡也確實帶了點那種目的，不願意看到秦征娶別人。

不可否認的是，皇上的賜婚確實很棘手。即便陳悠不說這番話，他們也會想法子阻止賜婚，但是秦長瑞與陶氏卻都未想過要動用那塊鳳玉，畢竟鳳玉是清源長公主贈送給陳悠的。

陳悠覺得此時在母親面前提這件事，無疑就是承認自己喜歡秦征，不然她何必為了一個沒有血緣關係的人做到這個分兒上，她總不可能將藥田空間的事情說出去。這麼一想，她的臉就更紅了。

這些動作落在陶氏的眼裡，就成了欲蓋彌彰。

陶氏抿著嘴，雙眼裡卻都是笑意，也不戳破陳悠，拉過她的手，輕輕拍了拍。「我和妳爹不阻止妳做自己喜歡的事，那塊鳳玉是長公主贈給妳的，妳想怎麼用，我與妳爹都不會有想法。過幾日，我們就去建康城，妳也好好想想見到長公主的時候，這事要怎麼說。」

陳悠有些意外，她雖早已預料陶氏不會阻攔，卻沒想到她娘什麼都沒有追問就同意了。她早在心裡想了許久的解釋和理由都沒派上用場。

又陪著陶氏說了一會兒家常，陳悠回到自己院中，因已得了確切消息要去建康，她也得將自己的東西整頓一番。

半個時辰後，秦長瑞回來，見妻子心情頗好，竟然還替他準備消夜，挑挑眉，笑著問道：「怎麼，今日心情這般好？可是出門就瞧見喜鵲站在枝頭對著妳叫了？」

陶氏瞪了眼夫君，將甜羹放到他手邊。「阿悠說要拿鳳玉阻了征兒的婚事。」

「是阿悠親自來與妳說的？」秦長瑞也是一喜。

「永凌，我用這事騙你有何意義。」

「看來，咱以後不用肥水流入外人田了。」

夫妻兩人這邊真心為了這對小兒女高興，秦長瑞話一多，都想到日後抱的是孫女還是孫子了。

至於慶陽府這邊的事情，秦長瑞都交給了陳奇。

臨去建康前，陳悠同秦長瑞一起去見了萬寶祥大藥行的少東家，隨後轉眼就到了一家啟程去建康的這日。

陳悠一家還未出城門，白起就帶著人與他們會合了。

白起先上前與秦長瑞說了兩句，才騎馬和陳悠的馬車並排。

車簾外傳來白起壓低的聲音。「陳大姑娘，世子爺在慶陽府還有些事情，恐怕還要耽擱一日，他派屬下先來護送你們去建康，他事情一辦完，就快馬趕來與我們會合。」

陳悠低低說一聲知曉了，白起就吩咐手下保護好車隊。

陳悠坐在馬車中，阿梅、阿杏也在身邊。這次，唐仲也同樣跟來了，賈天靜則因為白氏和李阿婆而留在慶陽府，並且順帶籌備保定堂開張事宜。

為此，陳悠有些愧疚，她如今不能施針，要救治秦征祖父就只能依賴唐仲，以至於唐仲與賈天靜新婚不久，就要分開。

傍晚的時候，他們在安排好的一戶小院歇下。

陳悠守在阿梅、阿杏床邊，身旁小几上點著一盞燈，她就著這微暗的燈火看白日裡沒看完的醫書。這本醫書出自藥田空間，專門講解昏厥不醒之症的，她已看了好幾日，可仍然毫無所獲。

突然，院外傳來微小的破空之聲，陳悠疑惑地朝窗戶的方向看去，隨後又是幾聲清響，她放下手中書冊，走到窗邊，推開窗戶朝外頭看了幾眼。

這一看就見到秦征正背著手站在院中央一棵粗壯的梧桐樹旁，身姿修長，在她看向他時，秦征也轉頭朝她的方向溫柔看來。

冷硬剛毅的男子偶爾流露的溫情表情讓她的心跟著猛跳，陳悠的耳根很不爭氣地被他這一眼都看紅了。

她微微啟唇叫了一聲「秦大哥」。

秦征凝視著她輕輕點頭。

陳悠一陣欣喜，沒想到他這麼快就追上來。當她關上窗戶就要下去尋他的剎那，秦征俊容上溫柔的表情瞬間消失，雙眸深處斂藏著一股狠戾的殺氣。

他朝梧桐樹幹冷厲看了一眼，手上一個靈巧的動作，將什麼東西藏在樹後，而後從袖口中取了帕子出來抹了抹手，就朝陳悠所在的房間門口走過去。

陳悠一打開門，就見到秦征站在門口。她微微一怔，幸而夜色掩蓋臉頰上的酡紅，才不讓她覺得尷尬。

「阿悠，陪我吃些東西。」

想到秦征有可能為了趕路大半日而未進粒米，陳悠急忙應下來。

陳悠轉身時，秦征微不可察地移了一步，恰好擋住她後方的視野。

當二人背影消失在廊道上時，白起才一身黑衣地閃身出來，無聲地向手下招了招手，他將梧桐樹後藏著的黑衣人屍體拖出來，拿走那把秦征藏在樹後沾血的利劍，毫無聲息地離開小院。

院外朦朧樹影下，白起壓著聲音冷聲吩咐。「將這些屍體處理了，另外派人通知阿北，剩下的人夜間絕不能大意！」

很快，小院周圍已經恢復平靜，就好像什麼事情都沒發生過一樣。

陳悠陪秦征隨意用了些湯麵，而後秦征將她送到房門前。

房內佩蘭已燃了燭火，有昏黃的燈光通過門縫照射過來。陳悠背著光，與秦征說話低頭間，卻瞅見他迎著光的衣袖上沾了幾點暗紅色。

陳悠的眼瞳一縮，卻沒有當著秦征的面問出口。「秦大哥，這麼晚了，你今日騎馬急行一日也累了，早些回房間休息吧。」

秦征頷首。「阿悠，妳先進去。」

陳悠轉身進了房間，看了秦征一眼，將房門掩上。

當陳悠的身影消失在門後，秦征眼神突變，恍若暴雨來臨。他疾步回了房間，渾身好似帶著一股冷厲的煞氣。

走到門口時，白起就現身出來，跟著他一同進了屋子。房間內連蠟燭都未點，只有窗外微弱的月光從窗戶照進來，煞白一片。

白起抬頭時，只能看到主子臉頰的輪廓。

秦征冷笑一聲。「李家的人？」

「是。」明明是很平常的語氣，可是白起就是覺得主子已經處於暴怒的邊緣。

「肅州那邊開始動手吧。」

既然李霏煙坐不住要下殺手，那他不介意給點苦頭！

白起識趣地什麼廢話也沒說，應聲後說道：「屬下已經通知阿北了，剩下的人也分派出去了。」

「嗯，明日提早出發。」

白起靜悄悄地閃身出去。

秦征在窗前站了良久，才轉身去休息。

翌日，寅時末，陳悠就被叫醒。

正是黎明前最黑暗的一刻。

陳悠沒有詢問是怎麼回事，而是立即起身，讓佩蘭和桔梗收拾東西，到堂屋中與父母會合。

一家啟程時，東方剛剛泛起魚肚白。

陳悠坐在馬車中掀開簾子，朝院外的一棵老榆樹看去。那個地方，有新土被翻，隱隱透著潮濕。

放下車簾，陳悠心中已了然，恐怕看起來平靜的昨夜並非如表面那樣。

等到下午再啟程時，秦征收到阿北的飛鴿傳書，說皇上有事要交代他，他必須先一步趕回去。

陳悠一家到建康時，恰好是傍晚時分，薛鵬早領著人等在城門口。

陳悠掀開車簾，瞧見趙燁磊也來了，他騎著一匹黑色駿馬在薛鵬身側，陳悠眼神看過去時，趙燁磊也迎上她的目光，沒有閃躲和內疚，反而讓陳悠吃驚，眼前騎在馬上的趙燁磊堅毅卻削瘦，但並不頹廢，好似恢復了在華州時意氣風發的樣子。

陳悠鬆了口氣，不管如何，只要趙燁磊能想開就好，他們倆確實不合適。二人雖然無法像以前那般親密，但陳悠還是將他當作兄長，她朝趙燁磊揮了揮手。

趙燁磊也向陳悠點頭，面容俊朗溫潤。不過，等到陳悠放下車簾，趙燁磊眼眸深處卻是一黯。

陳悠並未注意到趙燁磊的這種變化，由薛鵬引著一家人去建康落腳的地方。

到了落腳的宅院，薛鵬急忙將秦長瑞一家迎進來。因有事先打過招呼，薛鵬早將房間準備好了，現下，陳悠一家搬進來便可。

白起將人送到後，急急忙忙帶人回了毅勇侯府，連晚飯也未留下。

晚飯時，陳悠見趙燁磊一如往常，就知無不言，將慶陽府發生的事情都詳細與他說了一遍，醫治阿梅病症的方子雖然沒找到，但是她不會放棄。

趙燁磊聽了也是一陣沈默，他心中愧疚，在陳悠為了阿梅的病情努力時，他竟然只想著自己的感情，當真是自私得可以。

一家人趕了一天路途，累得緊，都早早睡下了。

秦征從宮中回來，翻身下馬，疲憊地揉著眉心，雙眼下有了一絲暗影。

因淮北一帶進入雨季，已經連續下了小半月的雨，許多農田屋舍被淹沒，皇上的幾個心腹一同在商討對策，他快馬加鞭入宮，眾人在宮中待了一夜，今早又上了早朝，直到這個時候才回來。

剛進府中，秦東就快步迎過來。秦征的眉頭蹙緊，等秦東走近，低聲在他耳邊說了兩句，秦征的臉就徹底黑了。

「自己去領十板子。」秦征冷聲道。

秦東臉上一苦，只能點頭，以前秦征曾經吩咐過，若是他不在府中，放了不相干的人進府，都要去挨板子，可是李霏煙身上有皇后娘娘給的腰牌，就算是內宮，那也是暢行無阻、無人敢攔的，又何況是他們毅勇侯府？

不過不用曾說過，李霏煙是最可怕的變數，他們世子爺要真是與她一起，那日後毅勇侯府只有凋零的分兒。誰的話秦東都可以不信，卻唯獨不用這個神棍的話卻不敢不信。

此時的李霏煙正抬著頭，死死盯著毅勇侯府小花廳內的那幅字畫。

青碧站在李霏煙身後，如果不是極力攥著手心，克制住自己，她定然要牙齒打顫，瑟瑟發抖。

方才三小姐的眼神實在是太可怕了，見識過李霏煙毒辣的手法、冷漠的心腸，如果一定要用一樣動物來形容李霏煙的話，青碧覺得一定是一條花斑紋毒蛇，妖異又可怕，吐著長長的紅色芯子，一旦誰被盯上，就只能搭上性命！

這幅字畫並不是別的，正是那日陳悠無聊時見到盛放的垂絲海棠寫的那首詩。因陳悠的左手寫得實在不成樣子，後來秦征瞧見時笑著給她露了一手，這小花廳中裱框的就是秦征寫的那幅，事後再經過加工，詩詞左下角配上工筆垂絲海棠，作詩人署名陳悠。

看到此景，李霏煙怎可能不冒火。楊萬里的詩，在大魏朝的歷史上根本就沒出現過，現在卻突然出現在秦征府中花廳內，這讓她更確定陳悠是穿越女的身分，也更加痛恨和憎惡她。

一山不容二虎，何況這隻虎還與她一樣看上同一塊肉，憑藉她的性格又怎能容忍！

李霏煙冷冷一笑，心中早已想了多種要將陳悠折磨死的法子。

秦征朝花廳看了一眼，不屑地冷哼一聲，竟然絲毫不管李霏煙，直接去後院休息。

白起張張口，又將勸慰的話嚥了下去。

李霏煙在前院花廳內左等右等都等不來秦征，直到蔣護衛匆匆進來，在她耳邊耳語了幾句，那原本白嫩的小臉霎時扭曲可怖。她一掌拍在桌上，臉色氣得青紫。

秦征竟然敢不見她！好好好，那她就讓他後悔一輩子！

李霏煙憋屈得感覺自己身體都要炸掉，抄起手中的茶盞就朝小花廳裱框起來的那幅詩詞砸去。

茶漬沾染上那幅字，顯然這幅字畫不能再掛了。

李霏煙瞧見，心中這才舒坦些，她朝蔣護衛看了一眼，黑著臉出了毅勇侯府。

小花廳裡那幅字畫被砸，白起皺著臉向秦征彙報。

秦征累了一天一夜，此時正洗乾淨了，半靠在房中軟榻上閉目養神，聽到白起的彙報，只冷冷勾起嘴角。「那詩詞字畫被砸了？」

「回世子爺，被李家三小姐用茶盞給污了……」

「呵呵，去尋人將字畫捲起來，送到金城伯府，讓他們賠五千兩銀子。」

白起還以為要挨罵，聽到世子爺的話，一口老血要噴出來。果然，他的臉皮還是太薄了，他認得世子爺的字體，那幅字確實是世子爺親筆所寫，那首詩的確是好詩。可這普通字畫就要賠五千兩，他們世子爺這字畫真夠貴的，不知道李霏煙知道了會是什麼樣的臉色？

秦征瞥了眼白起，見他不動。「怎麼，是覺得我要少了？那你若是能要著一萬兩，剩下的五千兩就賞給你了。」

聞言，白起灰溜溜地出門辦事去了。

秦征略略躺了一會兒，走到書桌前，將陳悠那幅歪七扭八的字尋出來，而後攤開宣紙，提起狼毫，在紙上龍飛鳳舞。片刻，那首詩又被謄寫了一遍，再添上工筆畫後，他喚來外頭的護衛，讓人拿去裱框起來，繼續掛在小花廳內。

那女人既然愛破壞，他也不會嫌棄錢多。

卻說李霏煙前腳回到府中，後腳就有小廝來稟報說毅勇侯府來人了。她面上一喜，帶了一絲得意。

何必裝得那麼清高，到頭來還不是要向她低頭。

等李霏煙快步去了前院，白起已經走了。會客的廳堂中，只有半盞殘茶。

李霏煙的大哥李志勝瞧見她來了，氣呼呼地走到她面前，而後將一卷字畫塞入她的懷中。「瞧妳做的好事！」

李霏煙一時不知道該如何反應，瞧見大哥走遠後，才打開手中字畫，正是她在毅勇侯府潑的那幅……

小廝在一邊為難地解釋。「三小姐，這不能怪大少爺生氣，那毅勇侯府的狗腿子拿了這幅畫向大少爺要了五千兩。」

李霏煙犀利的眸光看向他，憤恨地將手中的字畫撕得粉碎。

與爹娘商量後，陳悠決定還是儘快去拜訪清源長公主。

昨夜寫好了拜帖，一大早就讓阿魚送去長公主府。

清源長公主與駙馬姜戎原是住在姜家主宅，因為長公主小產後要靜養，由太后作主先搬去長公主府休養，姜戎愛妻如命，也就跟去住。這倒也省了陳悠的麻煩，姜家是世代望族，規矩也多，她若是貿然拜見，還得注意許多禮節。現在長公主府中只有長公主與駙馬爺，就方便許多了。

陳悠忐忑地在家中等待清源長公主的回信。終於在午時前，阿魚回來告知清源長公主請她們母女一同去長公主府中作客。

陳悠在拜帖中並未寫明鳳玉要用作何事，所以一切都還得等到見了長公主時親口說出來。

拜訪之期就在明日，陶氏前世與長公主在貴婦小聚抑或是宮中聚會中見過多次，但也不過是點頭之交，並不熟悉，只聽說清源長公主是和藹好相處的人。後來有心相交時，長公主因為誕下小郡主後身子不好，在別院靜養過很長一段日子，就連外事都不怎麼理，與建康中的貴婦們走動得也少了，只偶爾進宮探望太后。

沒想到這一世，他們居然會有機會與清源長公主相交。

第二日一大早，陶氏親自去陳悠房中給她打扮妥當，母女二人才準備出門。

陳悠今日穿的是陶氏之前用雲錦給她做的衣裙，少有地梳了比較正式的髮髻，又抹了胭脂水粉，由佩蘭攙扶著從房中出來，這般看來，與嬌養在深閨中的千金無甚區別。

陶氏看她打扮得大方又貴麗，心中欣喜，握著陳悠的手轉了一圈，滿意地點頭。

兩人走到前院，恰好碰到趙燁磊。陳悠甚少這樣盛裝打扮，就連趙燁磊也沒看過幾次，讓他瞧著陳悠的眼神中都充滿了驚豔的光亮。

驚豔之後，趙燁磊心中突然變得失落不已，只因為陳悠這樣仔細的裝扮並不是為了他。黯然之情在他的眼底一閃而過。

瞧著陶氏與陳悠迎過來，趙燁磊只能強打起笑容。「嬸子與阿悠這是要去哪裡？」

趙燁磊並不知道陳悠要用鳳玉幫秦征解除賜婚這件事。

陳悠正要開口，陶氏卻先道：「阿悠先前救了長公主殿下一命，長公主聽說我們來了建康，請我們過去作客。」

陶氏開口，陳悠也只能從善如流地點頭。

趙燁磊並未多想。「那要不要我送嬸子和阿悠過去？」

陶氏笑著搖頭。「你待在家中，等會兒阿悠她爹回來，要帶你一起去拜見一些人。」

趙燁磊也不堅持，將她們母女送到前院照壁。

清源長公主的府邸離陳悠家在建康城的宅子不是很遠，約莫小半個時辰的路程。

馬車緩緩停下，阿魚的聲音在馬車外響起。陳悠掀開車簾，跳下去後，又扶著陶氏下來。

長公主殿下很是貼心，一大早就安排貼身侍女紫鳶在府門前守著。見到陳悠母女下了馬車，紫鳶帶著兩名女官笑著迎上來。

「陳夫人、陳大姑娘，快快裡面請，長公主殿下今日清早起身就在念叨妳們了。」

陶氏帶著陳悠微微屈膝，紫鳶急忙將兩人扶起。「奴婢可不能受妳們的禮，不然長公主殿下要怪罪了。」

紫鳶邊與她們說著話，邊將她們引進府中。長公主府邸幽靜雅致，其中布置處處精心，每個角落皆是風景，從這宅子就可以瞧出，不論是皇上還是太后都很寵愛清源長公主，這裡也確實是個靜心養病的好去處。

進了長公主府後，過了一進的前院，拐進一座拱門後，便停放著兩頂軟轎。

紫鳶請陳悠母女上轎。「長公主殿下現在在翠竹園，離這裡還有一段路，所以奴婢專門給二位安排了軟轎。」

推辭不過，只好上了轎子，那轎夫身形強壯，轎子更是穩如泰山，坐在軟轎上，倒是極好的享受。

陳悠沒想到長公主府竟然這般大，拐過亭臺水榭，路過湖水之上的邀月臺、如林的假山，後來又過了幾個不大的木樓和院子，才到紫鳶口中所說的翠竹園。

靠著轎夫又快又穩的腳力，也走了一刻多鐘的時間。就在她們暗暗細心觀察長公主府中的一切，紫鳶也同樣注意著這對母女。

紫鳶是清源長公主的心腹，從小就被太后挑選出來，在長公主身邊伺候，也深得清源長公主的信任。清源長公主的事情除了姜駙馬之外，就數她最清楚。

陳悠當時救了清源長公主，後來太后專門著人調查了陳悠一家子，將卷宗送給長公主和駙馬爺看過，她在旁邊自然也瞧了。陳家一家可以說是白丁出生，後來開了個百味館才漸漸發跡，陳家長女陳悠跟隨唐仲唐大夫學習醫術，家中還有一對雙胞女兒和一個么兒。

在宮中，紫鳶見過陳悠，一直對她印象甚好，但是陶氏她並沒有見過。

當時陳悠的拜帖被送進來，長公主說要連著陳夫人一同請來，紫鳶還擔憂地勸長公主，怕陳悠她娘一個農婦不懂規矩衝撞了清源長公主。長公主不以為意地搖搖手，執意要請，她也沒辦法。

其實長公主身邊光是貼身侍女就有十幾個，無論如何都無須她親自去門口接人，但她不放心，才親自向清源長公主請命。

這一路行來，陳夫人實在是叫她驚訝，先不說她外表保養得宜，若非不小心露出的手掌中還有未被歲月消去的繭子，說她是深宅貴婦，也不會有絲毫懷疑。

陶氏穿著一身墨綠色忍冬花紋的對襟褙子，袖口滾著雲螺紋花邊，正是今年春剛剛從宮中流出去的新鮮花樣，下頭是淺駝色五幅襦裙，繡著翩飛墨蝶，只盤了個簡單的髮髻，在烏黑如雲的髮間並無多餘的首飾，僅有一支束髮鑲銀的翡翠玉梳。

略施粉黛，淡淡自然的唇色，一張連皺紋都沒有的芙蓉面上，只有雙眉精心修飾過，一顰一笑間，極是生動。走動間也絲毫沒有農家的土氣，小碎步下，裙襬都沒有大幅擺動。見到長公主府中精緻華麗的布置，她並沒有東張西望，而是穩重端麗，臉上帶著淡淡的笑容。陳悠的品性如此好，也就不奇怪了。

紫鳶雖然奇怪，農婦出身的陶氏為何與京中貴婦氣質一般，但太后命人調查的卷宗在那兒，她也不會懷疑卷宗上有什麼錯處，只當純粹是性格使然了。

母女二人都這般，陳家三房能在短短幾年內發跡也不奇怪了。

「陳夫人、陳大姑娘這邊請。」紫鳶說話間更客氣了些。

翠竹園有侍衛把守，陳悠母女二人進去後，拐過一片鬱鬱竹林，在一座石橋後，才瞧見在院中飲茶的清源長公主。

聽到腳步聲，清源長公主抬起頭。雖然小產後的折騰讓她消瘦了一圈，但此時看來氣色卻是要好上許多，原本蒼白的臉頰也有了一絲紅暈。

長公主瞧見眼前不遠處的母女，與她想像中的差距甚遠，驚訝得放下茶盞。

在陳悠進宮給長公主診病時，長公主已昏迷不醒，就算偶有清醒，身上的痛楚也令清源長公主分不開心神來瞧替自己診病的大夫長什麼樣子，況且那時候她還沈浸在失去孩兒的痛苦中。

後來她身子漸漸恢復，陳悠早就出宮了，在她心中也只有一個模糊的印象，知道替她醫治的人是個年輕的女大夫，只是聽駙馬和紫鳶在她耳邊提過，但長公主又如何能想出陳悠到底是什麼樣子。

不過，清源長公主知恩圖報，與姜駙馬商量後，就將自己的貼身鳳玉送給了陳悠。陳悠一家卷宗她比誰都清楚，在長公主的想像中，這一家人再好也不過只會比一般富足之家好那麼一些。當然，農婦出身的陶氏她就更沒有抱過幻想了，將她一併請來，也不過是為了給陳悠面子。

反倒是陳悠，雖未見過她，但是姜駙馬和紫鳶多次提過，她想想也知道這小姑娘不會差到哪裡去，加上陳悠小小年紀醫術卓絕，長公主心裡也就更喜愛了一分。

前幾日慶陽府藥會上的消息傳到建康，就連長公主都佩服起陳悠來，這般年輕，還是個姑娘，就能有如此成就，著實不能叫人小覷。正是因為這份喜愛，清源長公主才會愛屋及烏，給陳悠面子一併請了陶氏。

等陶氏與陳悠行禮過後，清源長公主請她們坐下。

陶氏穿著雖簡單，但不管是衣著還是首飾都搭配得極有品味。清源長公主喜歡與優雅聰明的人打交道，瞧陶氏動作神情，雙眼裡就是一亮。

「陳夫人真是讓人吃驚。」清源長公主淡笑著道。

陶氏聽了這話並不臉紅，而是大大方方任由長公主打量自己。「長公主殿下過讚了。」

「妳們從慶陽府過來，想必還沒抽空好好在建康城裡玩一玩，建康城南的棲霞寺甚是靈驗，風景也美，改日陳夫人帶著阿悠姑娘陪本宮去添炷香，如何？」

長公主表現出這番好意，便說明她已有與陳家相交的意思了。陶氏自是不會蠢笨地拒絕清源長公主的結交，當即答應下來。

陳悠坐在一旁未說話，只是淡笑瞧著陶氏與長公主嘮嗑。

長公主的目光落在她身上，眼神深處不動聲色地閃了閃，方才她光瞧陶氏了，並未注意陳悠今日的打扮。

現在瞧來，卻是讓她暗驚，因陳悠身上的緞子大有來歷，清源長公主之所以記得這麼清楚，還是因為先帝。她記得有一年，建康的名緞雲錦織出了一種別樣的花色，就算送入宮中的也只有五疋。

那時先帝也在場，毅勇侯府的小侯爺恰好治了一樁大貪污的案子，又恰逢小侯爺臨近大婚，先帝龍心一悅，就讓當時還是皇后的太后娘娘將新進的雲錦賞了三疋給毅勇侯府的小侯爺，替將要過門的陶家嫡女添妝。

原本清源長公主早就看好其中一疋淡綠色的，想向母后要來裁新衣，這突然賞出去了三疋，剩下的還要分給各宮，也就沒她的分了。為此，清源長公主還在母后那裡好一頓的埋怨，最後皇后用一對極品的白玉鐲才安撫了她。

清源長公主自幼被捧在手心中呵護，鮮少有想要的東西得不到的，所以她才對那幾疋雲錦記得那麼清楚。等到來年，再產新緞，因為御製錦緞的官員換了人，卻再也沒能織出那種特別的花色，那幾疋雲錦也變得獨一無二了。

在毅勇侯府的小侯爺和夫人都在世時，未見小侯爺夫人穿過，想來應是鄭重保存起來，可現在這緞子卻出現在陳悠身上，清源長公主難免就要多想了。小侯爺夫婦五年前雙雙意外喪生，本就身子不好的老侯爺也重病在身，毅勇侯府中人丁凋零，唯有秦征一個世子當家。

當初毅勇侯府小侯爺夫婦出意外時，她與夫君姜戎還好一番感慨唏噓，並且同情還只是個少年的秦世子，陶氏娘家雖也有些勢力，但在新皇登基後，勢力被削了不少，已經淪為建康城中的二等家族，且陶家現任家主又明哲保身，怕是不會扶持這個還年幼的外甥了。

建康城的一眾權貴都認為毅勇侯府要沈寂下去，成為歷史最不起眼的塵土時，可誰也沒想到，那時候才十五歲的秦世子卻獨自一人扛起整個家族的興衰。兩、三年後將落寞的毅勇侯府再次撐起，弱冠之齡就成為皇上的左右手，是皇上身邊最鋒利的一把寶劍！

建康城無論是誰，都再也不敢看輕這個青年，就連姜戎也多次在長公主面前提起秦征，讚他手段了得，敢做也敢拚。

秦世子如今已經二十，皇上也多次催他趕緊成親。以他現在的身分，又得皇上信任，長相也俊逸不凡，建康城有多少貴女排隊想入秦家的門，卻被秦征紛紛拒於門外。

皇上沒法子，可也不能瞧著得力手下打光棍，清源長公主之前在宮中與太后閒聊時，太后就透露過，說皇后想將自己的親妹子嫁給秦征。

秦征也到年紀了，哪裡還能這樣一直縱容他耽擱下去，這不是叫滿朝堂的人戳皇上脊梁骨，說皇上只知道將臣子當畜生使，連婚姻大事也不關心一番。男大當婚女大當嫁，這是人倫綱常，由不得人違背。

清源長公主暗暗猜測，難道說陳悠今日來尋她是與秦世子有關？

陳悠哪裡會想到陶氏專門讓她穿這身衣裳還有這層用意。

「阿悠姑娘這身衣裳好看得緊，本宮都開始羨慕陳夫人了，能有這樣漂亮又能幹的女兒。慶陽府藥會上的事，本宮都聽太醫說了，確實是了不起。」長公主拉過陳悠的手，親暱地拍了拍。

「既然今日來了，民女便再給長公主請個平安脈吧。」陳悠笑著道。

清源長公主也不推辭，將手腕伸到陳悠面前。

長公主恢復得很好，虧空的身子這段日子也調理回來，只要這樣保持下去，一年半載後便可痊癒。

寒暄了一會兒後，清源長公主才開口詢問。「阿悠姑娘，妳在拜帖中提到要用鳳玉，可是遇到了什麼難事？」

陳悠尷尬地乾咳一聲，朝陶氏看了一眼，還未說話，臉已經先紅了。

清源長公主倒是笑了起來。「無事，說吧，當初將鳳玉送給妳，本宮就欠著妳這個人情，無論大事小事，只要是本宮能辦到的，定竭盡全力。」

陳悠抬起頭，鼓起勇氣，一口氣說出自己求清源長公主辦的事。「民女是想用鳳玉，請長公主阻止毅勇侯府秦世子與金誠伯府三小姐的賜婚……」

長公主一怔，清明的雙眸盯著陳悠已變為紅蘋果的臉頰。

陳悠被長公主灼灼的視線看得實在不自在，臉頰火燙，不好意思地低下了頭，雙手緊張地絞著手中的帕子。看長公主眼神曖昧，她恨不能找個地洞鑽進去。

用鳳玉請長公主做這件事，確實是有些大材小用。

清源長公主忍住笑，也不道破這衣裳的天機，反而正經說道：「陳夫人、阿悠，這件事其實不過就是本宮在皇兄那裡說幾句話的事，說來並不難。不過，這件事卻牽扯到秦世子，還要待本宮親自詢問過他才行。」

清源長公主的話很誠懇，不但沒有推辭陳悠的要求，而且想得很是周到，陶氏和陳悠當然沒意見。

午時，長公主府留飯，飯後，長公主親自帶她們逛了府中幾座風景美麗的園子，直到未時末她們才告別長公主。

剛到前院，就有守門的侍衛來向紫鳶彙報，說是陳悠的家人來接她們母女，此時正在門口等待。陳悠剛出長公主府的府門，就見到秦長瑞和陳懷敏一起站在街邊一株樟樹下。

陳懷敏瞧見陳悠出來，小嘴咧開，笑著呼喚。「娘、大姊！」

「爹，您怎麼來了？」陳悠走到近前，疑惑地問道。

陳懷敏仰起頭。「爹帶我去拜訪先生，恰巧離這兒近，我們便一同過來了，沒想到還沒等多久，娘和大姊就出來了。」說完，還調皮地吐了吐舌頭。

紫鳶站在不遠處，瞧著秦長瑞，瘦高的中年男子蓄了髭，眼神深沈如潭水，一件普通的深衣穿在身上卻頗顯風骨，微微低頭瞧著家人的樣子很溫柔，可是看陌生人時神態卻平靜又疏離。往往這樣的人，不是天縱英才就是有滄桑經歷的人。

年輕時陪著長公主在深宮中，紫鳶什麼樣的人沒看過，但是眼前的中年男子她卻看不透。這樣的人往人前一站，說自己是莊稼漢出身，恐怕別人都只當他說笑呢！

紫鳶不敢再打量，因為她探究的眼神已經引起秦長瑞的注意。

秦長瑞凜凜走到紫鳶面前，朝紫鳶深揖一禮。「多謝這位女官照顧內子和小女。」

「想必這位就是陳老爺，無須多禮，這些都是長公主殿下吩咐的。」

方才陳悠與陶氏出府時，身側有護衛相佑。秦長瑞識得那是長公主的親衛，所以才出言感激。

正當一家人要上馬車離開，街口卻行來一輛華貴的馬車。秦長瑞轉頭看到馬車上的標識，明白這是姜家的馬車，馬車又穩又快地駛到長公主府門口，秦長瑞一家卻是不好趁著這個時候走了。

有護衛下馬撩開車簾，隨後就有個高大的男子從馬車上下來，金玉冠束髮，一身深藍色蟒袍金線挑絲，打扮華貴。

華貴男子下了馬車後，護衛在馬車邊上放了一個小凳，之後一個半大的小少年踩著小凳也下了馬車。

陳悠見過姜駙馬，知道先下馬車的就是姜家嫡長孫姜戎。而身後那個小少年一雙明眸大眼與清源長公主十分相像，加上他的穿著打扮，想必就是清源長公主與姜戎的獨子，年方十二歲的小郡王。

小郡王眼神一轉，最後視線就落在站在陳悠身側的陳懷敏身上。孩子總會先注意到與自己年紀差不多的同齡人。

陳懷敏十歲，要比小郡王小上兩歲。秦長瑞教得好，況且自小家中變化大，經歷了阿梅、阿杏被綁架的事情後，陳懷敏也變得早熟，因此小郡王看過來，他毫不生怯地回視過去，恍若有種初生牛犢不畏虎的氣勢。

姜駙馬並未注意到兒子的神情，他朝門口看過去，沒想到府門前居然有這麼多的人。他見過陳悠，稍稍一推測就明白過來，旁邊一對夫妻恐怕是陳悠的爹娘。

「陳姑娘？可是要走？」

陳悠行禮，客氣道：「回駙馬爺，民女一家叨擾了，正準備回返。」

難得遇到陳悠她爹，姜戎出口讓他們留下來用過晚飯再走。他也一樣想認識一番秦長瑞到底是個什麼樣子的人。

抵不過姜駙馬的熱情，陳悠一家在長公主府用了晚飯。誰知，這一聊就聊到了夜色四起，最後由清源長公主派遣自己的親衛將陳悠一家送回去。

馬車行駛在建康城中，青石板路讓馬車微微搖晃，陶氏正在閉目養神。

微暗的燈光中，陳悠卻是若有所思。在長公主府的交談中，她才知道親爹帶陳懷敏去拜訪的那位先生，竟然也是小郡王的先生。

那位先生姓許，並非是耄耋老者，而是一個才三十多歲的中年人。可是整個建康城，那麼多名人騷客，她卻從未聽說過這個人的名字，這位姓許的先生也並非是哪家府中的幕僚，可以說是默默無名，住處也很偏僻。親爹卻偏偏找上他，還帶著陳懷敏去拜了師。

或許別人會以為這只是個巧合，但陳悠覺得一切就好像是爹爹故意安排好的……

在長公主府中，晚上休息時，姜戎與妻子說話，他的吃驚一點也不比妻子少，一頓飯，就讓姜戎對秦長瑞起了結交的心思。而且瞧平日裡驕傲非常的兒子對陳家那小子也有好感，姜戎就更堅定自己的想法。

清源長公主笑著嗔了眼夫君。「你平日眼高於頂，今日怎麼主動想要結交一個莊稼漢，當真是奇怪，難道性子改了？」

姜戎走到桌前，替自己倒了杯茶水，啜了口。「阿意，那得看是什麼人，平日裡朝堂上那些人太假，為夫看不上。而且，阿意啊，為夫瞧妳不是也挺喜歡與陳夫人聊天的？」

清源長公主忍著笑輕哼了一聲。「得，我現在哪裡管得了你！你想結交誰就結交誰吧！」

姜戎走過來，就摟著妻子的肩膀揉了揉。「還是阿意體諒我！」

「在姜府裡過得那麼虛偽，要是到我這裡，我連個朋友都不讓你結交，你不是要恨我？話是這麼說，可他們一家畢竟還沒有勢力，我們千萬莫要牽累他們。」

「阿意，這個我自然是知道的。」妻子善解人意，又與他交心，得妻如此，夫復何求。

姜戎這輩子身為姜家嫡長孫有許多不如意，唯一一樁如意的便是娶了清源長公主，致使他所有的不如意也可以通通被無視。

「對了，你這幾日若是無事，將秦世子請到府中來作客，今日阿悠拜託我的事，我要好好問問。」

姜戎還不知道陳悠要用鳳玉做什麼，清源長公主便簡單與他說了一遍。

姜戎倒是挺驚訝的，開玩笑地與妻子道：「阿意，妳這塊玉珮不是鳳玉吧，我瞧著像是紅娘玉。」

清源長公主笑著推了他一把。

第五十四章

幾日後，皇宮中，正與自己親姊姊說話的李霏煙氣得將手中的茶盞扔了出去，茶漬在精緻的地毯上留下一灘污穢的痕跡。

李霏煙一張精緻的臉，因為憤怒而扭曲猙獰。原本她與秦征幾乎是已成定局的婚事，現在居然告訴她不可能了！

皇后娘娘有些愛憐地看了眼自己的小妹。「阿煙，建康城好男兒多的是，妳又何必執著於那個姓秦的小子，況且他家世又不是頂好，妳莫要傷心了，大姊定不會讓妳嫁得委屈。」

李霏煙總算還有一絲理智，她還沒忘記這裡是皇宮，是皇后娘娘的寢宮。眼前端麗的女人不但是疼愛她的親姊姊，更是一國之母，是大魏朝最尊貴的女人。就算她再怎麼生氣，都不能一點面子也不給她。

壓下怒氣，李霏煙才儘量平靜地問道：「皇后娘娘，您可知這是怎麼回事？」

皇后娘娘眉心也是一皺。「前些日子，本宮與皇上還說得好好的，皇上也屬意妳，怎麼昨日就變卦了？」

「有沒有什麼特別的人尋過皇上？」

皇后想了想。「前兩日，除了那些外臣，好似皇上也就去太后宮中坐了一個多時辰，那時，清源長公主也少有的進了宮，恰在太后那裡。」

李霏煙內心一震，果然，這件事定然與長公主脫不了干係，她派出去的人手就打聽到陳悠一家與清源長公主有來往。

皇后娘娘瞧見李霏煙神色不對，臉色一沈。「阿煙懷疑這件事是長公主插手的？」

李霏煙看了皇后一眼，並未直說，但是眼神明顯已經默認。

皇后拍了拍李霏煙的手。「這件事本宮會幫妳在宮中留意的，妳在家中的那些事莫要做得太過分，還有這些日子皇上正在為淮河以北的水患煩惱，妳回去了給父兄們出出主意，可知了？」

見李霏煙乖巧地點頭，皇后娘娘這才滿意，讓貼身侍女將她送出皇宮。

在回金誠伯府的路上，李霏煙靠坐在她那輛改裝的華麗馬車中，嘴角卻是嘲諷地揚起。

在外人看來，皇后娘娘與她姊妹情深，實際並非如此。最是無情帝王家，她姊姊做了這麼多年皇后，心底存的那點善意早就磨去了。之所以對她這樣縱容，也不過就是因為她的聰明才智，以及讓這個世界的人刮目相看的超前技術和方法。

她那膿包爹整日只知吃喝玩樂，若非是早年由祖父撐著，恐怕現在皇后都輪不到她李家的人做了。

金誠伯府的大少爺李志勝人品雖然沒得挑，可為人太過耿直，根本就不適合詭變的官場，在肅州的大房虎視眈眈，還有三房同樣也不是好惹的。在外人眼中光鮮的金誠伯府，實際上只是個空殼子，也正因為如此，這半個家都仰賴著李霏煙，不然，她一個深閨小姐又如何能到處亂跑，掌控那麼多的勢力。

李霏煙嘴角詭異地扯起。公然搶她早就看上的男人，那只好讓她去死！

這日，紫鳶特意跑了一趟，送來清源長公主的帖子，請陳悠與陶氏六月初一去棲霞寺上香。

陳悠心中有些忐忑，初一一早與陶氏收拾好了，就坐車趕往長公主府。

長公主的馬車寬敞舒適，去棲霞寺時，陶氏和陳悠是與清源長公主乘坐同一輛馬車。陳悠時不時緊張地瞥一眼長公主，長公主瞧著她的模樣，忍了一會兒終是憋不住地笑出聲來。

「好了，阿悠，本宮也不逗妳了。瞧，臉都脹紅了，放心吧，事情都解決了。」

清源長公主這句話一出口，陳悠就長長地吐了口氣，心中還有些小小的甜蜜。

陶氏臉上也明顯變得輕鬆起來。

因秦征的婚事終於塵埃落定，今日陶氏與陳悠心情都格外舒暢。

午時，陪著清源長公主在棲霞寺用了齋飯，後又聽棲霞寺的住持說了一場佛法，母女倆才回來。

晚上一家人吃飯時，趙燁磊不在，陳悠詢問了一聲，才知道趙燁磊在外頭有事，還未回來。

陳悠有些擔憂地看了眼門口，陶氏安慰他。「放心吧，有好幾個身手好的跟著呢，不會出事的。」

陳悠才勉強笑笑地點點頭。

稍晚，陳悠坐在房中，既睡不著，拿著本醫書也看不下去，不一會兒，佩蘭拎著一個小食盒推門進來，見她出神，寬慰道：「大小姐，奴婢方才去廚房拿消夜，正好遇到阿農，廚房正在給大少爺熱菜呢！」

聽到佩蘭這麼說，陳悠放下心，知曉趙燁磊這是已經回來了。

吃了半碗酒釀丸子，陳悠讓佩蘭早些去睡。接著，她看了兩封從慶陽府寄來的信，知道白氏、賈天靜、李阿婆等人都平安。

她坐在妝檯前長長吁了口氣，忽然想到什麼，陳悠在鏡前拉下自己的衣襟，仔細瞧著她鎖骨下方的印記。原本的黯淡早已消失，那朵紅蓮已經徹底盛放，紅得讓人覺得妖異，陳悠皺皺眉，口中默唸靈語，就已經置身在藥田空間中。

走到大湖旁，等了一會兒，果然星星點點的光芒微閃，在她眼前組成了字體。

「恭喜，藥田空間升級成功，獎勵自生藥田！」

隨著這句話漸漸在空中消散，陳悠轉頭朝原來只有五塊的自生藥田看過去。變化幾乎是突然發生的，五塊自生藥田以肉眼可見的速度，在一片白色的銀芒中擴大，等到銀芒消失，陳悠數了數。

靠，直接變為了五十塊……多了十倍！

陳悠嚥了嚥口水，腦中初步計算著這自生藥田要是用來種植藥材，她一天能收穫多少。算完後，陳悠更是不能淡定了。不說旁的，要是百味館由她一個人供藥材，那也是綽綽有餘的。

陳悠閉起眼睛，一個念頭，自生藥田中原本成熟的藥材就已被收割，而後再一個意識作用，自生藥田就被種上她需要的藥材。

閉眼，深深呼吸了幾口，藥田空間中帶著淡淡藥香味的空氣，陳悠覺得是如此安心，遠處那些藥田中的各色草藥好似因為她這樣的放鬆，長勢更好了。

陳悠嘆了口氣，慢慢睜開眼。快樂總是短暫的，放鬆過後還是要面對事實。

這次還真是被她猜對了，藥田空間中所說的秦姓男子真的是秦征，但令陳悠失望的是，這次藥田空間升級任務完成後，竟然只有自生藥田的獎勵，旁的什麼也沒有了。不過想到這個任務已經失敗一次，她也就沒什麼強求的了。

況且這個自生藥田簡直是太好用了！

靠在一棵碩大無比的榕樹幹上，瞇眼瞧著藥田空間裡大湖遠處的那條瀑布，湖水清澈如昔，泛著粼粼波光，湖面有微風拂過來，撩起她耳邊的一縷散髮。

突然一束白光緩緩在空中組成一行字體。陳悠微微瞇眼探究地瞧著這行字，直到它化為點點星芒消失在湖面上。

回想著剛才那一排微光浮現的字體，陳悠有些想笑。

怎麼？這藥田空間連裝也懶得裝了，這次的任務內容白話得不能再白話，就像個賭氣的孩子，心情不好，隨隨便便就將重要的事情說出口。不過想到任務，陳悠便有些笑不出來了。

「幹掉女配，配對男主。」

這都是什麼和什麼，這又不是小說，藥田空間赤裸裸地這麼說合適嗎？而且這次竟然直接連姓氏也不提供了，完全靠她自己矇……

陳悠雖然很鬱悶，可還是認真思考這個任務，她將自己當作小說中的女主角，這樣一想，便有些惡寒。

突然她想起來，這次藥田空間好似沒有說這個任務完成的期限？會不會這個任務是無限期的？

藥田空間這麼噁心變態，她可不能這麼指望，不然半途失望，她很有可能接受不了。

靠在榕樹邊歇了一會兒，陳悠越想越覺得不對勁。

不對啊，這任務是要將自己也搭進去啊！

陳悠臉上滿是糾結，有些氣憤地撿了顆鵝卵石，朝湖水中丟去，平靜的湖水蕩漾起一片漣漪。

這件事不能想了，越想越是心塞，陳悠起身就出了藥田空間。

翌日，陳悠起身隨意用了些朝食，今日她與唐仲要去一趟毅勇侯府，先去瞭解一番老侯爺的情況。

因未提前與秦征知會，陳悠到府上時，秦征已去了宮中早朝，府裡只有秦東一個熟人。

秦東帶著陳悠與唐仲去了東跨院，老侯爺一直在這裡養病。東跨院下人不多，每日裡負責灑掃和照顧昏迷不醒的老侯爺。

陳悠與唐仲一同進了老侯爺的臥室，只見不遠處的床上躺著一位滄桑老者，人已瘦骨嶙峋，臉頰凹陷，就好似一張人皮覆蓋在一副骨架上，膽小的人瞧了都要害怕。

唐仲坐到床邊給老侯爺把脈，陳悠詢問照顧老侯爺的人，平日裡都餵些什麼。

其實，若不是野山參、靈芝等珍貴藥材吊著老侯爺的身體，又有專人精心護理，只怕是這幾年過去，身體早就撐不下去了。

這還是不要命地用那些上品藥材砸出來的結果，勉強護得老侯爺身體的一絲生命力。即便是這樣，老侯爺如果還是一直保持著這樣毫無意識的狀態，也撐不了多久，到時候就算是華佗再世也無濟於事。

「唐仲叔，如何？」

唐仲放下老侯爺瘦骨如柴的手腕，搖搖頭。「最多一年……」

陳悠沈默下來。

唐仲的意思是，就算有極品良藥護住心脈，假如老侯爺意識還不恢復，這具身體最多也只能支撐一年，所以想要救秦老侯爺，就必須要在一年內讓老侯爺甦醒，但是兩人現在並沒有合適的辦法。

師徒二人臨走時，恰好到了老侯爺進食的時辰，一個老嬤嬤帶著三、四個小丫鬟進來。那碗被端進來的湯藥，陳悠攔下來檢查過，裡頭有野山參、何首烏、雪蓮等，一問之下才知道是杜院使親自來開的方子。

陳悠也就沒了異議，瞧著老嬤嬤熟練地用細嘴壺替老侯爺灌藥，這才出去。

秦東本想留陳悠與唐仲用飯，卻被拒絕了。

陳悠一臉鄭重地說：「沒時間了，我得回去翻看醫書，等秦大哥回來，你替我知會他一聲。」

回了陳府，陳悠與唐仲並排走著，唐仲瞧她出神，嘴角牽了牽。

「阿悠，怎麼，心疼了？」

唐仲猛然冒出這句話，還戳中她的心事，原本還陰雲籠罩的面龐瞬間泛紅泛熱。

「唐仲叔，您說什麼我聽不懂！」

「好好好，我不說，妳自己回去好好想想這方子，我與妳靜姨也提一提。」

陳悠點頭，在照壁後與唐仲分開。

其實，她確實是心疼秦征了。沒人比她這個大夫還瞭解醫藥的行情，老侯爺一服藥就要花上幾百兩銀子，就算是毅勇侯府再有家底，也供不起老侯爺這般花費，所以秦征自幼才這般拚命……

她突然有些想知道，這些年他都做了什麼，受了哪些苦，她想要為他分擔所有的苦痛和隱忍。

陳悠停在原地，想得有些出神，片刻後，她搖了搖頭，趕緊讓自己清明一些，她現在要努力做的，便是尋到讓老侯爺醒過來的法子。

六月初，廊道上都被鬱鬱蔥蔥的紫藤覆蓋，走在其間，身影都要被這蔥蘢給遮住。陳悠忽然想到什麼，腳下的步子就更快了，她的藥房在府宅中的最後一進院子，途中必須路過內書房和秦長瑞夫妻以及趙燁磊的院子。

陳悠一抬頭，突然瞧見趙燁磊，看起來有些奇怪。

她所在的這條廊道布滿紫藤，隱蔽性很好，只見趙燁磊站在內書房的窗邊，他的身子彷彿有些僵硬，微微露在外面的雙手突然緊攥起來。不一會兒，趙燁磊往後踉蹌了幾步，突然他轉過身，腳下步子飛快，也就是在這個時候，陳悠看清趙燁磊臉上的表情。他原本氣色就不好，現在看來更加慘白，雙眸閃爍，彷彿許多感情在翻湧，要爆發出來。

他步履不穩，明明是平坦的路面他卻踉蹌了好幾次，最後他的身影狼狽不堪地消失在牆角。

陳悠的心往下沈了沈，以趙熚磊方才的那個模樣，定然是受到什麼打擊。

這裡是內書房，平日在這裡待最長時間的人就是陶氏，有時秦長瑞也會在這裡看帳目，沒有別的人會來。

這麼一推測，陳悠的臉色也變了。她走出紫藤，恰好這個時候，內書房的門也從裡面打開，秦長瑞走了出來，往外頭看了兩眼，見沒人，臉上好似鬆了口氣，又關上了內書房的門。

陳悠長長嘆了口氣，不知道父母無意間商談了什麼，卻傷了趙熚磊。他們是一家人，她不希望他們家庭內部出現什麼不可彌補的裂縫。

她上前敲了內書房的門，是陶氏應門。

見到臉色不大好的陳悠站在門前，陶氏先是一怔，而後也面露擔憂，陶氏的聲音明顯不穩。「阿悠，方才是妳在外面？」

內書房的院子有人把守，若不是家人，沒人能進來，就連每日打掃的下人都是固定時辰來的。

陳悠邁進書房，轉身將門關上，臉上沒有表情。她見陶氏還愣在原地，好似受了打擊，心中的猜想就越發坐實，也變得更加擔憂。

嘆了口氣，陳悠轉身攙扶住陶氏的手。「娘，方才在外頭的不是我，是阿磊哥哥！」

陳悠這句話一說出口，就連秦長瑞的臉色也變了。陶氏只覺得一口氣喘不過來，頭部暈眩。

陳悠急忙扶住陶氏，秦長瑞也趕忙過來抱住妻子，將她移到書房內的小榻躺下。

陶氏只不過是一時過於激動引起的暈眩而已，陳悠把了脈，又給她按了幾處穴位，陶氏就已經緩了過來。

陳悠見她臉色蒼白，到口的話都嚥了下去。「娘，您好好休息，我去瞧瞧阿磊哥哥，晚點再過來。」

陳悠剛想起身，陶氏一把拉住她的手腕。「阿悠，娘不是那麼脆弱的人，說吧，這些事咱們必須去面對。」

秦長瑞坐到陶氏身邊，妻子既然已經作了決定，他絕對不會反對。

陳悠猶豫了一番，轉頭看向秦長瑞，秦長瑞朝她點頭。

陳悠無奈，再度坐下，將趙燁磊方才在窗邊的神情和動作仔細描述給他們聽。

陳悠話音落下後，秦長瑞和陶氏都沈默下來。他們考慮過許多情況，卻從未想過會發生今日這樣的事情。

陶氏嗓子眼苦澀，瞧著自己閨女，卻一句話也說不出來。書房裡安靜得就像是冬日裡的黑夜。

陳悠看了兩人一眼，終於忍不住。「爹、娘，你們到底說了什麼？讓阿磊哥哥那般倉皇失措。」

「我們……」秦長瑞一時說不出口，難道要告訴陳悠，他們方才在房間中說收養趙燁磊是有目的的？

明年開春就是會試，這幾日秦長瑞一直為了趙燁磊奔波，帶著趙燁磊拜訪京中名師，其實許多路子都是秦長瑞用錢砸出來的。錢雖然不是萬能的，但是很大一部分事情都是可以用錢來解決的。

解決不了，只能說明你給的錢還不夠。

陳悠絕對想不到，秦長瑞為了趙燁磊的官途，已經砸了十萬雪花銀，這還僅僅是個開始。秦長瑞瞭解建康的官場勢力，自然也知道該在誰身上砸銀子，路一步步鋪出來，後頭就等著趙燁磊的臨場發揮了，這也正是這幾日秦長瑞與趙燁磊忙得不見人影的原因。

趙燁磊每日跟著秦長瑞跑，他不笨，並且還很聰明敏感，就算看不到秦長瑞拿銀子給人，又怎麼會一點也猜不到呢！

秦長瑞這般待他，他心中自然是感恩又敬重的，毫不誇張地講，就算是親父子，能給兒子這般不顧錢財鋪路的也不多，他也跟在秦長瑞後頭學過經營生意，百味館一年多少盈利，他不說門兒清，也是知道個大概。秦長瑞這樣花錢，恐怕這幾年攢下的所有銀子都已經用了進去。

他想攔阻，可若是這樣的話，那砸下去的銀錢就要白費了。而且趙燁磊也明白，像他們家這樣在建康中沒有根基，想要儘快立足，也只有這個法子了。

與用銀錢相比，他更不願意看到的是依賴秦長瑞。欠下的情總有償還的一日，他不是白眼狼。

陳悠盯著秦長瑞，她清澈的雙眸不由得令人慚愧。「爹、娘，你們方才在書房中說的話可是真心的？」

陶氏連忙搖頭否認，想說點什麼來解釋，可是話到嘴邊，又覺得像是馬後炮，而且他們起初收養趙燁磊確實是帶著目的的。

將他們眼中的愧疚都看在眼裡，陳悠吃驚得瞪大了眼睛。一時間，書房內安靜得令人渾身發冷。

許多念頭在陳悠的腦中徘徊，良久過後，她還是決定與秦長瑞夫婦坦承，語氣中不自覺帶上了緊張和忐忑。「爹、娘，其實有件事情我一直想問你們。」

陶氏抓著女兒的手，愧疚又心疼。

「阿悠有什麼話都直說無妨，在爹娘面前，還有什麼可隱瞞的。」

陳悠鼓起勇氣抬頭，深深吸了口氣，讓自己保持鎮靜。

「你們與秦世子是什麼關係？」短短的一句話，卻讓秦長瑞夫婦渾身的血液被凍住。

陳悠在說什麼？他們……怎麼有些聽不懂……

實際上，陳悠一早就開始懷疑了，雙親再怎麼喜歡秦征這個人，但是他的地位畢竟擺在那兒，他們家勉強可以稱得上富賈，可是與爵位世襲的毅勇侯府差了一大截。父母與秦征相處，並非出於討好，給她的感覺就是——好似他們本來就是親人。

而且每次陶氏看向秦征的眼神，不知不覺就會讓人覺得特別溫柔，這種眼神陳悠很熟悉，陶氏也會經常這麼看著她。

在慶陽府的宅院中，陶氏專門給秦征留了一處院子，她去瞧過那院子的布置，對於她來說完全是陌生的，不管是屋內的家具和一些小東西擺放的位置，甚至是案桌上放置的宣紙，都與他們家平日裡的習慣很不一樣。現在想來，很像毅勇侯府中的布置……

她娘竟然還給秦征做了新衣，自從他們家富足了之後，陶氏已經不大親自做衣裳了，只偶爾給他們姊弟幾個做一套，即便秦長瑞夫妻有多看好她與秦征兩人的感情，也不用對一個外人這麼好，好得幾乎掏心掏肺。而她在說用鳳玉阻攔秦征婚事的時候，秦長瑞夫妻也絲毫沒有阻止，就好像他們早就希望她這麼做一樣。

這些事情還僅僅是一部分，尚有更多的小細節，陳悠並不想一一回想。陳悠知道，畢竟他們已經不是原來的陳永新和吳氏，兩個全新的個體，又怎會沒有自己的故事？

只是他們原來的身分一直都沒有影響到一家的生活，她也就當作不知道，可是如今的情況已經遠遠偏離陳悠的預測。

趙燁磊是個可憐人，這麼幾年生活在一起，陳悠是真心把他當家人看待，在陳悠原來的印象裡，陳家三房每個人都應是如此這般想。可是，現在她卻知道了，雙親的想法不是這樣，難道他們對趙燁磊的關心和愛護都是裝出來的？

陳悠突然覺得自己開始動搖了。這樣的欺騙，讓她膽寒，那他們對阿梅、阿杏，還有四弟懷敏，甚至是她自己，也是假的嗎？

陶氏與秦長瑞的嘴巴就好像僵住一樣，發不出一點兒聲音，他們心中猶如驚濤駭浪在翻湧，可是到了嘴邊，卻被一道高聳入雲的厚厚鐵牆擋住，讓他們只能將所有的反駁和解釋全部嚥回肚子。

此時陳悠的表情冷冷的，不再是像平日裡在父母面前乖巧、笑容滿面的模樣。

「其實，我早知道你們已經不是原來的爹娘，親爹親娘待我和阿梅、阿杏並不好，可以說是殘忍的，當我知道他們已經換了人後，我心中甚至不但沒有害怕，還有些高興。而後一段日子，你們沒有令我失望，阿梅、阿杏臉上也漸漸有了笑容，我才開始肯定你們、接受你們，將你們當作親爹親娘對待，你們暗地裡做的那些事情，我也從來都不過問和拆穿。試問，誰沒有點悲痛的過去？你們想要挽回我也不會阻攔。原本，這些話我是準備這輩子都爛在心裡的，可是這個時候，我不得不說出來。」

陳悠的聲音雖然平靜，甚至還有一些清冷，但是聽在秦長瑞夫妻的耳中卻像是重錘，一下一下敲擊著自己心臟最脆弱的地方。他們沒有想到陳悠早就知道了真相，以前覺得她雖然早熟了些，或許是家庭情況使然，他們夫妻雖對她愛護，卻還是當她是個孩子，從未想過他們早已被看穿。

「阿悠，妳聽爹說，事情並非是妳所想的那麼糟糕。不錯，我們與秦世子是有關係，而且關係很不一般。」

陳悠坐在他們身邊，等著的就是他們的解釋。她眉頭開始慢慢緊皺，擺放在腿上的雙手也不由得攥緊了身前的衣襬。

「毅勇侯府的秦世子是我們的兒子。」

什麼？

陳悠一雙杏目猛然睜大，她說話有些結巴。「您……您說你們是……毅勇侯府的侯爺和夫人？」

陳悠覺得頗為難以接受，秦長瑞和陶氏竟然是秦征的親生父母！

夫妻兩人給陳悠時間接受這個事實。片刻後，她也慢慢冷靜下來。「那秦大哥自己知不知道？」

陶氏毫不猶豫地點點頭。

陳悠覺得這件事真夠荒謬的，她的父母變成了秦征的父母，而秦征居然也知道。想起這些日子，秦征不惜派自己的貼身親衛來保護他們一家，這件事就更不容置喙了。

她看了看秦長瑞，又看了看陶氏，小臉有些蒼白。「你們什麼時候相認的？」

「慶陽府，藥會前幾日。」秦長瑞現在是知無不言，他們夫妻已經完全對陳悠坦誠了。

還未等陳悠開口詢問，秦長瑞就說道：「阿悠是不是覺得奇怪，既然我們早就有機會見征兒，卻遲遲不相認？」

見陳悠吃驚地點頭，秦長瑞無奈地一笑，將他們之前的懷疑一一道來。「我和妳娘之所以一直未認親，那是因為我們發現如今的征兒與前世征兒的性格完全不同……」

陳悠覺得短短時間內，自己的心臟跟坐了過山車一樣。「秦大哥也與你們一般？」

見秦長瑞沈默又嚴肅地點頭，突然這段時日發生的許多事她一下子都有了頭緒。秦長瑞帶趙燁磊去拜訪官員名師，帶著陳懷敏尋那個旁人連姓名都不知道的先生，故意在清源長公主門前與姜駙馬相遇，甚至是收養趙燁磊……這一切都是他們早就知道的！

陳悠眸光複雜地看向秦長瑞和陶氏。

陶氏被她這樣陌生的目光瞧得心中一痛，她心疼地喚了一聲「阿悠」。

秦長瑞要比陶氏理智得多，這種事情，無論換作誰，都無法一下子接受。他聲音低沈平緩，儘量讓自己平靜溫和。「阿悠，不是妳想的那樣。」

「你們不應該這樣對阿磊哥哥。」明明應該是歇斯底里的語氣，可是到口後卻變得非常平靜。

陶氏解釋得有些急。「阿悠，妳聽娘說，阿磊在我們家住了這幾年，或許我和妳爹一開始收養他，是想過要利用他，但是這些日子相處下來，我們早就放棄了這個想法。誰的心都是肉做的，這幾年，我和妳爹早就將他當作我們這個家的一分子！阿悠，妳明白嗎？」

陶氏的話雖然誠懇，但是這個時候實在是讓人一下子無法相信，況且趙燁磊還因他們的對話被氣走……

陳悠沒有回答陶氏的解釋，而是問道：「前世，阿磊哥哥到底是怎麼樣了？」

秦長瑞與陶氏收養他的目的肯定不簡單，那只能說明在前世，趙燁磊定然是個非常有用的人。

陳悠定定看著兩人，等待他們的回答。陶氏無奈地將前世趙燁磊的事情說與她聽。

聽完後，陳悠站起身，她現在腦子太亂了，一下子知道這麼多事，她需要時間來沈澱消化並且作出正確的判斷。

陶氏瞧著閨女要出去，臉色變得慘白。「阿悠，妳還是不相信爹娘嗎？」

陳悠腳步頓了頓，回頭看了眼秦長瑞與陶氏，臉上都是痛苦。「爹、娘，我要一個人靜一靜。」

說完這句話，陳悠便離開內書房，背影寂寥。

秦長瑞坐到小榻邊，輕拍著陶氏的肩膀安慰她，感慨道：「也不知我們這輩子做的是對是錯。」

陶氏仰頭看了夫君一眼，而後埋在他胸口哽咽起來。

陳悠腦中太亂，從內書房出來後，就獨自將自己關在藥房中，晚飯也沒吃。

兩日後，陳悠與唐仲再次去毅勇侯府給老侯爺號脈，還未到午時，兩人就已經收拾藥箱準備離開了。

秦東剛陪他們走到前院，陳悠猛然抬頭，竟見到秦征風塵僕僕地站在她面前。

一時間，陳悠突然發怔。他們已經小半個月未見，眼前的秦征穿著隨意，甚至衣襬上還有塵土，面容比最後一次見到時瘦削不少。

秦征瞧著不遠處的少女拎著小藥箱呆怔的樣子，這些日子的風塵好像瞬間被洗去了一樣。

他輕輕喚了一聲「阿悠」，陳悠聽了秦長瑞與陶氏的話，知道秦征也非常人，她以為在見到他時會尷尬、會質問抑或是迷惘不解，可真正到了這個時候，她那些猜想的感情通通都沒有了，只餘下濃濃的思念，就好像那些根本就不算什麼，只要眼前的人一直在身邊就好。

這麼想時，她也從善如流地拋卻腦中那些亂七八糟的情緒，綻開了笑靨，輕喚了一聲「秦大哥」。

秦征留他們用飯。飯時，陳悠詢問他這些日子不在府中，去了哪裡，秦征只是含糊說了淮北一帶，其他的並未多說。

陳悠看了他一眼，立即醒悟，秦征大概是去執行皇上的密令，其中細節並不好透露。看秦征實在忙得很，原本陳悠還有許多話要問他，這時候也只能暫且作罷。

飯後秦征親自將陳悠與唐仲送回去，但是到了陳府門前，秦征連門都來不及進，就馬鞭一揮，轉道去了宮中。

陳悠剛到府中，就在照壁後瞧見一群侍衛身前立著一個穿著像太監的中年男子。

一旁的秦長瑞與陶氏滿臉焦急，這時，突然有個侍衛在那太監耳邊不知耳語了什麼，那個太監轉身朝陳悠的方向看過來。

陳悠還不知發生了何事，臉上帶著一絲錯愕。直到那太監走到陳悠身前，讓她跪下接旨，用特有的尖細嗓子吼道：「今奉太后娘娘之命，特傳懿旨，因淮北籠河之難，特宣民女陳悠與太醫院一同救治淮北百姓！」

救治百姓是官方說法，其實是官家為了安撫百姓的義診。

陳悠錯愕，怎會突然讓她去淮北義診？

那太監瞧著陳悠不動，面上有些不悅。「陳大姑娘不準備接旨？」

陳悠回過神，謝恩。

「今日就將東西收拾好吧，明日便會有太醫院的人來接姑娘，後日一早啟程動身。」

陳悠有些回不過神來，這一連串突然發生的事情究竟是怎麼回事？

秦長瑞夫妻眉頭擰得很緊，陳悠看了他們一眼，陶氏將陳悠拉到自己身邊，安慰地拍拍她的手，唐仲也怔住。

陶氏拉著陳悠去後院，秦長瑞與唐仲說了幾句話，而後吩咐下人去毅勇侯府給秦征傳個話，轉身也去了後院。

秦長瑞反身將門關上，走到母女倆面前坐下。

陳悠皺眉問道：「爹，前世可發生過這件事？」

她問的是淮北洪澇，籠河決堤這件事。

秦長瑞搖頭。「至少在我們重生前並沒有發生過這件事。」看來，歷史的軌跡早已悄然改變，雖然一些事情可以預測，但已經不是完全，至少籠河決堤這件事就不是。

實際上，淮北洪澇，籠河決堤在大魏朝確實是發生過的，不過在秦長瑞與陶氏的前世，是發生在他們已經喪生後，二人當然不知。

淮北的事情被皇上下令封鎖，而這時代若不是刻意去打聽，本來就消息閉塞。秦長瑞又沒有特意去關心淮北，他也不過今早才聽人說起，還是因為從淮北逃來的第一批難民進京的關係。

秦征被緊急派去淮北，連個招呼都來不及打，而且他執行的還是密令，等秦長瑞回到府中將這件事與陶氏說了後，宮中就來了人。

如此快的速度，就算是他也應對不及。夫妻兩人很擔心，他們不想陳悠冒險。

「阿悠，妳不要去了，剩下的我與妳爹想法子應付。」

陶氏這個時候想到清源長公主，不知道這個時候去求長公主還有沒有用？

陳悠堅定地搖搖頭。「爹、娘，不能這麼做，既然是太后派人親自來宣的懿旨，不知背後有多少人在盯著咱們家，況且還有金誠伯府，咱們一旦有個異動被查到，那就要連累許多人。況且我還進宮給長公主診過病，別人還在眼紅呢，咱們不能這個時候犯錯，阿磊哥哥還要繼續參加會試，不能因為我而連累他！」

陳悠的話說得沒錯，她在藥會上嶄露鋒芒，幾乎醫藥界有些名氣的人都知曉她，她即便想找理由推脫也推脫不掉。說實話，除非她真的死了，不然想要不參與這件事，根本不可能。

雖然還沒查清是誰從中作梗，但是想來也只有李三小姐，沒有第二個人選了。除了她，也沒人有這樣的能耐，能夠搬動太后。

陶氏捏著陳悠的手，搖頭，她根本就捨不得陳悠，水災之地，萬里水澤，受難百姓數以萬計，先不說勞累辛苦，而且現在已經進入夏季，往後的日子只會越來越熱，到時候疫病頻發，若是有了瘟疫，光病死的就會有萬人以上，到時候真的是餓殍遍野，多少被派去義診的醫女大夫都回不來……

更何況到處都處於危險之中，那些沒了吃食的百姓，喪失道德理智，打砸搶燒，無處不是作奸犯科。陶氏簡直不敢往下想。

「阿悠，妳不能去！」

她的阿悠還只是個剛剛及笄不久的姑娘而已，在那樣的地方，她怎能夠放心。

陳悠堅定地搖頭。「爹、娘，你們不要再說了，這次我們沒有選擇，必須要去！放心吧，我會照顧好自己的！」

陳悠盯著他們擔憂的臉龐看了一會兒。「我去收拾東西。」而後轉身就出了房門，陶氏也急忙跟上。

秦征回府後，知道陳悠要被派去淮北義診，還是秦長瑞派人通知他的。瞬間，他的臉色就變了。

阿魚立在一邊，秦征這時的氣勢懾人，他有些不敢看他。

不多時，他聽到秦征道：「我知曉了，你先回去，若是有什麼消息，我讓阿北過去。」

阿魚得了答覆，急匆匆出了毅勇侯府，翻身上馬回府報信。

白起隨著秦征一同去了書房。

「將阿北叫來。」

秦征將手中剛剛寫好的紙張遞給阿北。「按照我寫的查，今日之內給我結果，越快越好！」

阿北見主子這般嚴肅，不敢怠慢，接了秦征手中的宣紙，一目十行看了一遍，收進懷中，急忙出去辦事。

白起凝眉想了想。「咱們這個時候去皇上那兒說情，不知能不能讓陳大姑娘免了這一行？」

秦征前幾日從淮北回來，對那兒的情況很清楚，如今淮北一帶百姓積怨已深，水患已經發生近一個月，皇家頒布的這些應急措施根本收效甚微。而且淮北一帶官員結黨營私，陋習頗多，國庫下撥的賑災物資，真正能到百姓手中的寥寥無幾，正是因為這樣，才積了民怨，導致百姓暴亂。

他這些日子親自在淮北一帶暗訪，將那兒的情況記錄在冊親手交給皇上。想要安置淮北百姓，必須根除淮北官員的陋習，不然也只是治標不治本，離了民心，得不償失。

百姓積怨已深，這時候派太醫院的太醫與醫女去義診，哪裡是為了救治百姓，根本就是火上澆油，這些人有可能就會成為百姓洩憤的犧牲品。

秦征想到這裡，心情煩亂得很。「來不及了，這是太后下的懿旨，就算是皇上也不好阻攔。即便是清源長公主親自在太后面前說情恐怕也會被否定。」

大魏朝重孝道，皇上更要做表率，若是皇后娘娘的命令，皇上還能駁回，可這道令是太后親口下的，皇上也不好開口。

白起是滿臉難色。「那太皇太后那兒呢？」

秦征搖搖頭。「太皇太后月初就去了德懿行宮，怕是不住幾個月是不會回來的。」

一時主僕兩人都沈默下來，這件事確實是棘手得很，此時根本就沒有合適的法子。

秦征疲憊地揉了揉眉心。「白起，去準備車馬，我立即進宮。」

趙燁磊是傍晚得知這個消息，他剛從外頭回來，臉色蒼白，顯然這兩日也很不好過。

陳悠不好將秦長瑞夫婦說的話直接在趙燁磊面前捅破。讓他知道她瞧見他狼狽而逃，反而會更加難以接受，所以也只能稍稍安慰關懷一些。

這件事還得靠秦長瑞夫婦親自與趙燁磊解開疙瘩才行。

陳悠正在藥房收拾東西，趙燁磊匆匆趕來。「阿悠，究竟是怎麼回事？」事情到了這個地步，陳悠除了儘量充分準備，根本沒別的選擇。

陳悠見他臉上氣色不好，忙道：「阿磊哥哥坐。」

身旁佩蘭給二人倒了茶。

說了前因，陳悠安慰他。「也不過就是去個義診，出不了事，我一個大夫，在哪兒都是給人看病，在建康和淮北沒什麼區別。這一去我還能瞧瞧這一路上的風景呢！」

趙燁磊雖未去過淮北，但是洪澇千里，餓殍遍野，就算是猜也能猜出幾分破敗的景象來，又怎會像是陳悠話中形容得這麼輕鬆呢！

「阿悠，我與妳一同去。」趙燁磊的話斬釘截鐵。

陳悠一驚，連忙搖頭。「這怎麼可以！阿磊哥哥，你明年開春就要參加會試了，我這一去指不定幾個月才回來，你在建康剛剛有些人脈，這個時候放棄，那之前咱們的努力就白費了。」

趙燁磊臉色一黯，雙眸裡有深深的糾結和痛苦。

陳悠怕他想不開，繼續勸道：「而且，阿磊哥哥，你還有爹娘的冤情要平反呢！若是失去這次機會，便要再等三年，人生又有多少三年能夠蹉跎？若是你日後有了自己的勢力，到時候自然可以庇佑我，像今日這種事情也就不會再發生了。」

陳悠說得沒錯，但是趙燁磊心中卻堵得厲害。

兩人沈默地坐了片刻，而後陳悠笑著岔開話題，問了趙燁磊這幾日做了何事，趙燁磊應付了幾句，最後連一盞茶都沒吃完就黯然離開了。

陳悠望著趙燁磊消失在夜色中的背影，終是嘆了口氣。

時間緊迫，陳悠將一些不易帶的東西都弄進藥田空間中，隨身的行李只有一些衣物、一個藥箱以及幾本醫書。

唐仲連夜到秦長瑞書房中商量，也要同去，卻被陳悠否決。一來秦老侯爺的病症還要持續觀察，二來賈天靜還在慶陽府，他們夫妻二人剛成婚就兩地相隔，陳悠已經覺得對他們特別歉疚了，現在怎麼會同意唐仲冒這個險。

秦長瑞也不同意唐仲跟著一起去，為了寬慰唐仲，便說：「唐老弟，你放心，我是阿悠她爹，會為她考慮周到，定然讓阿悠這一趟平安歸來，就算你不相信旁人，總該相信我！」

唐仲最後氣憤又惱怒地嘆口氣，背著手離開書房。

陳悠轉身對她爹交代。「爹，您尋人看著唐仲叔，我怕他會偷偷跟來。」

「爹知曉。」

陳悠頓了頓。「還有，爹、娘，你們在家中要注意身體，阿梅、阿杏、懷敏那兒先不要告訴他們實情，旁的我自己會小心的。」

她隻身去歷險，還在擔憂家人。陶氏再也忍不住，抱著女兒就哭起來。

陳悠雙眸中也潮濕了。「娘，我都不怕，您怕什麼。我們是去義診的，那些難民只會感謝我們，說不定還要歌功頌德呢！」

淮北義診的危險，陳悠心中當然清楚。但是當著陶氏的面，她又怎麼敢直接說出來。她這句安慰，瞬間讓陶氏的淚水決堤。

陪著爹娘說了一會兒話，秦長瑞與陶氏又交代她許多事情，而後陶氏陪著她回房，母女二人睡了一夜。

第五十五章

第二日一早，宮中就派人來，秦長瑞打算讓阿魚與兩個護衛跟著，又讓佩蘭一路上照顧陳悠。

可是準備離開時，宮中來的太監和護衛，卻將人攔住了。

那年輕的太監皺著眉頭傲慢道：「這又不是遊山玩水，還要帶護衛和下人，若是你們各個都是這樣，那如何賑災義診？」

這時候與這幾人理論，根本就論不出個理兒，他們家畢竟不是官家，在這些人面前連點威信也無。

一邊的薛鵬要塞些銀票給那領頭的太監，卻被一把推開了。

「莫要用這些髒東西污了咱家的眼，陳姑娘，快收拾，走人！太醫院還要備案，可沒時間給妳在家中耽擱。」

瞧這太監的行為和說話的語氣，明顯是早就被人授意的。陳悠微皺眉頭，攔住薛鵬，轉身對秦長瑞和陶氏道別。

宮中來人時不時催促，陳悠只好出了陳家府門。

當馬車消失在巷口轉角，秦長瑞立即吩咐道：「叫人暗中跟著，千萬不能讓大小姐出事。」

阿魚快步去了。

行到半路，那太監朝後頭看了看，瞧見秦征突然騎馬從後頭趕過來，太監眼珠子轉了轉，臉上有了急色。

太監身旁的護衛貼近，低聲詢問道：「周公公，怎麼辦，秦世子一直跟在後頭，咱們不好動手！」

被喚作周公公的太監咬咬牙，憤憤道：「再等等！」

可是秦征帶著屬下卻一直跟著馬車進了宮中。馬車停到太醫院，陳悠安全從馬車中下來，他才勒馬轉身。

陳悠聽到馬蹄聲，奇怪地轉頭朝聲音的方向看去，因為在宮中是有禁令不准騎馬的，少有的特權人士除外，例如秦征就是其中之一。她轉頭時，恰看到秦征坐在高大駿馬上的挺拔背影，秦征好似感受到她的目光一般，回過頭，朝陳悠做了一個口形。

陳悠心中驟然一暖，他說的是「小心」兩個字。瞧著秦征的身影消失在太醫院正門，陳悠再轉頭看到不遠處兩個凶神惡煞的護衛，已經明白過來。

只不過現在太醫院中來來往往的人太多，這幾人早已失去動手的機會。

不遠處有個醫女急忙跑過來。「陳姑娘？」

這聲音十分熟悉，陳悠轉頭，見是醫女阿珍，那時她給清源長公主醫治時，阿珍便在一旁。兩人相處過幾日，阿珍著實是個好姑娘。

「真的是妳！聽大人們說妳會來宮中，一同去淮北義診，我還不相信，沒想到今日就見到妳了。」

陳悠笑著回道：「太后娘娘的懿旨，我怎會不來。」

身旁送陳悠來的周公公和幾個護衛已離開。

阿珍臉上的笑容瞬間消失，嘆了口氣。「妳定是惹了什麼人，不然以妳的醫術又怎會專門將妳招攬到宮中，讓妳與我們一同去義診。」

這樣的義診可不是太醫院平日裡在外頭利民舉辦的義診，而是要急行軍去災區。聽早年經歷過義診的太醫和醫女說，到了災區那便是身不由己，若是遇到瘟疫，能不能活下來都是問題。

其實派太醫院的人去義診只不過是表面工夫，太醫院能有多少大夫，連民間招募的一起算算也頂多一百來人，淮北幾十萬受災百姓，簡直就是杯水車薪。況且分撥的草藥也不是很多，這完全是叫他們去做炮灰。

實際上，被派去的太醫和醫女也大多是太醫院中專業技術最差的，抑或是人際關係混得不好，像杜院使和劉太醫這樣的人，皇家當然要留著自己用，又怎麼會派他們去冒險？

醫女阿珍本也應該不用去的，她算是太醫院醫女中拔尖的了，可是她得罪了頂頭的醫官，那醫官發怒，就將她添加到隨行的名單中。

陳悠無所謂地笑了笑，既然已經到了這個地步，那就樂觀去面對，說不定他們能幫助許多受災的百姓呢！想得再怎麼消極，這件事難道就會不存在了嗎？

「事情就在那兒，咱們都要去，還不如想好應對的法子，做好準備，妳說是不是？」

阿珍瞧陳悠臉上的笑容，一時間有些愣怔，沈默片刻，突然彎腰笑起來。

陳悠疑惑又錯愕地瞧著她的反應，怎麼？她說錯了嗎？

阿珍好不容易止住笑，她擦了擦眼角笑出的淚水。「阿悠，妳說得對，反正這事我們改變不了，哭喪著臉給誰看呢！不如笑一笑，自己心情也好些，這麼和妳一比，我倒是個俗人了。」

陳悠嗔了她一眼。

「來，我替妳拿東西。」阿珍接過陳悠手中的藥箱和包袱，奇怪道：「怎麼就這麼一點？」

那些收拾去淮北義診的太醫和醫女恨不得將所有家當都帶上了。

陳悠怎麼好說很多東西已被她放入藥田空間中，只能說道：「剛剛接我來宮中的那些人不讓帶，護衛也留在家中了。」

阿珍沒想到竟然是如此，氣得狠狠罵了那幾個人。

陳悠在太醫院中整理行李，劉太醫派人來尋她去說話。陳悠一進房間，劉太醫就站起身，瞧著眼前纖弱又清麗的少女，劉太醫的胸口一揪。

「阿悠，這次怎麼回事，妳怎會在這次去淮北義診的名單中？」
「太后娘娘命人去宣的懿旨。」
聽到陳悠的這句話，劉太醫眉頭一緊，恨恨道：「這個姓杜的，竟一句話都沒給我透漏，阿悠妳先在這裡等著，我去找他理論！」
劉太醫一掌拍在桌角上，桌上放置的茶盞都跟著抖了抖，可人還沒出門，房門就被人從外頭推開了。
杜院使一踏進房門，瞧著劉太醫就狠狠瞪了一眼。「這大清早的，還以為誰又說我的壞話了呢，敢情又是劉太醫吶！怎麼，不過才一個晚上未見而已，又想老夫了？」
「我呸，你這個老傢伙，我巴不得你早點入土為安呢！」
「嘿！劉斜眼，你怎麼就罵上人了！老夫我身體好得很，還能再活十年！」
「杜歪嘴，你這叫禍害遺千年！」
……
陳悠滿臉尷尬地看兩人吵起來，勸誰都不是，只好做縮頭烏龜，準備悄悄退出去得了，這時候劉太醫突然叫住她。
兩人吵得臉紅脖子粗，各坐下來喘氣。
「杜歪嘴，你說實話，阿悠去義診，是不是你在太后娘娘面前提的？」
杜院使剛給自己倒了杯茶，還沒入口，就氣得放下茶盞。「唉，你這個劉斜眼，什麼壞事都賴老夫頭上。你怎麼從不說老夫做的那些好事？老夫在太后面前提這個做什麼，那本《百病集方》老夫還沒弄明白呢，又怎會害陳姑娘？」

劉太醫氣哼哼地瞥了他一眼。雖然兩人老鬥嘴，可在太醫院這麼多年，兩人也都好好的，並未出什麼差錯，可見二人表面雖不和，但是心中並沒有什麼真的仇怨。

劉太醫沒有反駁杜院使的話，看來心中已經相信他說的是事實了。

原本有些聒噪的兩個人都閉了嘴，沈默下來。

「劉斜眼，不如老夫去太后那兒問問？」

劉太醫哼了一聲，嘲諷道：「你若是覺得你在太后娘娘那兒有分量，我是不介意的。」

太后再怎麼看重杜院使，畢竟君臣有別，他要是真這麼做，很有可能就惹了太后反感。

聽兩個長輩越說越離譜，陳悠連忙說道：「劉太醫、杜院使，你們還是給我說說往年去災區義診的情況吧！」

劉太醫和杜院使都尷尬地咳嗽一聲。

「好好好，陳姑娘，妳先坐，在太醫院不用客氣，老夫本就是要來給妳交代這些的。」

劉太醫翻了個白眼，嘀咕了一句「假惺惺」。

談完要事後，陳悠告別兩位老人家，回到房間。她與阿珍在一個房中休息，是杜院使幫忙安排的，因第二日天未亮就要出發，所以兩個姑娘說了一會兒話，也都早早歇息了。

一夜眨眼而過，阿珍先醒來，而後將陳悠喚醒。這時，外頭已經有人在催了。

兩人拎著各自的行李出寢房，到了太醫院門口，由主事官檢查了身分和人數，才統一安排登上馬車，去宮中西門與保護此行的兵士們會合。

陳悠瞧著眼前的隊伍，沒有人臉上是有絲毫笑容的，若是情況壞的話，恐怕到淮北一落腳，就會有許多人想逃走。

西門前早已有車隊等候，車隊中大部分都是用於救治災區病患的草藥以及一些少許的物資，光草藥便有幾十車。

陳悠有些驚訝，雖然幾十車草藥不是很多，與災區的情況相比，可說是杯水車薪，但與杜院使說過的往年災區義診給的草藥相比可算多了。

阿珍在一旁也很驚詫。「這次運到淮北的藥材，可是比以前那些老人說的多了許多。」

兩人跟著隊伍到了皇宮西門，等到近前一看，剛剛提起的一點信心又被粉碎，這些隨行的兵力也大多年紀大，拿著兵器有氣無力的模樣，實在叫人不擔心都難。

如果真的這樣下去，估摸著他們這隊人行到一半，隊伍中的草藥和食物就會被歹人打劫……

也許真是杜院使知會的話起了作用，她們所坐的這輛馬車竟然只坐了她們二人，而旁的馬車少說也要塞上五、六個。

義診隊伍行得並不快，兩刻鐘後才出了皇宮。半路不知是何原因停了一會兒，陳悠和阿珍也不好下去打聽，只得在馬車中耐心等待。

過了不久，車簾外頭突然傳來一個熟悉且壓低的聲音。

靠在車廂中看書的陳悠，眼睛一瞪，有些不敢置信地看向車簾處。

阿珍見她動作奇怪，問道：「阿悠，怎麼了？」

這時候陳悠一把掀開車簾，果然見到外頭阿魚騎著馬在馬車外。

「阿魚哥，你怎麼來了？」

阿魚笑著摸摸頭，從懷中拿出一封信遞給陳悠。「大小姐，您瞧了信便知道了。」

陳悠瞪了他一眼，將信封接到手中。

「大小姐您先看信，我去將佩蘭接送來。」

「什麼，佩蘭也來了？你們……當真是胡鬧！」陳悠懊惱道。

阿魚也不管她，直接牽了韁繩，朝車隊相反的方向去了。

陳悠無奈，只好拆信，信封一展開，瞧見上頭的落款，渾身有些僵住，隨後就是心口一暖。這是秦征親筆寫的信，內容不長，只短短幾段話，其中交代了這一行阿魚、佩蘭會跟著，另外就是這支義診隊伍由秦征親手管理，沿途送到淮北，至於秦長瑞夫婦和家中弟妹也無須她操心。

明明只是幾句簡單得不能再簡單的話，沒有一點甜言蜜語，可就是這樣的語句，這時候瞧見卻讓人突然有了依靠，心中甜如蜜糖。

阿珍瞧見陳悠嘴角翹起，也笑著詢問道：「到底是什麼好事，讓妳高興成這樣？」

陳悠不好說實話，只好道：「家中託人送來的信。」

「好了，若是不想說就不要說吧，我可不是那種喜歡好奇的人。」

陳悠感激地看了阿珍一眼。

小半刻鐘後，阿魚果然將佩蘭送過來。佩蘭不知從哪裡弄了一身醫女的衣裳穿在身上，一上了馬車，就擔心地看向陳悠。「大小姐，您沒事吧！」

「妳瞧我不是好好坐在這裡嗎？家中如何？」

「老爺、夫人叫奴婢帶話給大小姐，家中一切自有他們照應，叫妳去淮北這一途不用擔心，阿魚那裡還有一些東西，待晚些時候交給大小姐。」

車隊出了建康城，而後進入官道。在官道上行了沒多久，就聽到一陣陣急促的馬蹄聲，車隊就在官道上停下來。

佩蘭掀開簾子朝外頭看了幾眼，放下簾子對陳悠高興地道：「大小姐，是秦世子來了。」

陳悠有些擔憂，這帶著義診隊伍去淮北一帶可不是什麼好差事。

秦征領著自己的私兵，大約一千多人，這些都算是他的直系手下，領的俸祿都是毅勇侯府出的。因給皇上辦事，皇上特許他練了千餘的兵力，這次全數出動與義診隊伍一起。

秦征騎著越影到領著義診隊伍的官員面前，向那官員出示了一塊權杖，很快這支義診隊伍就由秦征接手。一時間義診隊伍兩邊多了許多精兵護衛，雖都是常服打扮，但是各個面容冷酷，渾身有一種凜然的氣勢，讓人一瞧之下，就明白這群人不好惹。

雖然是皇家派遣的義診隊，但這一路上還是低調為好，於是秦征的私兵都未有統一的盔甲裝扮，而是都著常服。

等出了建康地界，這時候也鄰近午時，六月天，天氣已熱起來。就算人不休息，馬匹也需要休息。

於是，尋了一片陰涼的小樹林，隊伍停下用些乾糧，順便稍作休整。

秦征吩咐白起，讓他去部署，將義診隊伍改頭換面偽裝成普通的商隊，也令所有穿著宮中統一衣裳的大夫醫女換上普通百姓的衣裳。

阿珍與佩蘭都被叫去換衣，只餘陳悠一人，阿魚扶著她下了馬車，而後陳悠尋了一棵槐樹，在旁邊鋪了墊子坐下。

方想拿阿珍昨日準備好的乾糧出來解飢時，白起提著一個食盒走過來。「陳大姑娘，這是我們世子爺叫屬下送過來給您的。」

陳悠瞧著那精緻的食盒，上頭還印著「一品香」，正是建康一品香的糕點。那時候她趕到建康給賈天靜與唐仲解圍的時候，在回慶陽府前買過一次，後來就一直惦記著這家糕點鋪子的點心。可一品香的糕點每日限量供應，從不接受預定，去遲了就買不到，沒想到這個時候還能嚐到。

她有些控制不住地吞嚥了口口水，因為飢餓更抵擋不住美食的誘惑。

白起瞧見陳悠眼中有猶豫，急忙將食盒蓋子打開，頓時糕點清淡誘人的香味飄進陳悠的鼻中，果然最後還是沒有抵制住美食的誘惑，從白起手中接過了糕點食盒。

「替我謝謝秦大哥。」

白起咳嗽一聲，笑咪咪地道：「世子爺還叫我帶句話給陳大姑娘，這點心大可不必省著，世子爺那裡還有許多，若是放個一、兩日可就要壞了。」

原來只吃了三小塊的陳悠，聞言也不留著了，這種天氣，點心這種東西擱不久，不一會兒就半盤下肚，喝了口溫熱的茶水，才滿足地嘆口氣。

阿珍與佩蘭是先後回來的，陳悠將一品香另一半還未動的點心留給她們。

車隊休息了半個時辰，再次出發。他們必須抓緊時日趕到淮北，那裡的情況越來越嚴重，連日陰雨已一個多月了。因帶著車隊，並不好急行軍，只能日夜兼程。

東方只有微微的魚肚白，義診隊伍在驛站倉促用了白粥和饅頭就開始上路。

陳悠上馬車前，阿魚一直陪在身邊，途中白起過來道了早安，卻沒見到秦征的影子。

為了趕路，今日車隊連中午都沒休息，所有人的午飯都是輪流在馬車中解決的。其中只在半路停了兩次，供人解決生理需求。

馬車搖晃中，陳悠不知不覺靠著車壁睡著了。等到她慢慢從睡夢中轉醒時，閉著眼睛伸了伸手臂，當手背碰到一隻強健的手臂時，她的身體猛然一僵。

她閉著眼睛，伸手小心地摸了摸身下的衣裳，衣襬上繡著繁複的紋路，還有一些硬，上頭綴著幾顆極小的珠子，這……這不是佩蘭穿的衣裳。

因為佩蘭的衣裳就連繡花都極少，不會像這樣滿是繡著暗紋，這是男子的衣裳。

陳悠被嚇得早已沒了睏意，她猛然睜開眼，準備看清是誰，若是危險抑或是不認識的人，她決定立即躲進藥田空間中。

可她圓睜著杏眼對上一雙深情注視著她眸子的鳳目時，陳悠所有的驚恐和害怕在頃刻間全部化為驚訝無措和羞澀。

她怔了足足幾秒，才呆呆地問道：「秦大哥，你怎麼會在這裡？」

她的不知所措和慌亂羞怯全被秦征看在眼裡。

他嘴角翹了翹。「怎麼，阿悠，我不能來？」

陳悠急忙用力搖頭，卻因為此刻的姿勢，髮絲變得凌亂。她這才想起來，自己還枕在秦征的長腿上。

此時，她枕在秦征的大腿上，秦征伸著左臂護著她，防止她掉下坐榻，另一隻手正拿著她看了一半的醫書。

意識到這樣的動作是多麼曖昧後，陳悠手忙腳亂就掙扎著要起來。這麼一掙扎，反而顯得更加慌亂，原來剛睡醒，臉上殘留一絲睡後的紅暈，現在因為羞澀，整張臉都紅了。

馬車不大，又坐著秦征這樣一個長手長腳的男人，就更顯得逼仄狹窄了。偏偏車隊又行到一段非常不好走的官路，到處坑坑窪窪，路上時不時還有攔路的石頭，騎馬走在前頭的護衛只好不時去將擋路的石頭搬開，這麼一來，車隊的速度就降了下來。

就在陳悠慌忙間，馬車正好陷入官路上一個大坑，馬車抖動的幅度很大。陳悠本就沒坐好，這一顛簸，直接讓她重心不穩，就要朝前倒去。

秦征急忙伸手接住她，她就這麼直接被秦征抱個滿懷，這樣直接的姿勢簡直比方才要曖昧幾倍。

陳悠的鼻子撞到秦征結實的胸前，她痛得皺了皺鼻子，還沒等到陳悠紅著臉將秦征推開，馬車又是猛地一陣抖動，陳悠都要氣得罵娘了。這該死的官道，為什麼這麼破舊！

於是，她之前的努力還無效果，秦征原來緊繃的俊臉突然有了表情，片刻後，他緊緊抱著陳悠竟然笑出聲來。

陳悠簡直想找個地縫鑽進去，今日當真是丟臉丟到家了。

外頭突然傳來阿魚帶著歉意的聲音。「大小姐，這一帶路不好走，您在馬車中抓緊些。」

陳悠暗中翻了個白眼，路不好走，阿魚竟然不早說，等到她陰溝裡翻船了才來馬後炮有什麼用。

陳悠被馬車搖來晃去晃得腿軟，推了推秦征結實的胸口卻沒有反應，反倒是感覺到他的手臂好似收得更緊了。

「秦大哥，你鬆開，我自己能坐好。」

好似故意在拆陳悠的臺，馬車又猛力晃了兩下，讓她不得不抓住秦征的衣裳才穩住身體，陳悠簡直嘔死了。

兩人之間毫無距離，陳悠都能聞到他身上的淡淡香味，這香味她很熟悉，是她自己製的香，她做的香味道雖不濃，但因為配方有些特殊的關係，若是經常用的話，會滲入到衣物中，不容易去除。

秦征難道經常用她做的香？

陳悠不自覺就仰頭看向他的臉，不過因為離得太近，她只能看到他堅毅的下巴和上頭有些冒頭的青色鬍碴。

秦征低頭瞥見她的視線，嘴角的弧度慢慢擴大，雙手一用力，竟然卡著她纖細的腰肢，微用力將她拎到他的腿上坐著……

天知道他多久前就想這麼做了。

陳悠還處於震驚中，在她的想像中，秦征經常是一副冷酷的樣子，做事有勇有謀並且慎重警惕，她大部分見到的都是他剛毅果決的一面，卻從未想到他還有如此流氓的一面。她的雙手下意識緊緊抓住秦征胸前的衣襟。

秦征瞧她緊張得都忘記掙扎，圓睜的杏眼，長長的睫毛眨動，像是兩片驚慌的蝶翼。

秦征忍不住伸手捏了捏陳悠細膩白皙的臉頰。

陳悠沒想到，這個時候他竟然故意調戲她，惱怒地吼道：「秦征！」

秦征嘴角一翹，就是一個醉人的笑容。「阿悠，我在！」

他還是第一次聽到從她口中吐出自己的名字。

「你放開手！」陳悠此時渾身的感覺好像都集中在他攬著她的大掌上，夏衫很薄，手掌灼熱的溫度烙在她的腰間，讓她難耐。

「阿悠，外頭是阿魚在駕車。」

陳悠連脖子都紅了。她方才聲音沒控制住，那麼大聲，定然都被在前頭駕車的阿魚聽到了。秦征根本就是故意的！

陳悠怒瞪了他一眼，被他束縛在他的腿上她也動不了。

秦征見她一雙眸子變得霧濛濛的，才知道他調戲得有些過頭了，他也不過想懲罰一下陳悠，誰叫她有事情瞞著他。

陳悠眼眶一熱，眼淚就在眼眶中打轉，也不掙扎了，就這麼任由秦征抱著她。

秦征咳嗽了一聲，而後鬆了卡在她腰間的大手，騰出一隻手來將她摟到懷中，輕輕拍著她的後背。

「阿悠，是我不對，這路不好走，等過了這段官道，再放妳下來可好？」

陳悠也不說話反駁了，就攥著他胸前的衣襟，像一隻小奶貓一樣埋在他胸口輕聲抽泣。

秦征嘆口氣，認命地用拙劣的話來哄她，他從來沒哄過人，說來說去也就那麼幾句。

最後陳悠都聽煩了，自己擦了眼淚珠子，抬起紅紅一雙杏眼瞪了他一下，埋怨道：「你就不能換點別的說，哄人都不會哄，還虧你是個世子呢！」

她哭得像隻小花貓，還憤憤地埋怨他，秦征真是哭笑不得。看來他的這隻小貓是又嬌氣又愛哭，他怎麼以前沒發現？日後若是要逗貓的話，還得拿捏好分寸。

「阿悠，那妳想聽什麼？」

洩憤般地將淚水都抹到秦征那身繡著暗紋的精緻長袍上，這是陶氏親手給他做的衣裳，她記得很清楚。

「那隨便唱首歌吧！」

秦征一噎，頓時說不出話來，殺人他殺得多了去，唱歌還……真是不會……

日後，在陳悠軟磨硬泡下，又許了很多好處，秦征總算了卻她的這個夙願。但自那次後，陳悠便再也沒提讓秦征唱歌的事，當然，這都是後話了。

陳悠不悅地哼了一聲。「堂堂世子竟然連唱歌都不會。」

「下次吧，我給妳說個笑話如何？」

秦征只能割地賠款，可事實證明，就算說笑話也一點兒都不好笑，甚至陳悠還沒明白過來，他就已經說完了……

騎馬一直守在外頭的白起摀著嘴笑得渾身打顫，又不敢笑出聲來。

秦征說給陳悠聽的那笑話，正是一次兄弟幾個在一起喝酒時，不用說的。

不用那個神棍根本就不會說笑話，只是他好不容易來興致說了個笑話，兄弟幾個不好打擊他，都配合地大笑，聊表心意。沒想到就被同樣不會說笑話的秦征給記下來，現在拿出來耍寶，討陳大姑娘開心。

坐在馬車中的秦征還不知道自己被屬下給笑話了，說完笑話後，低頭問陳悠。「好笑嗎？」

陳悠不好打擊他，僵硬地扯了扯嘴角。

秦征見到陳悠的表情，幾乎是立刻就在心裡的小黑本子上給不用記上一筆。

時間一分一秒過去，有秦征當肉墊，這顛簸的一段官道不再覺得難捱。

兩人都漸漸沈默下來，馬車中一時間溫馨不已。

秦征的嘴角揚起弧度，在她如雲的鬢髮間烙下一個輕吻。

兩刻鐘後，這段難走的官道總算過去，秦征將她抱到一邊坐下，軟玉溫香離開讓他的心跟著一陣空落。

「阿悠，想必妳也知道，這災區義診不是個好差事。而且淮北的情況遠比妳想像中還要惡劣，有一些重災地區，百姓為了能活下去，甚至還有易子而食的現象發生。我們如今在蘄州，籠河決堤後，淮北的百姓有許多都逃到蘄州地界，儘管當地官員已經盡力救助，可是蘄州只是幾萬百姓的小城，早已不堪重負，淮北受災百姓幾十萬，許多都開始南下。等到蘄州內地，就能瞧見成片災民，過兩日，進入淮北地界的淮揚府，我們這個車隊將會更加危險，我不能時時刻刻在妳身旁，妳定要小心謹慎！可知了？」

陳悠雖然早就明白淮北情況不好，但也沒想到竟然會到這麼嚴重的程度。她來到大魏朝後，雖過了一段苦日子，但是道德淪喪的事情卻從未親眼見過，更不用提前世還是生活在富足的現代社會。

「秦大哥，你放心吧，我會小心的。」

秦征將她的手握在自己的大掌中，又伸手替她理了理耳邊有些零散的髮絲。「阿悠，只有妳平安了，我才能安心去做別的事。」

不知道在什麼時候，妳早已走進我的心裡，成了我的軟肋和鎧甲！

陳悠看著秦征，他的雙眼深邃如夜空，但她就是能在裡面發現洶湧澎湃的感情波濤，他說的並不是什麼甜言蜜語，陳悠卻感覺如此暖心，不知何時，她也已經將他放進心裡。

陳悠情不自禁地微微抬頭，將軟軟的紅唇印在秦征的薄唇上。完全不是她想像中涼薄的感覺，甚至她還感覺到秦征的嘴唇是火熱的。

秦征因為這突然送上的香澤怔住，隨後就搶過主權，耳鬢廝磨，原本淺淺的吻越來越深，呼吸相聞，是從未體驗過的迷醉。

幸而他還存有一些理智，沒有繼續下去，陳悠微微推開他，臉頰耳郭都燒得通紅，她低著頭不敢瞧秦征的表情。

若是她此時抬頭，就能見到秦征真切的笑意和深情的眼神。

白起的聲音在馬車外頭響起來。「世子爺，天色暗了，再往前走就要進淮北地界了。」

「命令車隊在蘄州驛站歇息一晚，明天一早再趕路。」

馬車外白起應了一聲，就騎快馬離開去吩咐了。

秦征還有許多事要處理，也不能時時在馬車中陪陳悠，讓阿魚取了一品香的小盒點心放在馬車中。「阿悠，妳先吃些點心，到驛站還有些時候，有什麼事便讓阿魚去尋白起。」

陳悠瞧他掀簾下了馬車，身旁很快有護衛牽了他那匹棗紅色的越影過來。秦征翻身上馬後，朝她的方向看了一眼，才揚長而去。

一直到了酉時末，義診隊伍才在蘄州驛站安頓下來。

陳悠洗漱後剛剛躺下，就聽到外頭一陣噼哩啪啦的響聲。佩蘭打開窗往外頭看，驛館後院是一片竹林，這聲音正是雨水打在竹葉上的聲音。

「大小姐，下雨了。」佩蘭臉帶憂色地說。

淮北還在水患，蘄州又下雨，真不是個好兆頭。

這場雨一下，車隊只能被攔在蘄州驛館，寸步難行。如果只有人還好，關鍵是還有草藥等貨物。

清晨，雨絲毫沒有減小的趨勢，甚至比昨夜下得還大。秦征無法，只好讓車隊在蘄州驛館停上一日。

再往南走，就到了重災區淮揚府，他們若是繼續扮作商旅，很可能會直接被災民哄搶，所以秦征又吩咐下去，讓大夫、醫女們都換上太醫院的統一服飾，至於他自己的私兵，則有自己的一套制式盔甲。

這一轉眼，就在蘄州驛站停歇了兩日。

其間，陳悠去看了暫時儲存在蘄州驛站倉庫的藥材，除了稍稍受了些潮外，旁的還好，只要能月內到達淮北，就不會影響這批藥材的使用。

秦征一直待在房中辦公，不時有手下進去，送出的信也不知凡幾。幸而，第三日時，雨勢小了許多，勉強可以上路。

她這邊剛準備出去，白起就來敲門。開了門，迎了白起進來。

「陳大姑娘，世子爺現在不在，他讓我先將您送到馬車中。」白起的語氣有些急促。

陳悠雖想問，但還是忍住了，白起是秦征的心腹，不會對她不利。

將陳悠送上馬車，白起才小聲補了一句。「陳大姑娘放心，世子爺是昨晚出去的，有阿北幾個護著，不會有事。」

陳悠謝了白起，又朝他笑了笑。

白起身上也還有一大堆事，不能在這裡陪她，他吩咐馬車旁的護衛照顧好陳悠，就匆匆去忙別的了。

佩蘭瞥見馬車內柔軟嶄新的毛皮毯子，還有車中精緻的布置，才有些驚訝地道：「大小姐，這輛馬車不是我們之前坐的那輛。」

陳悠自然也發現了，他們原來的那輛馬車要比這輛小得多，而且馬車中的布置再簡單不過，不像這輛有這麼寬敞的車廂和一應上乘的用物。

陳悠無奈地搖搖頭，方才上車時，看到馬車周圍的嚴密護衛，恐怕這馬車是秦征的。

外頭的雨又開始淅淅瀝瀝下起來，所有騎馬的兵士都披了蓑衣，頂著雨前行。下了兩日大雨的官道不好走，加上又載運笨重的貨物，有的路甚至都要靠秦征那些私兵下馬推著馬車走才行，大半個上午過去了，兵士們一半都變成泥人，也才走了原定計劃之路程的四分之一，若繼續這樣下去，恐怕天黑都到不了淮揚府周邊的驛站，天氣又這樣陰晴不定，根本無法露營。

一車隊的大夫和醫女都是滿面愁容，不過卻沒有人下車來幫忙推陷入泥濘裡的馬車。

白起抹了一把臉上的雨水，敲馬車的車壁，來向陳悠討治腿腳的藥膏，這個時候若是沒有大夫，應急只能先用藥膏抹了包紮上，根本就沒別的法子。

陳悠一驚。「怎麼回事，誰受傷了？」

白起懊惱得不行，他身上雖然披了雨衣，但是時間長了，雨水還是滲入裡頭的深衣，衣衫全黏在身上，要不是現在是夏季，那會更難受。

白起身後的屬下急忙將自己頭頂上的斗笠給白起戴上，擋住了些許雨水。

「我一個屬下受傷了，傷了腿腳……」白起有些落寞，心中更是忍著一股氣。

陳悠急忙從藥箱中找出傷藥，交給白起，快速說了一遍該怎麼用。

待白起拿著傷藥騎馬而去後，陳悠追問阿魚，才知道是怎麼回事。

因他們剛才過了一處斜坡，有一輛馬車卡進水窪裡，那水窪看起來只是個淺坑，實際上裡頭深得很，馬車卡進去了，就怎麼也拉不上來，只能叫兵士們以人力來推抬，五、六個士兵下馬來推車，便讓坐在馬車中的大夫與醫女先下馬車。

可那些人不願意，執意要待在馬車中，怕下了馬車後弄髒衣裳和鞋子，這些私兵因先前被秦征交代，不許與車隊中的大夫和醫女起衝突，也只能忍氣吞聲，沒辦法，只好出了力氣去抬。

就算是執行任務，出兵打仗，那都是流血流淚的，也沒受過這樣的窩囊氣，可主子既然吩咐了，他們就得忍著。

因五、六個士兵根本抬不上來，所以又多叫幾個來，好不容易將馬車弄出水窪，這段官道因是上坡，馬一個沒拉穩，馬車就往後退了段距離，拉也拉不住，在後面抬馬車的兵士猝不及防，就被馬車輪子輾到腳。

若不是另外幾個士兵拚命推著馬車移開，那被輾了腳的士兵，恐怕腳面都要被輾得粉碎。

聽到外頭痛苦的喊聲後，躲在馬車裡的大夫才伸出一個頭來，可瞧見士兵血肉模糊的腳面，他就變成啞巴，這樣的外傷，他根本就不會治。太醫院的醫女大多是輔助，實際說來，很多都不會診病開方，大夫不會的，醫女又怎麼會知道？

白起正好騎馬路過，瞧見這情景，氣得險些嘔出血來，這才匆匆跑來陳悠這裡要傷藥。

「那士兵傷得嚴不嚴重？」陳悠急忙問。

「大小姐，我也不清楚，但瞧白起大哥這麼急，估摸著這傷不會太輕。」

秦征手下的私兵是平分給白起、秦東、不用、阿北四個人帶的，護送義診隊伍的私兵大半都是白起和阿北的人。

白起雖要求嚴格，但是對這些出生入死的手下卻很關心，出了這樣的意外，他當然氣憤，如果那幾個大夫與醫女不坐在車中，馬車的重量很輕，也不會發生這樣的意外。

「我過去看看。」陳悠當即決定。

這輾傷若是處理不好，這個兵士以後可就是個殘廢了！

阿魚有些為難。「大小姐，有那麼多大夫，哪還需要妳，這外頭下著雨呢。」

「沒事，一會兒前頭還有個上坡，馬拉不上去，咱們還是要下來走。」

阿魚拿她沒辦法，只好趕快給佩蘭使眼色，讓她跟緊給陳悠披上披風，外頭罩上擋雨的蓑衣，這裡地勢高，風大，根本就打不了傘。

陳悠下了馬車，就由阿魚領著去了那受傷的士兵處。此時受傷的士兵已經被抬到一輛馬車上，馬車中還坐了兩個醫女縮在角落。

看到來人掀開斗笠，竟然是陳悠，白起拿著傷藥的手哆嗦了一下，終於整個人鬆弛下來。「陳大姑娘，幫阿生瞧瞧吧，他這腳……」

馬車擁擠，白起將地方騰給陳悠後，自己就下了馬車。

陳悠剪開阿生的褲管和襪子，當瞧見裡頭裹著血跡斑斑、早已被壓得變形的腳面時，倒抽了一口氣。

尋了酒精濃度高的酒消毒、擦淨血污後，陳悠才開始檢查。

腳部有許多重要的穴位，阿生腳部的骨頭有多處錯位，加上韌帶被輾傷，甚至伴有小部分粉碎性骨折，首先就要正骨。

陳悠幾乎是看到傷處就明白怎麼處理。

由佩蘭在一旁幫她擦汗，陳悠替阿生正了骨、上完藥後，用夾板固定住時，她的身子卻突然一僵。

她不是喪失了外科手術的能力，那剛才那種胸有成竹、大刀闊斧的感覺是怎麼回事？難道說那種感覺又回來了？

陳悠低頭看了眼自己的雙手，有些不敢置信。不過現在可不是胡思亂想的時候，她快速替阿生包紮好，又留下了些口服藥丸，叮囑旁邊的醫女該如何照顧，這才下了馬車。

白起在一旁等著，見到她下來，急忙問道：「陳大姑娘，阿生如何？」

陳悠嚴肅道：「以後若是正常走路怕是不大可能，會有一些跛，但是那隻腳保住了。」

白起低頭咬咬唇，雨水順著他的臉頰從下巴上滴落，讓眼前的男子看起來失落無比。

「謝謝您了，陳大姑娘，趕快回去吧，這雨下得越發大了。」

陳悠安慰了他兩句，轉身離開，回了自己的馬車中。

那些打打殺殺沒要了這個英勇青年的命，這輛坐滿人的馬車卻讓他成了殘廢，這叫白起怎能不氣？

那邊的聲音越來越大，這時候，陳悠突然瞧見遠處幾匹馬飛奔著朝這邊過來，朦朧的雨幕中，越來越清晰。她嘴角忍不住彎起，而後不顧佩蘭反對，跳下車馬朝那個方向看過去。

佩蘭趕忙撐了雨傘，給陳悠擋住雨。「大小姐，您怎麼了，外面雨大得很呢，還是回馬車中吧……」

佩蘭一句話剛剛說完，抬頭看到遠處的身影，立即閉上嘴。

果然是秦征，雖然他披著蓑衣戴斗笠在雨幕中疾馳，可陳悠還是一眼就認出了他。原來不經意間，她已經將他的身影刻在腦海中。

陳悠瞧著他越來越近，秦征在遠處停下，下馬時，朝陳悠的方向看了一眼，而後就進了那吵鬧的人群中。

不多時，一個護衛騎馬到了陳悠身邊。「世子爺讓屬下傳話，叫陳大姑娘趕緊上馬車，他不一會兒就過來。」

陳悠點點頭，可見那護衛一直停在馬車邊不走，她只好上了馬車，回頭才見那傳話的護衛騎馬走遠了。

第五十六章

一刻鐘後，車隊再次啟程。

阿魚在馬車邊說了幾句話，而後朝佩蘭使了個眼色，佩蘭急忙道：「大小姐，中午您也沒吃什麼，奴婢去後頭馬車替您熬蓮子羹。」

還沒等陳悠說話，佩蘭就急匆匆下了馬車。

現在陳悠總算明白那日為什麼會只有她和秦征獨處一輛馬車了。

這個小妮子，什麼時候被秦征給買通了！

佩蘭下車不一會兒，馬車外就傳來秦征低沈磁性的聲音。「阿悠，我進來了。」

秦征帶著一身雨水進了馬車，雖換了衣裳，但頭髮仍是濕的，頰邊還有一、兩縷散髮垂落。

陳悠遞了乾布巾給他，他隨意抹了兩把臉上的水珠，坐到陳悠身邊，長長吁了口氣，閉眼靠著車壁養神。陳悠見他滿臉疲憊，心疼地拿過布巾替他擦拭濕漉漉的長髮，卻被秦征長臂一伸，攬到懷中。

陳悠頓時臉一紅，可並沒有掙開，她偷偷抬頭看了秦征一眼，瞧見他深陷的眼眶和眼瞼下一層暗影，情不自禁伸手就想觸碰他的臉。

她的手還沒摸到秦征的臉頰時，就被秦征一把抓住放在胸前，而後再也沒有放開。陳悠瞧他眼睛並未睜開，全身也漸漸軟化下來，靠在他堅實寬厚的肩膀上。

秦征身上的味道其實不好聞，泡了大半日的雨水，又在外頭奔波，沒有地方洗浴，頂多換身衣裳，能好聞到哪裡去。

陳悠皺了皺鼻子，卻笑著將頭埋進他的胸口。這時候，秦征微微睜開一雙深邃的眼睛，朝陳悠瞥了一眼，嘴角翹起，低頭在她的鬢髮上落下一吻。

兩人就這麼沈默地相擁了一會兒，馬車裡的世界好似與外面滂沱大雨的世界隔開。正當陳悠以為秦征睡著的時候，他卻動了動手臂，將她移了些位置，讓她更舒服地坐在馬車中。

陳悠一隻手把玩著他腰間一塊權杖上的繐子，一邊問道：「秦大哥，剛才那些鬧事的大夫和醫女，你是怎麼平息的？」

秦征微微眯起眼，眼中一道寒光閃過。「無用又渙散人心的人留著何用？」

陳悠一驚，撐著他的胸膛直起身子，驚訝地看著他。「秦征，你把那些人殺了？」

秦征發現，她一生氣或是一惱怒的時候便不喜歡喚他「秦大哥」了，他嘴角微翹，少有的帶著一絲邪氣，不過與「秦大哥」這個稱呼相比，他還是喜歡聽他的名字從她嘴裡說出來。

「怎麼，在阿悠眼裡我就是個殺人狂魔？」

陳悠急忙搖頭，解釋道：「不是的……」

「放心吧，我只是叫那些人也體驗一下，我的手下過的是什麼樣的日子而已。」秦征含笑拍了拍陳悠的手，而後似乎又特別滿意她小手的光滑，捏在手中把玩了許久。

陳悠鬆口氣，這些大夫和醫女是該好好教訓，能待在馬車中已經不錯了，還要求別的，當真以為自己的地位了得？人貴在自知，若是做了超過自己身分的事情，自然會被人討厭，甚至自己吃虧。

那幾個鬧事的大夫、醫女此時正披著蓑衣跟在車隊後徒步，他們不會騎馬，若是坐不了馬車，就只能靠著一雙腿了。

道路泥濘，他們根本就不像兵士們穿了專門制式的盔甲，而是一般的布靴，陷在泥水中早就濕透，身上的衣裳更是被浸濕貼在身上，又重又難受。加上他們速度又慢，幾乎是小跑著才跟上車隊，時不時還摔倒在泥水中，狼狽得可以。

這裡是荒山野嶺又是淮北地帶，他們的行李都在馬車上，根本就逃不了，也不敢逃，若是遇到難民，他們定要被吃得骨頭都不剩。原來其他還躍躍欲試準備反抗的大夫和醫女在見到這幾人的慘狀時，都偃旗息鼓，默默地坐在馬車中，有時上坡難走，也能配合地下馬車跟著走一段路。

在大夫和醫女的配合下，行程加快了許多，加上下午雨停了，眾人不用再穿著厚重的蓑衣，趕路就更快了些。

陳悠從她隨身攜帶的藥箱中，拿出幾個早就配好的藥包遞給秦征。「秦大哥，這個你帶在身上，剩下的分給你那些貼身護衛，現在天氣炎熱，我擔心到了淮北重災區會有疫症發生，這個藥包帶在身上可以預防大多數的疫症。」

秦征低頭瞧著手中可愛的藥包，卻笑起來。「這是阿梅、阿杏做的？」

陳悠沒想到都這個時候了，他還與她理論這種問題，沒好氣地白了他一眼，點頭。「確實是她們兩個小的做的。」

以前阿梅和阿杏學做女紅的時候，做了許多荷包來練手，後來都被她收集起來，這些藥包是她進宮之前，親自在藥房配了藥，裝進這些空荷包中的。

抬頭見秦征翹著嘴角看著她，陳悠立馬解釋道：「我……我雖不擅女紅，但是荷包這種簡單的也是會做的！」

「哦？那我便等著阿悠親手給我做一個荷包。」

這下陳悠傻眼了，沒想到秦征會直接開口向她要東西，陶氏自她小時就對她採取放養政策，只要求她跟著秦長瑞和趙燁磊身後學幾年字，她大多讀的都是醫書。而後她便一直跟在唐仲身邊行醫，家中的事，她管得不多，身上穿的用的，若不是出自陶氏之手，就是李阿婆做的，後來阿梅、阿杏大了些，也會給她做些貼身用的東西。

她自己是一件都沒做過，這女紅水平也頂多在縫縫補補的層次，要繡荷包、做衣裳就有些為難她了，她連繡花針有哪幾種都不知曉。可既然在秦征面前誇下海口，也不好就收回話。

陳悠苦著一張臉，勉強地答應下秦征的要求。

將藥包貼身帶著後，秦征在馬車中小睡一會兒。他昨天半夜出去，到現在都沒休息過，已是非常疲累了，可睡了不到半個時辰，白起就來尋他，說是前頭遇上難民了。

秦征叮囑陳悠好好待在馬車中，千萬不能出去，就跳下馬車，翻身上馬，與護衛們一起去車隊前頭。

陳悠坐的這輛馬車原是秦征的，是給他平日休息準備的，有護衛守護著，在車隊比較靠前的位置，前面的情形雖說不能完全看見，但是掀開馬車簾子還是能窺見不少。

陳悠微掀開車簾，朝車隊前面看過去，這一看之下，她險些震驚地叫喊出來。

車隊走的官道被擋住了，不是別人，正是淮北的災民。這些衣衫襤褸、渾身髒污、瘦骨如柴的災民看起來一個個黑黝黝的，哪裡還像是大魏朝的普通老百姓。

他們用來擋住官道的不是樹木石頭，也不是鐵釘武器，而是一具具散發著味道、死狀可怖的屍體！

那些難民屍體，大部分已死去數日，發出一股股惡臭，身上的衣裳也不知被誰剝去了，赤身露體。屍體堆成的路障後站著一群災民，約莫有五、六十人，他們大多都是年輕的男人，可基本上已餓得皮包骨，沒有幾個是能看的。

這些人雖然落魄不堪，但是所有人盯著車隊後運著貨物的馬車，眼睛卻都是綠幽幽的，那貪婪的眼神讓人看了就覺得心慌。

其實車隊有一千多人，光是秦征的私兵就有千餘人，並不用害怕這種小群體幾十人的難民，可是這些人明顯已經失去理智，若是不用些非常手段，恐怕很是難纏。

白起的聲音已經響起來。「前面擋路的百姓速速讓開，這乃是官家的車隊，有兵士護衛的！」

白起話一說完，跟在身後幾十名穿著鎧甲的兵士統一亮出武器，尖槍被雨水洗刷過，帶著露珠，兵士們整齊劃一的動作，寒氣森森。可這樣的氣勢也未讓這些災民後退一步，他們都要死了，在這種威脅下又有什麼好怕的，最壞的結果也就是丟了這條命而已，而在洪災後，最不值錢的就是人命了。

光腳的不怕穿鞋的，不要命了還怕什麼權勢霸道。拚一把還能活下去，若是連拚都不拚，活下去的機會都沒有了。

雨這幾日還斷斷續續地下，淮北各地區災情根本就沒得到緩解。這些人大半都已在災難中失去了親人家屬，孑然一身，就更沒有什麼牽掛了。如果這次能得到些糧食，就是賺回了一條命；即便是死，也能與家人團聚。

白起這番動作後，這些人不但沒有退縮，反而一個個臉上變得更加堅決。

其中一個又黑又髒的中年男人站出來喊道：「我們都是一群快死的人，才不管你們是誰。總之要從我們這裡過，必須留下糧食，不然你們就從我們的屍體上踏過去！」

這男人吼完就像是失了渾身的力氣，被身旁一個高瘦的男子攙扶住。

騎在馬上居高臨下的秦征瞧著眼前的情景眉頭一皺。他為皇上暗地裡辦了多少件骯髒事，殺的人自也不少，他的這些兵士可以說毫不輸給皇上的御林軍，個個都是勇猛男兒，殺敵可以一當十，但那是誅殺叛徒凶黨，不是這些手無寸鐵的災民。

這些人也不過是走投無路，家破人亡，所以才攔路搶劫。

白起擰眉低聲詢問秦征。「世子爺，我們該怎麼辦，恐怕我們不以利器開道，這些人寧死也不會讓開。」

殺雞儆猴嗎？這招可不適用在這裡，說這些人是亡命之徒也不為過，他們殺了其中一人，只會激得旁人更加奮力反抗，除非把這些人全殺了，不然就算是餘下一個也會與他們拚鬥到底，在這些人眼裡，現在最不值錢的便是自己這條命。

他們是奉了皇上和太后的旨意來安撫災民，而不是誅殺災民，一旦他們將這些人殺掉後，將會引來更可怕的民憤！民憤這種東西一旦積壓到一定程度就成了暴亂，到那時候就不是好收拾的。

另外，他們若沒有完成任務，一樣會被皇上和太后怪罪，除非亡命天涯，不然也同樣要被制裁，背後還有李霏煙在坐收漁翁之利，他們此行絕對不能鎩羽而歸！

那群攔路的難民中又一個憤慨道：「搶的便是你們這些官家的車隊！洪災後，你們這些當官的，可有管過我們百姓的死活？我從鄞州逃難到這裡來，從未見過官家的人施捨百姓，看到的倒是拿著長刀長槍的官差將暴亂的百姓誅殺！今日就算我們拚了這條命，也要咬下你們這些當官的一塊肉！這樣，我就算下了地府見到我妻兒，我也能抬頭了！兄弟們，你們說是不是？」

這番話一吼，頓時群情激奮，一聲接一聲「交出糧食」此起彼伏。

白起見恐嚇沒有什麼用處，讓手下的兵士退到一邊，他耐心地商量。「諸位，並非我們不想出手幫你們一把，實在是無能為力，車隊中並無餘糧，這些貨物也不是糧食。」

「你胡說，不過是想騙我們讓開路而已！」災民中立即又有人憤慨地吼叫。

「我們這車隊中都是藥材，正是要運往淮北重災區的！」

「藥材？你們這些當官的比狼狐還狡詐，百姓生死都不顧了，還會運藥材來？就算是藥材，也要留下，反正這些藥材即便運到地方，也不會有絲毫用在百姓身上！」

「對！留下來！留下來！」

這些人這樣還真不好處理，軟硬不吃，是勢必要敲他們竹槓了。白起為難地看向秦征。

秦征臉色一沈，就要吩咐手下將這些災民趕開，也不過區區幾十人，既不能殺，就支開到一邊，他們手上沒有什麼武器，硬闖過去又如何，車隊可不能因為這些人耽誤行程。

秦征剛要下令，那災民中有個年紀較大的男子便冷哼一聲。「這位大人大可將我們驅逐，不過不要怪我沒給你提醒，過了這座山頭，後面有個山寨，卻是有幾千人，這裡沒別的路，只能從那兒過，若是沒有我們給的暗號，你們也別想全身而退！」

那人的聲音擲地有聲，一看就知道災前也是有些身分的。

淮北剛剛平息了一場小型的暴動，災民因無家可歸落草為寇的有許多，雖然之前秦征在淮北調查過情況，但是也不可能面面俱到，便如這處，他雖知地勢，卻不知曉這裡到底有沒有草寇。這一路，他身負皇命，而且陳悠也在身邊，他不能大意，絲毫的意外都要掐滅在火苗中。

陳悠在馬車中將這一切都看在眼裡，她不顧阿魚的反對，下了馬車走到車隊前，阿魚急忙擔心地跟上。

「請各位稍安勿躁，我們車隊中確實沒有多餘的糧食，但若是你們願意，可以跟著我們去就近的驛站，到時會有官家安排義診，若是你們願意，也可以留下幫忙，再不濟一口飯還是有得吃的。」陳悠突然走出來，說了這一番話，讓那些災民都安靜下來。

他們其實並沒有什麼要求，也不過是想在這災亂中保住一條命而已。

陳悠這時候的提議無疑非常誘人，若她說的是真的，還能幫助更多的人，這些災民以前大多都是莊稼漢，很是純樸。

不過那位說有賊寇埋伏的中年人看了看陳悠以後，卻把目光落到秦征身上，他明白，在這裡說話算得上數的還是秦征。

秦征抬手阻止了白起要說的話，而後便向白起點頭。

白起看了陳悠一眼，嘆了口氣卻什麼也沒再說，指揮屬下將這些災民帶到車隊中，又挪出一部分乾糧給他們解除飢餓。

白起向他們交代，並無馬車給他們乘坐，要想到驛站，便只能跟在車隊後面自己徒步走過去。即便是這樣，這些人已經喜出望外了。

隨後秦征就交代下來，將那位說有匪寇的男子帶了過去。

其實白起很不贊同陳悠的做法，他認為陳悠畢竟是女子，見到這些災民這般可憐便心軟要收留。可是她不知道，與真正重災的地方相比，這些能活下來的人已經算是很好的處境了。因陳悠並未親眼見過災區慘狀，這才善心大發，若是這一路都要聽陳悠的，不斷地收留災民，那整個車隊都會不堪重負，更別說完成皇命！

平日裡，他可以對陳悠做的事不置一詞，但是這個時候，關係到秦征以及他這些出生入死的兄弟，他覺得仍然有必要提醒主子，萬不要被感情沖昏了頭腦。

一旦被義診隊伍接受，這些人甚至還幫忙將攔路的屍體拖開，陳悠見到這些災民的屍體就這般被隨意堆放在官道兩側，眉頭緊蹙，急忙叫阿魚帶人挖了坑，將這些屍首埋了。

因天氣潮濕，這些屍體焚燒不了，若是直接放在這裡，很有可能就成為疫病源頭，現在唯一的辦法就是將這些屍體掩埋。

義診隊伍重新啟程後，陳悠帶著佩蘭和秦征指派的幾個醫女替這些災民看診，又隨意與他們聊了些話，雖然陳悠身後跟著阿魚和兩個冷面護衛，但是災民們卻覺得替他們看病的這個年輕小姑娘確實是和煦溫柔。

許久未受到過這樣的關懷，一些災民甚至感動得流下淚，這些人終於相信陳悠他們是建康派來的義診隊伍。

等到陳悠回到馬車中，寫了方子交給阿魚，讓他送給方才跟在她身後的那幾個醫女，令那幾個醫女熬了湯藥給那些受傷的災民送過去。

瞧著他們喝完，陳悠自己卻深思起來，那山上的匪寇……

陳悠想到金誠伯府的勢力，突然一個法子在腦中顯現出來。

另一廂，秦征向那中年男子瞭解情況後，白起終於忍不住將他的想法與秦征說了。

秦征轉頭看了他一眼，笑了笑，並未回答白起說的話，白起難免有些急。「世子爺，您聽屬下一句，這樣的事，咱們在淮北可不能再發生了。」

「下去吧，派人查看咱們還有多久到那座山頭，莫要打草驚蛇。」

白起無奈，朝秦征拱了拱手，轉身去辦事。

果然如那中年男子所說，那裡集結了幾千匪寇，因有那中年男子提示，他們的車隊倒是真的平安地翻過那山頭。

雖然到最近的驛站時，天色已黑沈，但還是如約而至，並沒有出任何差錯。

明日會有惠民藥局的人來接頭，而後將草藥全部運往淮揚府內城，在城門口張貼皇榜，並在各個地區設置義診的攤點。到那時，從宮中一路趕來的這些大夫和醫女們也會被分派到不同地方去。

明天開始就要忙碌了，加上今天一日疲憊地趕路，到了驛站稍稍收拾後，所有人都早早進房間休息。

陳悠在房中坐了一會兒，瞧著佩蘭忙來忙去地鋪床、收拾東西。

「佩蘭，妳去瞧瞧秦大哥房間的燈熄了沒有？」

佩蘭很快回來。「大小姐，白起少爺還站在門口，裡頭的燈也亮著。」

陳悠便讓佩蘭留下，她去尋秦征說事。

秦征此時正在房中處理阿北剛剛送來的公文和信函，白起瞧見她走過來，微微皺起眉頭。

「陳大姑娘，世子爺現在正忙，不便見人。」

陳悠看了眼白起，不明白他怎麼好似一下子對自己反感起來了。「我只說幾句話，一會兒就走，不會耽誤秦大哥許多時間的。」

白起低下頭，不回陳悠的話，沈默地攔在房門前。

突然，門從裡面被人打開，秦征冷冷瞥了眼白起，而後溫聲對陳悠說道：「阿悠進來吧。」

白起才心不甘情不願地讓開。

陳悠進了房間後詢問秦征。「秦大哥，白起這是怎麼了，我可做過什麼事得罪他？」

秦征噗哧一笑，長臂一展就將陳悠撈到懷中。「無事，他就是那個脾氣，日後妳便知曉了。」

陳悠臉一紅，推了推貼在自己身上的沈重身軀。「秦大哥，我有話要與你……」話還未說完，秦征已經低頭堵住她的紅唇。軟香的觸感，上面還有晚上吃過所殘留的甜湯味道。

陳悠沒想到他會這樣突然與她索吻，杏眼瞪大，雙手下意識便抓住秦征胸前的衣襟。原本淺嘗輒止的吻因為陳悠沒有反抗，變得越發不能自拔。紅唇軟膩，急促的喘息帶著淡淡馨香，引得他不斷深入。一時間意亂情迷，隨著吻加深，秦征也開始難耐起來，扶在陳悠腰間的大掌不自覺開始輕撫，而後慢慢向上。

再好的意志力在自己喜歡甚至深愛的女子面前都是扯淡。當他的大掌撫上陳悠胸口的時候，陳悠跟著渾身一顫，因為秦征的動作，她的理智也瞬間回轉，幾乎是使盡力氣才將兩人隔開少許。

因為陳悠的反抗，秦征一時也找回些許理智。他鬆開束縛，微微靠在陳悠的肩膀上急速喘息，平復自己升騰的慾望。

喘息間曖昧又濃重的呼吸吐在陳悠耳側，讓她白皙小巧的耳朵跟著變得通紅，心也跳得飛快，好似要蹦出來一般。

剛才她分明感受到秦征的大掌在自己胸前捏了一下……

自從那次他吻了她之後，他就像是開了葷一般，兩人若是在一起，秦征總是少不了親吻和挑逗，今日竟然還忍不住摸了她……更讓她難為情的是，她竟然發現自己並不厭惡他這些動作。

想到這裡，陳悠就有些懊惱和臉紅。

秦征讓陳悠坐到他身邊，將先前護衛送進來的點心放到她面前。「阿悠，吃些點心。」而後又親手替陳悠倒了茶水。

因晚上到驛站時，晚飯吃得匆忙，加上驛站的伙食不好，只有稀粥和饅頭，陳悠擔心那批運來的藥材，連粥都未來得及喝，就去查看了，佩蘭只好去廚房親自替她做了一碗簡單的甜湯來充飢。

淮北水患，就算是官家驛站，有淮揚府照料，一樣吃食都是極簡的，只秦征這裡還能吃到幾塊點心。這時陳悠確實也是餓了，她和秦征並不客氣，就著溫熱的茶水，吃了幾塊點心，這才覺得飽了些。

陳悠用絹帕抹了抹嘴角，還沒開口，秦征笑著伸手幫她撥開抿到嘴角的一根髮絲，溫柔道：「阿悠，是不是找我來說那山上的匪寇之事？」

陳悠驚訝得瞪大眼睛，盯著秦征輪廓分明的俊臉。「秦大哥怎麼知道？」

秦征嘴角揚起，而後低頭隨意翻著手中的一封信函，低沈磁性的聲音響起。「阿悠的意思是不是想我將這些人收到麾下？」

這次陳悠連話都說不出來了，因為秦征所說的正是她心中所想的。

「恐怕阿悠當時說收留下那些人，便已有這個目的吧？」

陳悠也不否認，她與秦征對視，兩人的雙眸中都映著彼此的臉龐。

陳悠當時站出來說要收留那群災民，考慮的事並非如現在這麼多。其一，她是想透過這些人瞭解淮北的真實情況；其二便是因為其中的中年男人說山上有匪寇的話。當時她這個想法也不過隱約成形，回到驛站的這一路，她才慢慢決定的。

沒想到她的想法已經被秦征猜中，陳悠嘴角一彎，對秦征露出一個清麗的笑顏。「既然秦大哥都猜到我說的話了，我也不多嘴了。只還有一句要提醒秦大哥，若真要這樣做，必須要有萬全的準備。」

秦征伸手摸了摸她頭頂的秀髮。「阿悠，放心吧，沒有把握的事情我是不會做的。」

陳悠想到那日秦長瑞夫妻對自己所說的話，想到秦征也如他們一樣是重生的之後，她覺得有許多話都是多餘的了。瞥了眼堆在桌上小山般的公文，陳悠也不敢再耽誤秦征，便說要回去了。

秦征叮囑她早些休息，莫要亂想，親自將她送到門口才折返。

他從公文中抽出一封並未署名的信封，而後瞥了一眼房門，頗為疲憊地坐下，靠在長椅上。片刻後，他長吁了口氣，將那封信蓋在自己的臉上，昏黃的燈光映照過去，儼然只能看到他露在外面的嘴唇和下巴。

突然，他緊抿的薄唇泛起弧度，那掩映在昏黃燈火下的真切笑容是那麼讓人心動和沈醉。其實這是秦長瑞透過秦征的渠道送來的信，信中用了他們父子之間特定的暗號，若是旁人看了，只會覺得這是一封普通的家常信，可對秦征而言，這封信卻有著獨特的意義，它既是毒藥又可是良藥，當秦征拆開瞧了內容後，手都是顫抖的。

但一切的平靜卻讓秦征明白，並非是他想的那般惡劣的後果，所以他才在見到陳悠時，那麼激動，甚至險些沒有控制住自己。喜歡的女子對自己的信任讓他愉悅不已，而他也更堅定了對陳悠的感情。

信封的內容很簡單，不過是秦長瑞告知他，陳悠已知曉了他們的身分，連帶著秦征的事情，陳悠也猜到了而已。

他收起嘴角的笑容，將手中那封信扔進火盆，叫了在外頭的白起進來。

白起見到主子後就欲言又止，秦征也不和他多說，將自己的想法與白起說後，白起驚詫地看著他。「世子爺，這是真的？」

秦征點頭，並不否認。

「可是……這些人，我們拿什麼去養活？」

秦征嘴角有淺淺的弧度。「這個你自不必擔心，等不用回來了，你自然就知道了。」

湖北竹山的事情，白起一直都未插手，先是阿北的人去調查，後來又交給了不用去處理，秦東也插手了，可唯獨白起沒有接觸過。他只知道不用在湖北竹山辦著一件很重要的事情，這件事無論是誰都不能透露，這個時候秦征提起來，卻讓他一頭霧水了。

一下子要收幾千人，而且很可能是私兵，這可不是個小數目，雖然這幾年世子爺不管是私下還是在皇上那兒都撈了不少家底，不過要突然養幾千壯漢可不是開玩笑的。

難道說……世子爺在湖北竹山經營了什麼暴利的行當？可湖北竹山也只有販馬是比較得利的，但湖北馬行早就被巨賈董家給壟斷，人脈官府可謂是一手遮天，旁人就算想插手恐怕也難。即便是有身分想插手這一行，也並非是一朝一夕的事情。除了販馬，白起實在是想不到更賺錢的行當了。

秦征瞧白起苦著一張臉，也不點破，由著他自己去胡思亂想。

「得，你也別瞎想了，去辦事吧，總之養人的錢必定有。」

秦征的規矩向來嚴謹，不該讓你知道的，除非你自己琢磨出來，不然是不允許胡亂問人的。他們四個各負責秦征手下不同的行當。阿北、不用、秦東、白起四人間各自都有自己的秘密，即便白起猜不出來，要是秦征不開口，他也不會去詢問其他三人。

白起退下，急忙出門吩咐人商議該如何拿下那座山頭的匪寇。

在門口與手下輕聲交代後，白起轉頭看了隔壁房間一眼，眼眸中閃過一抹愧色，經秦征解釋過後，他才知道，原來是自己錯怪了陳悠。

一夜眨眼就過去了。因前日晚上已經說好，第二日義診隊伍的大夫、醫女都很早起床，天還沒亮，都聚集在驛館的大堂中。

秦征並未出現，就連白起也不在，出來宣讀聖旨的是同行的官員。聖旨宣讀完畢之後，他們便出了驛館，乘上馬車，由淮揚府官員接應去內城。

外頭還下著淅淅瀝瀝的小雨，天空灰濛濛的，空氣中飄散著一股怪異的味道，有些嗆鼻。許多大夫和醫女都開始小聲抱怨起來，並且用寬大的袖口遮擋住鼻子。

陳悠皺眉，空氣中飄散的這股味道讓她有些作嘔，突然她想到了什麼，而後就是臉色一沈。淮揚府城並非是受災最嚴重的地方，只是籠河決堤後，許多難民逃到這裡，才讓淮揚府不堪重負。

籠河下游的幾個縣城乃至有一個州都已面目全非，萬千農田毀於一旦。淮揚府是大魏的糧倉，經歷這樣的災難，這一季注定顆粒無收，原本大魏朝最富庶的地方一瞬間生靈塗炭，令人唏嘘不已。

陳悠微微掀開車簾朝外看去，到處都是衣不蔽體的難民，他們骨瘦如柴，互相依偎在一起，躲在屋簷下或是有遮擋的地方避雨。

路邊時不時就能看到奄奄一息的人，婦人將年幼的孩子攬在懷中，用自己單薄的身軀為孩子遮雨。老人拄著木棍斜靠在牆壁邊，臉色死灰，深陷的雙眼空洞，不斷地咳嗽，好像只為了等待死亡那一刻的降臨。

孤獨的、無助的、淒慘的……人世間的百種姿態在災難中的淮揚府被無限放大。

他們的車隊有官兵守護，又是在內城，所以災民不敢上前。有一些災民只是眼神熱切放光地盯著馬車中的貨物，恨不得下一刻就能上去搶一袋下來。

驛站到淮揚府內城的惠民藥局不遠，在這半個時辰內，陳悠卻將這世間幾乎大半的殘酷看在眼裡。

水患中，淮揚府本身就受了不小衝擊，後來陸續有難民逃來，淮揚府漸漸接納不下，難民們情急之下雞鳴狗盜的事情頻出，後來更是猖獗，入室搶劫的都有。

淮揚府在大魏腹地之內不是軍事重地，兵力單薄，加上這一帶官員中飽私囊，不管百姓死活。災民作亂，官府根本不派兵鎮壓，漸漸地，整個淮揚府都亂了起來，可還是不斷有災民湧入，自然這種事情就越演越烈。本地稍稍有些家底的富戶都趕忙逃到別地，很快地，普通人都開始不敢出門，各處不斷有命案發生。

官府疏於監管，等到事態發展到無法收拾的時候，是想管也管不了了。淮揚府已經淪為一座可怕的匪城，就連淮揚府的官員也偷偷將妻兒親眷送走。官府怕這些逃難的匪民造反，淮揚府知府乾脆關了府衙的門，死守府衙。

至今，這裡的情況也沒有明顯好轉，大半的民宅人去樓空，裡面什麼也沒有，甚至一些富戶的宅子都被人霸占了，街道上隨處可見燒殺擄掠，弱者在這裡根本就活不長，在雨幕的遮掩下，陳悠還看到兩對夫妻換了年方三、四歲的孩子。

幼兒用一雙懵懂又絕望的大眼瞧著父母……陳悠不敢想像，這些夫妻換了孩子後，回去後要做什麼。

哭聲、喊聲以及怪異的味道充斥在耳邊和鼻尖，淮揚府用這樣的狀態訴說著災難的悲哀。

這時候，阿魚的聲音在車簾邊輕響。「大小姐，我剛才去打聽了，這難聞的味道是城外焚燒屍體傳出的……」

聽了阿魚的話，佩蘭連忙摀著嘴，臉色難看，險些嘔吐出來。

而陳悠早已猜到，淮揚府這麼多人，每天都有生命消逝，如今已入夏，掩埋屍體麻煩不說，人手也不夠，官府只能每日派人將城中死去的百姓搬到城外焚燒，阻止疫病橫行。

陳悠雖然對淮北官府不顧百姓，甚至私吞救災物資的事情憤慨，但是他們及時處理死去百姓的屍首這一點做得卻不錯。

這一路行來，這些大夫和醫女還未見到過這樣的慘狀，頓時，便有人撐不住，嚇暈了過去。陳悠也忍著作嘔的感覺，放下車簾，在馬車中平心靜氣。

片刻後，陳悠從自己隨身的藥箱中取了幾個小荷包出來，其中兩個分別給了佩蘭和阿魚，剩下一個自己戴在腰間。這荷包有提神醒腦祛病的效果，在這個時候使用最合適。

許是皇上親手下的聖旨，抵達惠民藥局後，出來接應的竟然是許久不露面的淮揚府龐知府。

龐知府膀大腰圓，一身官服穿在身上勒得緊緊的，給人一種滑稽感。

與義診隊伍的官員接洽後，龐知府樂呵呵地問道：「聽說這次聖上還派了欽差大人來，不知……」

那義診隊伍的官員眉頭一皺。「大人自有要事，可不是我等下官能夠插手的，你也莫要問了，大人若是來此，定會通知你。」

龐知府兩頰的肉抖了兩下，心中雖然不屑，卻不敢表現出來。

秦征是半途接手義診隊伍，這一路也未表明自己的身分，淮北的官員當然不知道皇上派了誰來，也正因為這樣，一眾官員才更加忐忑。

惠民藥局裡的存藥早被耗盡，實際上，有一半都被這些官員搬回家中了。雖然這次皇上撥下的藥材不少，但是與淮北龐大的需求一比，簡直可說是微不足道。

官員接洽後，很快就開始分派義診點，大夫、醫女總共算來也不過兩百多人。平均十人一小組，不過二十個小組左右。

整個偌大的淮北何止二十個州縣，陳悠一行十人被分派到離淮揚府很近的一個縣城，距淮揚府不過半個時辰的路途，已算是最近也最安全的地方了，早晚可來回，不用歇在縣城中。這定然是秦征之前就替她安排好的。遠的義診點，甚至還要坐一日馬車才能到達。

派點結束後，許多大夫、醫女都用嫉妒仇視的眼神偷偷瞧著陳悠，可是這一路來，她受到的特殊待遇卻讓他們這些人不敢當面說閒話。

每個義診點都平均分配了藥材，有半個時辰的準備時間，隨後就要各自出發，由秦征的私兵將這些大夫護送到各個義診點，而後在為期十日的義診結束後，再將這些人接回來。

無人敢有異議，秦征的人早在這一路就讓他們見識他的狠辣手段。

陳悠帶著阿魚、佩蘭和餘下被分配到一起的大夫們準備去往義診點。這處義診點叫籠巢縣，一行人很快就上路。

一個小義診隊伍有五十左右的兵衛庇護，倒是不用擔心安危，與陳悠分到同一義診隊伍中的有四名大夫、五名醫女，其中兩位大夫是民間招募來的，剩下的兩位是太醫院的太醫，都是四、五十歲左右的男子，分別是何太醫、姚太醫、齊大夫和高大夫，其中要數高大夫年紀最大。陳悠不過才十六，隊伍中的醫女年紀最小的都要比她大上幾歲。

一路上倒是平安無事，偶遇到幾個飢民也只是用渴求的眼神盯著車隊，並不敢上前來鬧事。

抵達籠巢縣後，其情況也同樣嚴重，縣中到處都是難民，城門口卻難得地有一個粥棚，粥棚周擠著幾百個災民。

這是一路來，陳悠看見的第一個粥棚。這樣的災害，濟民的粥棚沒能在淮揚府看到，卻在這樣一個小縣城看到了，不得不令人覺得震撼。

陳悠交代馬車外的阿魚去打聽。

阿魚點頭，騎馬就去了，不一會兒回來後感慨道：「大小姐，這粥棚是籠巢縣的縣令組織設的，已維持了半月餘，每日午時施一頓粥。」

就是這樣，仍然招來這麼多災民，可整個淮揚府，陳悠竟然只瞧見這一處有粥棚。

當初一傳十，十傳百，逃到籠巢縣的人越來越多，粥棚剛開時，每日兩頓粥食，粥也比較實惠，可到現在已縮減為一日施粥一次，也大多是湯水，這也是無奈之舉，可就是這樣，也是極為難得了。

進了籠巢縣，陳悠抬頭看見惠民藥局前排隊的病患，而後將目光落到角落處一個瘦弱的身影上，她起身朝那處走去。

惠民藥局門口那個受了傷、滿身泥水又髒又臭的少年蜷縮在角落，用渴求的眼神看著周圍的人，時不時小聲哀求身邊的這些難民。「叔叔、嬸嬸幫幫我吧，求你們了！」

可在災難面前，許多人都自身難保了，根本就沒有人肯拉這個瘦弱的少年一把。少年縮了縮自己的身體，企圖將身軀完全掩藏在屋簷下躲避雨水。他已經沒有力氣再喊了，在城門口聽說這裡來了京中的大夫，可以免費看病，他一步步移到這裡來，幾乎用盡渾身的力氣，現在卻連隊伍也排不到，少年眼瞳灰敗，一片絕望。

突然少年的視線裡出現一雙做工精良的鹿皮小靴，而後他驚訝地抬頭，看到一個大夫打扮的姑娘站在他眼前，正含笑低頭看著他。那笑容乾淨和美，就像是一道柔光，讓他好像突然變成了啞巴，說不出話來。

陳悠微微皺眉，見這少年特意將自己左腿往裡縮著，又用半濕外衫遮住一半，人總是會下意識保護自己身體最虛弱的部位。

「可是左腿受了傷？」陳悠和聲問道。

她的嗓音清冷卻不疏離，反而讓人內心一熱。

少年哪裡還管得了眼前是何人，就算不是大夫，只要是個關心他的人，他恐怕也會如實回答，讓那人醫治。他哽咽了一聲，想說話，卻發現自己的嗓子都是啞的，他只好拚命點頭。

陳悠沒有說旁的話，只是儘量溫和地詢問道：「願意讓我為你治療嗎？」受傷又狼狽的少年怎會說不願意，他急急點頭。

陳悠朝他頷首。「你莫急，我會盡力的。」

她吩咐阿魚和另外一個侍衛將這少年抬到她的診檯邊。

雖然陳悠不在乎別人的看法，但她知道，不管是義診小隊裡的大夫還是這些來診病的難民都在瞧著她，或許更多是以一種看笑話的態度看著她的動作。

少年躺在鋪在一邊的草蓆上，陳悠蹲下身子給他檢查左腿，只微微一動，這少年就直喊疼。

經歷了這樣的災難，不管是誰，都成長許多，若不是真的疼得難以忍受，這少年根本就不會喊出聲來。

陳悠眉頭擰緊，輕敲少年腿部各處，心中已有了大概，隨後她才替少年把脈確診。她打開自己的隨身藥箱，從中取出賈天靜贈送給她的銀針，銀針她早已消毒過，可是陳悠拿著銀針的手卻抖了兩下，手心也變得冰涼，額頭更是滲出顆顆汗珠。

站在何太醫身後的醫女撇了撇嘴，很是不屑，心想，也就這年紀，還能翻出花兒來不成？不過一個施針，就害怕成那樣了，若是扎錯穴位，還不讓人白白送命！

陳悠緊張是因為之前藥田空間任務失敗的關係讓她不能施針，可那外科能力回來了，會不會她也可以施針了？在這裡給災民義診，不能施針根本就不行。她不得不試一試，總不能永遠都要依靠唐仲。

陳悠深吸一口氣，閉了閉眼，讓自己靜下心來，而後捏著針，按照記憶中的感覺朝正確的穴位扎下去。

沒有那種絲絲的害怕和顫抖，所有正常的感覺都回來了！細細的銀針扎得極準，沒有絲毫差錯，她……又可以施針了

發現自己又可以施針後，陳悠很快就冷靜下來，她手中飛快，分別扎阿是穴、曲池穴、合谷穴、內關穴等。而後在少年腿部扭傷嚴重的地方抹上膏藥，她手法嫻熟，又有藥田空間給予的那種外科技術相助。在輕柔地揉著患處時，她仔細觀察少年的表情，而後在他最放鬆的時候，瞬間用力給他正骨。

因為先前刺激了穴位，起到一定的麻醉作用，此時再接骨並不像普通接骨那般疼痛，所以即便病患是個少年，也很快就忍了過來。

在不同的地方按摩使勁，最後再用夾板固定住，正骨這般痛苦的事情，就算是忍耐力極強的男子，也要滿頭大汗，臉部憋得青紫，可是從頭到尾，這少年只是開頭吸了幾口冷氣，而後連「疼」都未喊一聲，就接好了。

旁邊或多或少的眼神落在陳悠這處，前來診治的難民們只感到驚奇，當陳悠站起身，對

少年說「可以了」之後，旁邊診檯的何太醫終於忍不住站起來。

他懷疑地看了陳悠一眼，而後蹲下身子給那少年檢查。片刻後，卻沒發現一點兒問題，雖說診治的手段與傳統不同，效果卻超乎一般。

何太醫什麼也沒說，只是朝陳悠點點頭。這或許是個微不足道的動作，卻表達了何太醫對陳悠的肯定。

身後幾個幫忙的醫女瞪大眼睛，不敢置信地瞧著陳悠，她們哪裡會想到，陳悠真的會治病，而且就算是這樣嚴重的腿部正骨都不在話下，當即幾人也都不敢小瞧陳悠了。

眾人收拾好，又交代了惠民藥局的大夫和學徒，才準備上馬車回淮揚府，明日一早再過來。

正當所有的太醫剛上馬車時，街道上卻傳來急促的馬蹄聲，而後就是滕大人帶著焦急的大喊聲。「諸位暫且留步！」

陳悠掀開馬車簾子轉頭朝外看去，只見一身蓑衣的滕大人騎著馬，滿臉盡是焦急和狼狽。這時雨已經停了，但是他身上還披著擋雨的蓑衣，顯然這一路非常著急，連換衣裳的時間都沒有。

何太醫臉色板了起來，等到滕大人到了身邊後，詢問道：「滕縣令，發生了什麼事？」

滕大人喘著粗氣，急忙說道：「北……北門的難民營好似有人感染了疫病！」

他這句話一出口，眾人都是臉色一白。在大魏朝，疫病可不是普通病症，而是傳染性極強，甚至還有可能致死的病症。這絕對是最可怕的病症之一，就連在太醫院，杜院使都尚未有能控制和治癒疫病的診方，因此每次被派出來義診，最讓大夫、醫女們害怕的就是遇到疫病！

儘管陳悠已經非常小心，將消毒工作都考慮到了，籠巢縣竟然還是發現了疑似疫病的病症。

滕大人見眼前的醫者都沈默下來並且面色難看，他咬咬牙。「何太醫、陳姑娘、高大夫，如果你們不去看看，那些人便真的沒救了，況……況且，這只是滕某的猜測，不一定是疫病……」

說到後來，滕縣令的聲音越來越小，因為他知道，一下子爆發一種疾病，很大的可能就是疫症，就連他這個不懂醫理的人都明白，這些大夫又怎會不知？

何太醫布滿皺紋的臉雖然灰敗，但是他不能退縮，何況還是滕縣令親自找來的，他們千里迢迢到這裡的任務便是為了義診，此時又怎麼可能躲避？若是躲避的話，疫病蔓延不說，淮揚府離籠巢縣這麼近，要不了幾日就會傳播到那裡去，到時候他們又能躲到哪裡？

別看他一把年紀，還是太醫，他也怕死，但他們現在沒得選擇，只能現在去看看情況，祈禱不是惡劣的疫病。

這些道理陳悠也清楚，所以在何太醫點頭同意的時候，她沒有反對，只是幾個醫女被嚇得面色慘白，癱軟在馬車中。

「事不宜遲，滕縣令，咱們現在就去看看。」這是高大夫說的話。這位老大夫年幼時曾經歷過一場小型的疫病，倒是比這裡的人都鎮定得多，也更加有經驗。

「多謝你們體諒，滕某在這裡感激不盡！」滕大人見太醫們已經答應，不敢有絲毫耽擱，和車隊護衛說了一聲，就領著義診小隊朝籠巢縣北門的難民營而去。

馬車內有兩個醫女嚇得抽泣起來，她們年紀雖然都比陳悠大上幾歲，但因為在宮中太醫院當差，都還未嫁人，閱歷也少，當即心理就有些承受不住。

何太醫頓時老臉一沈，呵斥道：「哭什麼哭，哭難道就能改變命運了？這時候哭，為何當初在太醫院不用功，被派來這裡義診？」

何太醫在這些醫女面前還是有些聲威的，這些醫女被他呵斥後，又被高大夫溫言勸慰了一番，心情終於平靜些許。

陳悠見她們消停下來，揉了揉眉心，嚴肅地對馬車中的何太醫和高大夫說道：「兩位前輩，小女子有些話要說。」

經過一天的相處，何太醫和高大夫也見識到陳悠的醫術，這個時候也願意聽聽她的意見。

「有什麼便說，無須請示。」

陳悠點點頭。「我們現在雖不能確定是不是疫病、何種疫病，但是我們去前卻要做好防護準備。」

陳悠說得對，一旦是最壞的情況，到那時再匆忙應對就已經遲了。由於疫病很容易傳染，如果連他們這些大夫都被感染，還有誰能來控制這些疫病？

幾位大夫也都是多年浸淫於醫藥，經驗豐富，陳悠開了一個頭，這些人也就明白該怎麼做。當即就在馬車中寫了方子，叫幾位醫女迅速去配製，而後又尋出乾淨的棉布面罩，給每人發了一塊。

陳悠想了想，將藥箱中剩下的祛病荷包又分發給馬車中的眾人。

姚太醫接過陳悠的荷包，讚道：「陳姑娘倒是想得周到，等抵達目的地，大家都要小心，便由我和高大夫先進去確診，若真是疫病，我們再行商量。」

所有人都明白這件事關係眾多難民的性命，甚至是整個大魏朝百姓的安危，姚太醫的決定很謹慎，就算是擔心不已的陳悠也沒有反對。

「那你們二位可要小心！」何太醫感慨一聲道。

第五十七章

天氣本就陰雨，即便夏季白日再長，這個時候天色還是逐漸灰濛濛起來，不管如何，他們一行人今晚恐怕是回不了淮揚府。

馬蹄聲伴著車輪在青石板路上輾過的聲音，在空無一人的街道上傳得很遠，更顯得有股淒涼的味道。

滕縣令隨意用手抹掉額頭上的汗珠，而後就朝前頭看去，暗淡的餘光映在他的臉上，能瞧出他臉頰上一股奇怪的酡紅。

迅速過了幾條街道，人聲突然像是狂風暴雨般砸來。北門盡頭，各色聲音衝進耳朵：孩子的哭鬧聲、婦孺壓抑著聲音的哭喊、還有受傷的人們抑制不住的呻吟……觸目所及都是一片淒慘的景象。

這裡是當初滕縣令批出的一塊地方，讓兵民紮了許多帳篷給難民應急，起先還好，後來人越來越多，就相當難管制。籠巢縣兵力有限，許多難民霸占帳篷，甚至還出售帳篷，滕縣令派人整治了幾次，都沒什麼效果，於是這裡就成了非常混亂的難民基地。

生存在這裡的人，無疑每日都像是活在刀山火海之中。正因為如此，才有更多人寧願在城門口等著每日一次的施粥，維持著生命。

滕縣令下了馬，走到馬車邊，對陳悠一眾說道：「便是這裡，今早官差發現這裡有許多難民都一病不起，甚至北門口還被扔了好些病死的屍體……」

「我知曉了，老朽先去看看。」高大夫擺擺手，制止滕縣令繼續往下說。

阿魚在馬車旁，將高大夫和姚太醫扶下馬車。

高大夫對留在車中的眾位同行點點頭，便與姚太醫還有四、五名護衛一同去難民營，由滕縣令帶著師爺在前面引路。

此時陳悠、何太醫、齊大夫也紛紛下了馬車，站在不遠處瞧著幾人的背影。空氣中充斥著一股難聞的酸腐味道，令人萬分不適，難民營周圍都是垃圾，因為多日下雨，地面坑坑窪窪，這些災民溫飽都維持不了，更不用提衛生了，災民的穿著簡直比乞丐還不如。這裡的情況遠遠超出陳悠的想像，她皺眉瞧著高大夫等人進了災民的帳篷。

時間在這一刻好似過得出奇慢，陳悠只覺得度日如年。在大家都要等不下去的時候，姚太醫與高大夫等人終於從難民營走出來，他們身後跟著滕縣令、官差和護衛。

陳悠一眼便看到高大夫黑沈的臉色，她心口驀然一窒，猜到恐怕情況不大好。

等到他們會合，高大夫沈著臉色，說話的聲音帶著嘶啞和疲憊。「是疫病，許多人的情況已經很嚴重，必須要立即控制！」

高大夫的話就像是個驚雷，在每個人的耳邊炸開。因為缺乏糧食，在籠巢縣暫時安置的這些災民什麼都吃，甚至不放過老鼠、蟑螂等物，又連日陰雨，處於這樣潮濕又病菌滋生的環境，鼠疫便在瞬間爆發，變得不可收拾。

他快速說了一遍難民營中的情況，那裡的狀況甚至比所有人所想的都要壞得多。

陳悠暗暗攥了攥拳頭，讓自己鎮定下來。

「這裡不是說話的地方，各位大夫先跟著滕某去府中再商量。」滕縣令提議。

陳悠點頭，無意中瞥了滕縣令一眼，卻突然發現他臉上有著不自然的紅暈，她心中咯噔一下，不過沒有立即說明，而是一同先去縣衙。

縣衙後院就是滕縣令一家住的地方，離籠巢縣北門很近。眾人坐下後，高大夫將難民營中的情況具體說了，方才高大夫說得簡略，這下詳細一說，所有人的眉頭蹙得更緊了。

陳悠臉上也一片灰暗，高大夫口中的鼠疫也就是現代所說的黑死病。致死率和傳播速度相當快，一旦不慎，就會傳播到淮揚府，如今整個淮北算下來，淮揚府算是人口最多的地方，如果傳到那裡，後果將不堪設想。

聽到這個結果，眾人臉上都是一片晦暗，籠巢縣出了鼠疫，他們是絕對不能離開了，不但如此，在籠巢縣的所有人還要被立即隔離。

陳悠匆匆寫了一封信交給阿魚，並問了大夫們可有事情要說，讓阿魚連夜一併送到淮揚府。而後何太醫和滕縣令都寫了信，轉託阿魚一起送到。

阿魚在臨行前很不放心陳悠，陳悠卻堅持讓他送信，而且叮囑他送信後便不要再來籠巢縣，就待在秦征的身邊。

阿魚無奈，匆匆騎馬離開，私下卻決定，送完信後便回來陪在大小姐身邊。

滕縣令幾乎是將籠巢縣所有的官差都調來府衙集合，加上護送義診小隊來籠巢縣的私兵，總共也有百十來人。

高大夫已經吩咐人熬製消毒的藥水，這些官兵被分為五、六個小組，首先要將染病死去之人的屍首集中焚燒，難民營裡那些染病的人用過的東西也要集中焚毀，並組織難民營裡凡有勞動力的人來清掃帳篷，最後再統一噴灑高大夫命人製作的藥水。

天色很快就暗了下來，但是這一夜遠遠要比平時的夜晚更加忙亂和焦躁，所有人的心都提到嗓子眼。

滕縣令下令，籠巢縣封縣，所有聚集在城門口的難民被統一安排到城內，粥棚也不再施粥，這一度讓這些災民陷入絕望。

鼠疫這麼大的疫病，又是這般大的動作，很快就有人將這個消息傳開了，本來就惶恐的人心，瞬間變得騷亂起來。消息一傳十，十傳百，早已失了真，讓人們更加驚懼，原來一切進行得井然有序，隨著這場疫病的爆發，頓時整個籠巢縣像是沈浸在憤怒之中。

劉捕頭急匆匆進來彙報，說是城門口的幾千難民叫嚷著要開城門，讓他們出去。

剛才難民營這邊才被清理，人手也都被抽離，暫時安排在此，陳悠、何太醫等人都在府衙後頭的房間裡商議該怎麼治療鼠疫，可這個時候城門那邊就出了事。

滕縣令震驚地猛然站起身，他今日本就不大舒服，又多日未睡好，從早晨起來就操勞到現在，白日又淋了半日雨，剛剛起得太猛，頓時覺得頭腦昏沈，眼冒金星，眼前一黑，就要栽倒。幸而劉捕頭反應快，一把將他扶住，這才叫滕縣令沒出什麼意外。

「大人，您發燒了！」

在昏暗燈火的映照下，劉捕頭終於注意到滕縣令臉頰不正常的紅暈，他伸手觸碰他的額頭，燙得嚇人，他心中一急，就喊出聲來。

滕縣令也因為他這突然的叫喊，神志清醒了一分，他頂住身體的不適，急忙吩咐劉捕頭。「我沒事，只是有些頭疼，你趕快將官兵們都召回來，然後派到城門維持秩序，千萬不能讓那些災民出城。」

因為難民營發生鼠疫，本來待在難民營的一些災民急著逃跑，接觸了許多人，恐怕這些人中早已有被傳染的。這個時候最重要的就是隔離，無論如何也不能讓城中的人出城。

「大人，您先等著，我去給您叫大夫。」劉捕頭什麼也顧不得，扶著滕縣令坐下，就急匆匆去請陳悠他們。

劉捕頭心急如焚。正是關鍵時刻，整個籠巢縣都要靠著滕縣令，這個時候，他千萬不能出事！

滕縣令頭腦一片昏沈，全身無力，根本就攔不住他，只能靠坐在椅子上難受地喘息。

陳悠等人急忙跟著劉捕頭過來，之前陳悠也注意到滕縣令的不同，可是突然的忙亂，讓她一時將這件事給忘記了。此時滕縣令已經被移到床上，陳悠坐在床邊診脈，他的家眷就等在外間。

陳悠在床邊站起身，一張小臉上凝重一片，她抬頭看了身邊的姚太醫一眼，無奈地宣布。「滕縣令患的是鼠疫……」

劉捕頭拿著身側佩劍的手一顫，瞪大一雙銅鈴眼，盯著陳悠，怎麼也不願意相信這是事實。

姚太醫滿臉驚色，也同樣有些不大相信，他急忙坐到床邊，再次確診了一遍，這個時候內室裡沒有一丁點聲音，所有人都希望陳悠的診斷是錯誤的，但是這些人也知道，這只是奢望罷了。

姚太醫垂著頭，在劉捕頭不敢置信的目光盯視下，無奈地頷首。

滕縣令已經開始發高燒，神志不清，根本不能主持大局了。整個籠巢縣就像是失去主心骨，不管是劉捕頭還是師爺都不知該如何是好。

劉捕頭焦急地拉住姚太醫那蒼老的手，聲淚俱下。「姚太醫，您一定要救救大人，籠巢縣不能沒有大人吶！」

鼠疫這種疫病就連杜院使都沒有治癒的法子，太醫院的書庫中更是沒有幾本醫書提過，姚太醫又如何知道。

見劉捕頭相求，他為難道：「老夫只能盡力，但是說句實話，你們還是不要抱太大希望得好。」

姚太醫這句話瞬間令劉捕頭如墜冰窟，城門口有幾千難民要出城，可自己信賴的能主持大局之人又一病不起，平日裡剛毅的劉捕頭也不知這時候該怎麼辦才好。

陳悠皺眉，在一旁瞧著劉捕頭滿臉無措痛苦的模樣，提醒道：「滕大人在昏迷前可有向劉捕頭交代過什麼？」

陳悠這句話的提醒，瞬間讓劉捕頭想到滕縣令之前給他的吩咐，他口中魘怔般喃喃地說：「對，大人叫我去阻攔災民。我這就去、這就去！」

見他動作明顯有些不對，陳悠向著高大夫點點頭，追了出去。可劉捕頭的速度很快，陳悠追到門口，已不見他的蹤影，府衙中只剩下幾個護衛，是之前秦征交代好要保護陳悠的。

陳悠走到一個護衛身邊，讓他去瞧瞧劉捕頭，那護衛立馬就去了。

陳悠一時也想不到治療鼠疫的方子，只能先施針穩定住滕大人的病情。姚太醫命人連夜將惠民藥局中的藥材搬運一部分到府衙中。幾個大夫在一起商討過後，都還沒有什麼好辦法能抑制病情。

已是後半夜了，劉捕頭和那護衛卻還沒有回來，眾人心中都很擔憂，不知道城門那邊的情況怎麼樣了。

佩蘭打來熱水，輕喚陳悠。「大小姐，還有兩個時辰就要天亮了，您泡泡腳睡一會兒吧，明日還得一早起來。」

陳悠被佩蘭喚回神，點點頭。突然她想起秦征來，如果她在這裡感染上鼠疫，重症不治，秦征會不顧安危來看她最後一眼嗎？

不對，他不能來，皇上還有事情暗中交代給他，他若是出了什麼危險，那秦長瑞夫婦與他開始策劃的一切就會付之一炬。陳悠內心很掙扎，一邊期望秦征惦記著自己，一邊又希望他不要顧及自己，當真是矛盾得很。

不知不覺，時間就在這樣的矛盾糾結中過去，等佩蘭將一應東西都準備好，再回頭來看陳悠時，見她還在泡腳，可是盆中的水早已冷了。

「大小姐，這水冷了，您趕緊擦乾了睡下吧！」

陳悠回神，擦了腳，躺到床上，讓佩蘭也去休息。因為這裡缺人手，她一起來，佩蘭也是歇不了的。

等到聽見外間傳來佩蘭低低的鼾聲時，陳悠默唸靈語就進入了藥田空間，她得抓緊時間去藥田空間的書房中查查，有沒有關於鼠疫方面的醫書，約莫一個時辰後，陳悠才從藥田空間中滿臉失望地出來。

她並未找到關於描寫鼠疫的書籍，只是瞧見一個方子，說是暫時可以控制疫情。陳悠不敢將所有的希望全部寄託在這個方子上，畢竟這個方子還未經過實驗，並不知曉效果。但好歹還是有些收穫的，陳悠準備一起床就去試試這個藥方的成效。

只剩下一個時辰便天亮了，陳悠抓緊時間休息。

阿魚騎馬在夜色中狂奔，腦海中還是他從籠巢縣出來時，瞧見城門口的情形：那些難民和籠巢縣的百姓成批聚集在城門口，不斷地相互推擠和吶喊，要求官差將城門打開，放他們出去。有的難民還威脅，若是不開城門，便要將城門砸壞，甚至有人失去理智，竟然攻擊官差和兵衛。

籠巢縣城門口只有十幾名官差，但是聚集了幾千百姓，若真要強行出城，恐怕後果不堪設想。

如果這些人出不去的話，定然會轉身去縣衙鬧，一想到陳悠還在縣衙中，阿魚更是抓緊手中的馬鞭，用力地抽在馬身上，幾乎是用最快的速度趕往秦征下榻的地方。

一處不起眼的小院前，阿魚在門外著急地敲門，而後一個護衛打扮的男子來開門。

這人是阿北的手下，認識阿魚，他一驚。「快進來。」

阿魚急忙問道：「秦世子可在？」

護衛轉頭看了他一眼。「跟我來。」

阿魚跟著這護衛來到一間廂房前，那護衛敲了敲門，裡面響起白起略微低啞的聲音。

「阿魚兄弟，你怎地這麼晚尋到這裡來？難道是陳大姑娘出事了？」白起瞬間凝了面色。

阿魚掃了一眼房間，房間擺設很簡單，除了白起外，再無其他人。

白起瞭然。「世子爺帶著阿北出去辦事，現在不在這裡。」

白起是秦征的心腹，阿魚只好將手中的信交給白起，並凝重地與白起說籠巢縣的情況。

饒是經過許多大風大浪的白起，也心下猛震，籠巢縣竟然出現鼠疫！前朝爆發過兩次鼠疫，每一次都是死傷數十萬，不但如此，直到現在都無有效辦法控制這種肆意傳播的疫病。

「白大哥，現在必須派人去鎮壓籠巢縣中的災民，若是他們跑出來，鼠疫定會傳到淮揚府，到時候恐怕就一發不可收拾了！」

阿魚將陳悠說的話告訴秦征的護衛，幾個護衛都嚴肅地答應下來，很快閃進雨幕中辦事。

兩日後，阿魚立在惠民藥局的門前，眸中都是擔憂的神色，他早已不指望秦征的救援，他只是在盼著那封信是否到達建康，老爺、夫人瞧見了沒有？

建康城，一家不起眼的茶樓中，進去後卻是別有洞天，裡頭的布置就好似一座私園，京中誰也不知道，這家看似不起眼的茶樓，實際上背後的東家是十三王爺。

趙燁磊跟著人忐忑地進了茶樓，而後見到茶樓中精美的布置，毫不輸於官宦府邸中的花園，他的眉頭就深深擰了起來。今日他收到一封信，信中說得晦澀，可他還是瞧出這封信的威脅意味，不為了別的，信中竟然說知曉他的身分！

按照信中的地址，他尋到這處茶樓，這裡似乎很是隱蔽。

被帶進亭臺水榭深處的一間廂房內，當趙燁磊見到門口守著的阿茂時，他的心中便是猛震！這些日子他對京中的掌權者也熟悉許多，門口守著的這個護衛恰是十三王爺身邊形影不離的人。他心中一點也沒底，十三王爺的身分與他可說是雲泥之別，為何卻在這個時候尋到他頭上？

陳家頂多也只能算得上是個富賈，並不起眼，在遼東一帶，富甲天下的商人比比皆是，陳家根本就不算什麼，即便是秦世子與秦長瑞走得近，也不能說明什麼。他雖是鄉試頭名，可大魏朝這麼多州府，頭名的人多了去，十三王爺對他又有何可圖？

那日，趙燁磊雖聽到秦長瑞與陶氏在書房的談話，也只知道秦長瑞當初在收養他的時候是有目的，並不知道秦長瑞與陶氏重生而來的身分，自然也不知他上一世的官途如何。

他眸子深處一抹暗色滑過，頓了頓，便進去只開了半扇門的廂房。

阿茂瞥了他一眼，伸手將門掩起，又恢復面無表情的模樣。

廂房中很暗，外面絢爛的陽光根本一點都沒照進來，剛從明亮之處走進昏暗，趙燁磊的眼睛下意識地瞇了瞇。

十三王爺坐在房間深處的案桌前，他細長的指尖上把玩著兩顆翡翠大珠，不停地在手中旋轉，他的臉只有一半在光明中。趙燁磊無法看清他掩藏在昏暗中另外半張臉的表情。

麒麟圖案的蟒袍低調又奢華，烏黑長髮用金冠束起，十三王爺頗為俊美的一張臉上是帶著些邪佞的笑容，他在昏暗中微微抬眸，審視著這個剛剛從屋外明亮處走進來的青年。

青年頎長高瘦、清雅俊逸，臉上卻帶著一股病態的蒼白。

十三王爺一雙斜長的雙眼微微瞇起，眼眸生出晦暗之色，讓人看不出他在想什麼。他輕笑一聲，這笑聲帶著玩味，也有著危險。

晦暗的廂房裡，極低的談話聲從裡面傳出，阿茂守在門外，面色連變都未變一下。

轉眼便是夕陽西下，廂房的門才被人從裡頭打開，一束金色的餘暉照進屋內，落在裡面穿著華貴蟒袍的男子腳上。

然後趙燁磊就聽到身後男子的聲音鑽進耳朵。「趙公子，還請你記住你承諾的話。」

夕陽餘暉中，趙燁磊回頭看了屋內那人一眼，迎著金色光亮的臉瞬間掩進暗色裡，他嘴唇動了動，而後轉回了身。

他明白，從這間廂房中踏出一腳後，他以後的人生將會完全改變！

兩日的時間，早已讓李霏煙的探子將淮北的情況打聽得清清楚楚，她捏著手中剛剛送來的消息，嘴角得意地翹起。

哈哈，這個愚蠢的女人，就算是秦征也護不了她，這是上天也在幫她呢，淮揚府籠巢縣竟然爆發疫病，真是太好不過了，便讓那女人死於疫病之中！

李霏煙興奮之餘，並未忘記手中的布置，她動用手中的權力，攔下了淮北鼠疫的消息，她要阻斷陳悠所有的救援，讓她死於非命。

與此同時，秦長瑞也幾乎是同時收到了阿魚從淮揚府寄出的信，秦長瑞在淮北一帶之前布置過一條暗線，此次他們要去淮北義診，秦長瑞早就知會過這邊的人，也私下與阿魚交代過，一旦有何緊急之事，可通過這條線聯繫到建康他們的人。

當手下人馬八百里加急將阿魚親手寫的信送到秦長瑞的手中時，他幾乎是顫抖著手拆開這封信，而後看到信中內容後，秦長瑞險些暈倒。

籠巢縣竟然發了鼠疫，而阿悠正在籠巢縣義診！

在他與陶氏經歷過的人生中，並無淮北水患，也無鼠疫橫行，鼠疫這類災後的疫病，他還是在前朝記事中看過，有一句話他記得非常清楚。「鼠疫一起，白骨千里！」

前朝有公文記載，患鼠疫之百姓，鮮有生還者……

陶氏剛剛將阿梅、阿杏送回房中睡覺，一進房間便見到平日鎮定的夫君突然滿臉死灰，她一驚，急忙過來詢問。「永凌，發生何事？」

秦長瑞扶著桌角坐下，而後看向患難髮妻，他嘴唇囁動了一下，喉頭有些發緊。他未立即就將手中信遞給陶氏，而是先讓妻子坐下後，才顫抖著手指將信放到陶氏面前。

信上的內容不多，而且字跡潦草，可見阿魚寫這封信時是多麼匆忙。陶氏只瞥了兩眼，就忘記了呼吸，一雙美目大睜，她深吸了口氣，閉上眼睛，好似不大相信眼前這封信上所說的一切。

可是睜開眼，昏暗的燈火映照下，仍然是一樣的字體，絲毫也沒有變化。陶氏顫抖著聲音，不敢置信地問道：「永凌，這封信是從何而來？」

秦長瑞面色冷沈，此時，他已經恢復一絲鎮定。「淮北淮揚府。」

突然，陶氏捏緊手中的信紙，撐起身子就要往外去。她想到捧在手中的閨女，竟然遭遇到這樣的惡疾，她忽然很後悔，當初不應該放縱陳悠，任由她跟在唐仲身後行醫，應該讓她像個大家閨秀一樣待在家中。這樣，今日她也就不會遇到這樣的事情，有這般的生命危險了。

一想到阿悠柔弱的肩膀要挑起這樣的重擔，甚至委屈病痛都沒有人訴說和安撫，陶氏的心就揪痛得厲害，恨不能立即陪在陳悠的身邊。

秦長瑞一把拉住妻子，沈怒道：「文欣，妳去哪兒？」

陶氏拚命甩手臂，可是秦長瑞死死抓著她的臂膀，她根本就掙扎不開，她轉過身子，臉上瞬間就布滿淚痕。「永凌，你放開我，我要去淮北陪著阿悠。沒人在她身邊，她肯定會害怕的！」

秦長瑞瞧著悲痛欲絕的妻子，上前一把將她攬進懷中，溫聲安撫。「文欣，放心，淮北有征兒，他會護好阿悠的。」

因為夫君的安慰，陶氏壓抑悲痛的情緒徹底決堤，她哽咽地埋在夫君的胸膛中哭泣。一想到阿魚的那封信中，特別說到秦征，雖然不是直接表達，但陶氏也從中看出阿魚對秦征的不滿和不信任！

陶氏瞧得出來，秦長瑞又怎會未看出？

在臨去淮北之前，他們夫妻早就親自詢問過秦征對陳悠的感情，兒子的品性他們絲毫不懷疑，他們只是擔心，秦征被什麼事情絆住了腳，來不及援救，而且疫病無眼，一旦被感染，秦征也沒有辦法。

「永凌，我們該怎麼辦？」

阿魚既然特意從這條線送信來，定然事情不順，為了陳悠的安全，秦長瑞定然會有所動作。

「文欣，妳莫要擔心，我會派人過去。」

建康城內許會有大變，他們此時不能離開，如今秦長瑞手中不管是人力物力都充足，他不會坐以待斃！

待阿魚回到陳悠身邊後，幾日之間，籠巢縣的情勢更加危急。

龐知府知曉這鼠疫之可怕，再聽聞群情激憤地想出城，他深怕疫病傳播到淮揚府這邊來而受其害，眼看情況鎮不住了，竟不顧百姓性命，私下和自家師爺商議起燒城計劃來，緊急調派人手前往籠巢縣部署，並徹底封鎖籠巢縣，讓人只進不出。

龐知府這一封鎖策略，自然引起百姓越發地恐慌和不滿，陳悠與其他人也被關鎖在城內，眼看疫症越發惡劣，彈盡糧絕，局勢更亂，即使察覺出上頭淮揚府態度不對勁，卻也無可奈何，只能祈禱秦征快派人來緩解情勢。

在官場上打滾多年的龐知府見民憤沖天，隨時都有可能爆發，早將官方鎮壓的說詞擬好，橫豎天高皇帝遠，他再略施小謀，事後將罪責推託到失控的暴民身上，這計謀就顯得天衣無縫。

這日，龐知府騎馬站在籠巢縣城牆下的廣場，正打算按計劃施行時，未料，一名不速之客來到淮揚地帶。

只見一身護衛打扮的年輕人手中舉著姜家的旗幟飛奔而來，最後在他面前停下來。那姜家並非別人，正是建康首屈一指的世家，清源長公主的夫家！

「將軍有令，籠巢縣疫情交由他掌管。」護衛把話帶到後，又將姜戎的權杖給龐知府瞧。

龐知府心中一驚，哪裡敢不從命，此時他心中也有了思量，沒想到這次被皇上派來淮北賑災的欽差竟然是駙馬爺。

「既然駙馬爺有令，下臣自是遵守，可下臣這些手下……」

「這些龐知府不用擔心，我們將軍已經在路上，不時就到。」傳話的這名護衛聲音冷澈，很顯然對眼前淮揚府知府沒有任何好感。

龐知府「呵呵」乾笑了兩聲，認命地退到一邊。

稍晚，這名護衛打扮的男子就出現在籠巢縣城牆下的廣場，龐知府也跟隨其後。城牆下好似突然安靜下來，陳悠悄悄站起身，朝下面看了一眼。

佩蘭在身後小聲道：「難道是秦世子的人來了？」

陳悠胸腔中滿溢的期待和激動在瞧見下方那個單騎阻攔的護衛面容時，所有的情緒瞬間都平復下來，她心中失落，淡淡回答身後的佩蘭。「是姜駙馬爺。」

清源長公主的夫君姜戎身邊的人，她與母親陪著清源長公主去棲霞寺燒香時，在姜戎的身邊見過。

阿魚有些吃驚，怎會是姜駙馬的人來救援？

果然，一刻多鐘後，他們就看到遠方官道上快速行來的整齊隊伍。

姜戎穿著便裝從馬車中跳下來，身形挺拔高壯，暗綠色的披風被風揚起，很容易能擄獲人心，但是在這位儒雅將軍的身後卻是千餘嗜血精兵。

姜戎手抬起，身後的軍隊立即整齊劃一地停在原地，這些他親手帶出的精兵與淮揚府特意用一頓飽飯犒勞出來的那些衙役相比，簡直是天差地別。

光這鐵血氣勢就讓龐知府嚇軟了腿，不用姜戎開口，龐知府便諂媚地將籠巢縣的情況說清了。

姜戎手一抬，龐知府立馬閉了嘴。「我知曉了，這裡的一切交給我處理，龐大人便帶著人先回去吧！」

龐知府恨不得先找個地方躲起來，哪裡還敢在姜戎面前礙眼，他朝身邊的親信遞了個眼色，便帶人灰溜溜地離開了。

姜戎朝城牆上深深看了立著的陳悠一眼，而後朝她和藹地笑了笑，便轉身上了馬車，不一會兒，一個黑衣護衛進了城，將姜戎親手寫的一封信交到陳悠手中。

原來姜戎本是被派來處理淮北一帶事物的，進入淮北後就聽說籠巢縣鼠疫的事情，而後他的人又打探到龐知府的計劃，所以順道拐彎來幫陳悠一把。

陳悠因太后懿旨被派往淮北義診，清源長公主知曉後，雖不能改變母后的旨意，卻私下交代同樣奉皇命來淮北辦事的夫君照顧陳悠，所以，籠巢縣才能在此危急時刻得到救援。

姜戎給陳悠留下好些糧食，還有五十名兵衛幫忙，裝著糧食的馬車都放在城門口，他們只須打開城門，讓人將糧食運進來就行。

陳悠從信中抬頭，看向已經走遠的姜戎的軍隊，心中一片感激。她沒想到，清源長公主會在這個時候拉了她一把。

「陳姑娘，將軍說了，若妳還有什麼需要，就告知在下，在下去給將軍報信。」站在陳悠身邊送信的護衛恭敬道。

陳悠感激地道謝後，又低頭仔細看了一遍姜戎寫給她的信，她凝神想了想，讓姜戎身邊的這個護衛吩咐下去，將留下的物資送到惠民藥局去。

惠民藥局裡有一個頗大的倉庫，所有人都處於驚喜中，當這批物資被運進惠民藥局的倉庫後，陳悠讓姜戎的人馬抬出幾袋去熬粥施粥後，就吩咐阿魚和一些可信的人手守在倉庫外，只有她一個人在倉庫中盤點這批物資。

確定周圍沒有人後，陳悠獨自來到這批物資隱蔽的地方，而後默唸靈語，將原來放在藥田空間中之前儲存的一些草藥都拿出來。這批草藥整整占據這批物資的二、三成。只有陳悠一個人知道，姜戎留下的這批物資都只是糧食，可是籠巢縣不但缺糧更是缺藥材，原本在一無所有的情況下，陳悠不可能就這般大剌剌變出一堆藥材，這樣只會招人懷疑，因此她想用藥田空間中的草藥救人都不行，但是有了姜戎這批貨物的遮掩就不同了。

她此時將藥田空間中的藥材搬出，不會有人發現，旁人只會覺得是姜戎一同送來的而已。其實，藥田空間中儲存了許多廣普藥材，自從百味館擴張版圖後，藥田空間中的藥材便沒拿出來過，此時已經累積很多。但是這批物資有限，她不可能讓取出的藥材比這批物資還要多，那樣就會遭到懷疑了。

做好這一切後，陳悠清點物資，才出了庫房，吩咐姜戎的人守好庫房，便開始叫人通知各位大夫來庫房取藥材。

高大夫都要喜極而泣了，誰能想到，姜駙馬會這般貼心，還留了許多急用的藥材給他們。

姜戎的護衛並不知道姜戎給陳悠的信中寫了什麼，他們也不清楚這批運進來的物資裡有沒有草藥，所以陳悠的做法幾乎是瞞過了所有人的眼睛。

藥田空間出產的草藥要比旁的草藥藥效好許多，等到天色暗黑，眾位大夫聚集在一起統計今日病患傷亡時，竟然發現比前一日要好上些許。

齊大夫感慨。「姜駙馬留下的這批藥材成色真是好，老夫已經許久沒見過這麼好的藥材了。」

「確實，這可真是上品藥材，老朽剛從滕縣令那裡過來，下午服下了湯藥，滕縣令的情況竟然開始有了好轉。」

陳悠笑聽著大家的稱讚，都忙了一日，已是累極，統計了情況後，各人都趕緊回房去休息。

最後又只剩下陳悠一人，她一把癱坐在椅子上，長吁了口氣。雖然暫時解決了糧食和草藥的危機，但她不能鬆懈下來，必須儘快找到抑制鼠疫的法子才行，這兩日又是陰雨天，如果下了暴雨，疫情會更肆虐。

這麼想著，陳悠默唸靈語，又去藥田空間的書房，等到她疲累萬分地從藥田空間出來，只覺得鎖骨下灼熱難受，她揉了揉眉間，似乎想要將疲色褪盡。

凝神看了兩個時辰的書，讓她頭腦昏脹，拿起手邊早已冰冷的茶水灌了一口，才覺得腦子清醒一分，睜眼看向前方，視力卻變得模糊不清，甩了甩腦袋，腦中一股刺痛感襲來。陳悠頓覺得自己的頭好似千斤重一般，她昏昏沈沈地趴在桌上，就這樣昏睡過去。

佩蘭端著消夜進來，卻發現陳悠趴在桌上睡著了，她貼近陳悠，聽到陳悠的呼吸濃重，佩蘭一頓，透過昏暗的燈光看向陳悠，震驚地發現，大小姐原來白皙憔悴的臉龐此時一股病態的酡紅，她伸手探了探陳悠的額頭，剛一觸到，就嚇得立馬縮回手，實在是燙得可怕！

深沈冰冷的黑夜中，佩蘭此時的心比涼夜更加冰寒。她不懂醫術，但是這幾日鼠疫病患發病的症狀她卻是再清楚不過了。

高燒、嘔吐、畏寒，而後咯血，渾身有許多結核腫大……

那隨著義診小隊一起來並染上鼠疫的醫女便是這樣，如今她指甲呈黑色，只剩下最後一口氣。

佩蘭的手一抖，裝著消夜的碗被她打翻，甜湯都倒在桌上，但是她都顧不得去收拾，轉身飛快地跑出診房，途中險些被絆倒。

何太醫同高大夫晚間是在一間房中休息，他們被佩蘭叫起後，披了衣裳急忙趕過來。高大夫一見到陳悠的模樣，心就猛地往下沈，他深吸了口氣，伸手探向陳悠的手腕。

明明只是片刻的診脈時間，站在一旁的阿魚和佩蘭卻覺得漫長無比。

高大夫緩緩移走按在陳悠手腕上的右手，他的臉隱藏在黑暗中，讓人看不到他面上的表情，阿魚的心都提到嗓子眼，他目光灼然地盯著高大夫。「高大夫，大小姐怎麼了？她一定沒事的對不對？」

高大夫抬頭看向眼前的年輕小夥子，嘴唇張了張，而後低下蒼老的眉眼，輕輕吐出可怕的兩個字：「鼠疫。」

鼠疫？大小姐感染了鼠疫？這個笑話一點兒也不好笑，大小姐醫術高超，她自己怎麼會感染上鼠疫呢？

「高大夫，你一定是診錯了，你再給大小姐瞧瞧。大小姐得的定然不是鼠疫；何太醫，您給大小姐瞧瞧！」阿魚語無倫次地嘶吼著。

何太醫搖搖頭，而後又拍了拍阿魚的肩膀，阿魚不敢置信地退了兩步。

佩蘭聽到這個結果，早已摀住嘴巴哽咽出聲。

秦征冒雨帶著手下回了淮揚府，剛進去那所隱蔽的院子，天空就剎那間出現一道閃電，閃電照亮秦征滿是雨水的俊冷面龐。

白起從房中迎出來，見秦征毫髮無傷，提著的心這時徹底放下來。可是一想到自己私下瞞著的那個消息，心中又忐忑不安。他將手中的乾布巾遞給秦征。「世子爺，那事情如何？」

秦征瞥了眼白起，眼神深沈，眼瞳深處的黑暗狠戾就像是一隻蟄伏許久的孤狼，讓白起的心口跟著顫抖一縮。

「已經解決了。」秦征聲音淡淡回道，用乾布巾隨意抹了一把臉上冰冷的水珠，而後直接扔到地上。

這次去收服那個山寨，秦征雖花費了一些時日，但是未折損幾個人，也算得上是大捷吧！

聽到秦征的答覆，白起由衷地高興起來。「世子爺，先去洗洗吧！」

秦征視線餘光掃了白起一眼，劍眉微隆。這小子今日怎地變得如此殷勤。「嗯，等我出來，希望你沒有壞消息告訴我！」

這幾日累極，每日趟在泥水中，他已經一天一夜沒有休息，只有之前在馬車中寐了半個時辰，現在渾身髒臭濕透，是該先去好好洗洗。

等秦征洗浴後，換了乾淨的常服從裡間走出來，墨黑的長髮披在肩後還在滴著水，一眼就見到白起筆直地跪在外間，托舉的雙手中放著一封信。

秦征冷眸危險地眯了眯，而後幾乎是從牙縫中擠出了「白起」兩個字！

白起只覺得這帶著嘶啞沈怒的聲音，像是一記帶著倒刺的鞭子用力甩在他的後背上，讓他渾身都開始恐懼地顫抖起來。他低下頭，不敢與主子醞釀著狂怒風暴的眼神對視。

秦征一把從白起手中拿起信封，急躁地拆開，當熟悉的字體展示在他的眼前時，他再也沒有心情嫉妒這與趙燁磊幾乎是如出一轍的字跡。

他心中只有一個聲音在徘徊嘶吼，籠巢縣發了鼠疫！他的阿悠還在籠巢縣！

他的阿悠遇到危險時第一個想起的人就是他，派人送信來，他卻沒能及時去救助她，第一時間成為她的後盾，陪伴在她的身邊，他的阿悠一定很失望吧！

秦征不敢再往下想，他盯著低頭認錯的白起幾乎目眥盡裂。

「我以前是如何說的，如何做，想必你也知道。」

白起冷汗涔涔，艱澀地開口。「屬下明白，等淮北一帶事情了結後，屬下便回府領罰！」

「這裡不需要你了，明日起便回建康吧，你的事情不用來接手！」秦征冷冷抛出這句話，像是鋒利的寒冰，將白起刺得遍體鱗傷。

他一早便說過，他需要的是審時度勢、聽取命令的屬下，而不是這般私作決定、隱瞞不報的人，白起的做法超出秦征的底線，何況這件事還是關於陳悠的！

白起本是秦征最看重的屬下，但是他竟然犯了秦征最忌諱的錯誤，若不是秦征還念在一絲兄弟感情，他的結局早與那個消失的玄林一般了。

時日相處久了，秦征對他的看重磨平了白起的心性，讓他忘了秦征並非是什麼都會心軟的人，他是暗處的獵豹、是草原中的孤狼，他需要的是為他做事的屬下，而不是隱瞞他的兄弟。

面對自己的主子，白起一句反駁的話也說不出來，他用力抿了抿唇角，而後斬釘截鐵地道：「屬下知曉了！」

秦征連看都未看他一眼，拿起搭在一旁的披風就火速出了房間。

阿北守在門外，裡面的聲音自然也是聽到了，他面色是從來沒有過的肅穆，這樣的臉色在他面對死亡的威脅時都沒有過，良久後，阿北在黑夜中長嘆。

秦征出來時，阿北將主子的佩劍遞上，而後詢問。「世子爺，我們去哪兒？」

「找姜駙馬。」秦征冷聲說道。

這次淮北一帶官員的剿滅，他們早已在建康就商量好的，姜戎在明、他在暗，原本護送義診隊伍來淮北不是他的事，只因為陳悠在其中，他才私下攬過這個差事。

按照商量的進程，這個時候姜戎已經到了淮揚府。他們之間的暗哨有聯繫，秦征剛剛從手下那裡收到姜戎的信，信中提到陳悠所在的籠巢縣。他要先去姜戎那裡瞭解一番籠巢縣和陳悠的情況，並且接頭商量淮北的事宜。

下著細雨的暗夜裡，秦征帶著幾個得力的手下消失在雨幕中。

不用站在院中，注視著秦征消失在雨幕中的背影，暗嘆口氣，轉身進了小院中的房間。此時，白起還孤寂地跪在地上，昏暗燈影下，顯得寂寥無比。

「在湖北竹山時，就算到你有一劫，早就寫信知會你，讓你做事小心謹慎，你卻還是犯了忌，看來你終是命裡須有。」不用坐在一邊的椅子上，眼角餘光瞥著地上的男人。

白起就像是一尊雕像，一動也不動，不用瞧見他身側緊攥的拳頭，室內的氣氛壓抑得讓人難受。

最後不用實在看不下去了，用腳踢了踢地上的白起。「平日裡那副說教的氣勢呢？就這麼蔫了？得了，我怕你了，你等著，我給你算上一卦。」不用見白起這個樣子，風涼話都說不下去了，從袖帶中摸出三枚古銅錢，取了今日的正方位，嘴中念叨著就將銅錢拋出去。

銅錢在地上一滾，但是不用卻只找到兩枚，第三枚卻找不到了！

不用心中一驚，尋不到完整的三枚銅錢，這是連卦象都沒有，而從來都卜不出卦象便只有一個原因……

現在，連不用的臉色都開始變得難看了。

不用的沈默讓白起也抬頭看了他一眼。

「得，這回這劫難還真是玄乎了，連我都受到牽累，這三枚算卦的古錢可是價值連城，這突然少了一枚，我這得少說三個月不能卜卦了。這天機特可怕，白起大哥，不是兄弟不幫你，若是日後還想得咱主子重用，多討好咱未來的世子妃才是。」

白起一震，不用以前便說過，他的卦目前只有三個人算不準，第一個就是他們主子、第二個是李家三小姐、第三個便是陳大姑娘。世子爺的卦是算不準，但若是算陳大姑娘的卦，那是連卦象都沒有……

不用走到白起身邊，拍了拍他的肩膀。「得了，也就是三、五年不得重用，自己卸了雙腿而已，身殘志堅，快起來，把你手頭上的事情都與我好好交代清楚，回建康享福去吧！」

白起這時才緩緩起身，領著不用去了書房。

秦征與姜戎連夜暗中見面，姜戎告知近日在籠巢縣發生的事情，又將在城牆上瞧見陳悠的事告訴他，秦征從姜戎口中得知陳悠安全，那暴虐的神情才消弭些許。

姜戎與秦征說話的語氣帶著些責怪。「阿意可是很看重陳大姑娘，若是她有個什麼三長兩短，你也莫想著將人娶回去了，阿意那脾氣，定要給陳大姑娘尋一個比你好上幾倍的。」

秦征只能尷尬地賠不是，自鳳玉一事後，清源長公主就清楚兩個小兒女的感情。陳悠身分低微，清源長公主怕陳悠遭了輕視，還多番對他旁敲側擊，甚至還有將陳悠收為義女的心思。

秦征簡直是有些哭笑不得，他若是對陳悠不好，他親爹娘第一個就不會放過他，哪裡還用得著長公主操心。

秦征是帶著姜戎的叮囑連夜出發的，當他剛踏出姜戎下榻的院子，阿北就送來一封信。秦征尋了個光亮的地方拆開，當看見信紙上特殊的記號時，才知道是父母從建康寄來的信。這條遞消息的路線是秦征與父親私下布置的，若不是有什麼急事，秦長瑞是絕對不會啟用這條線。

展開信封時，秦征剛毅的內心有一絲顫抖，陳悠如今在籠巢縣處於危險中，若是父母在建康又出了什麼事情，那該如何？

等到一目十行將信中內容瀏覽過後，秦征鬆了口氣之餘卻又十分後悔自責。因為白起的故意隱瞞，籠巢縣發了鼠疫的事情竟然已傳到建康父母的手中，之後，還要讓父母萬分心焦地特意寫信來提點自己，他辜負父母所託也愧對陳悠。秦長瑞信中還交代秦征看到此信後，定要籌備糧食、草藥送入籠巢縣。因為一時得到了這個消息，又知曉姜駙馬幫助籠巢縣，卻將籠巢縣缺藥材的事情忘到腦後，他深眸裡是深深的挫敗和唾棄，讓在一旁猜不到他心思的阿北，眼角一陣抽搐。

回過神，秦征便將信用燭火燒了，轉身列了一張清單給阿北，讓他交代屬下去辦，而他要帶著幾個親衛去籠巢縣！

阿北見到秦征翻身跨上越影，不知他要去往何處。「世子爺，我們去哪裡？」

「籠巢縣城。」秦征堅定地吐出這幾個字，而後目光深遠地凝視著虛空，好似透過無邊黑暗看向某個日思夜想許久的人。

阿北一驚。「世子爺，您不能……」

「你想回去陪白起作伴？」阿北的話還沒說完，就被秦征冷聲截斷，並且再也不敢開口。

很快，一小隊人馬就秘密出了淮揚府城。

第五十八章

寒涼黑夜，窗外只有雨聲。雖是夏季，但淮北一帶夏季本就不大熱，現在又連日陰雨，深夜裡，反而給人一絲沁骨的涼意。

在這樣的涼夜中，已經燒得迷迷糊糊的陳悠卻覺得自己渾身每一處就像是泡在滾熱的開水中，水越來越熱，好似下一刻就要將自己燒盡。

坐在床邊的何太醫收起手中的銀針，黯然地搖頭。「一套針已經下去了，但是絲毫沒有好轉的跡象……」

躺在床上的陳悠，原本瓷白的小臉此時浮現不健康的潮紅，嘴唇因為發熱豔紅如血。眉頭緊緊地蹙在一起，顯然十分難受。

佩蘭默默流淚，從涼水中擰了濕帕子，替陳悠擦拭額頭、臉頰、手心降溫。

高大夫早已吩咐人去煎煮湯藥了，施針已經沒用，如果配的方子仍不見效的話，也就只能聽天由命了。

陳悠現在已沒了意識，佩蘭只能將湯藥灌入細嘴壺中，勉強給她灌下去。費了好大的勁才灌進半碗，佩蘭眼睛都要哭腫了。

外面天色黑得駭人，好像黎明永遠也不會來臨一樣，現在陳悠床前只剩下佩蘭和阿魚兩人。

佩蘭哽咽著輕聲詢問阿魚。「阿魚哥，你說大小姐會好起來嗎？」

阿魚想也不想，用力地點頭。「大小姐一定會好起來！」

彷彿阿魚這句肯定的答案讓佩蘭堅定了信念，她用力抹了把眼淚，也跟著重重點頭。「對，我也相信大小姐吉人自有天相！俗話說救人一命勝造七級浮屠，大小姐救了這麼多人，老天一定不會就這樣薄待她的！」

兩人秉著渺茫的信念，鎮定了許多。

秦征在接近籠巢縣時，讓阿北去聯絡籠巢縣中的護衛。

阿北辦事很快，可當馬匹奔到秦征面前猛勒韁繩停下時，他卻不敢去看秦征。

阿北的異樣立即讓秦征緊張起來，他雖然龍章鳳姿，面龐俊美非凡，但是一雙修長深邃的眼睛卻很令人害怕，有時用陰冷狠戾的目光瞧人，更會讓人不由自主地開始渾身哆嗦，阿北現在就被這樣的感覺折磨著，跟在秦征身後這麼多年，作為他的心腹，阿北知道，這是主子發怒前的徵兆。

阿北深吸了一口氣，將剛剛收到的消息低聲卻非常清晰地告訴秦征。「世子爺，陳大姑娘她——她染了鼠疫……」

秦征緊攥著韁繩，有片刻的呆滯，隨後他雙眸中就散發出一抹暴戾，像是有一團火在燒，又像是滔天的海浪要毀滅所有。

阿北匆匆瞥了一眼，就連忙低下頭不敢再看。低著頭的阿北，沒有聽到秦征說什麼，只聽到森冷孤寂的黑夜裡，主子變得沈重的呼吸。

片刻後，越影身上狠狠挨了一鞭子，本就是千里馬的越影像是一道閃電般消失在黑夜中，只留下一串錯亂的馬蹄聲。

越影是世子爺的愛馬，若是世子爺無事，甚至會親手替牠洗澡梳理鬃毛，就算有時無事歇在毅勇侯府裡，世子爺還會抽空騎著牠去郊外別莊遛達。越影也頗為爭氣，不僅通人性，有一次甚至將世子爺從生死邊緣拉回來。就算上了戰場，世子爺也捨不得這般用鞭子抽打牠，可剛才越影身上挨的那一鞭子可不輕。

阿北只知道，世子爺此時是真的急得狠了，這樣暴戾的世子爺他只在老侯爺被毒害昏迷不醒時見到過，距今已多年。

阿北不敢耽擱，迅速騎馬追上去。

籠巢縣城中有秦征的人，他進入籠巢縣自然是簡單得很，這道厚重城門對他來說，簡直形同虛設。一抵達惠民藥局，秦征從越影身上翻下後，便將越影扔在院中，門口值守的護衛見到主子來了，直接就將秦征引到陳悠的房前。

秦征要猛力推開房門的手突然被一個人攔住，他抬起眸子，卻見到阿魚攔在他面前。與秦征陰冷的眼神對視，讓阿魚心口跟著一個顫抖，但是他並未退縮，而是深吸了口氣，決然道：「不好意思，秦世子，您不能進去！」

秦征本就頎長挺拔，此時立在阿魚面前要比他高上半個頭，他厲眸微瞇看了阿魚一眼，隨後竟直接出手，將阿魚掀開，闖了進去。

阿魚憤怒愕然，他沒想到秦征會用這樣粗魯的方式擠開他，阿魚對他愈加不滿。大小姐一個柔弱女子將一切都扛下的時候，他在哪裡？他們萬般焦慮等著救援的時候，他在哪裡？偏偏等到大小姐過度勞累，染了疫病，他才假惺惺地過來探望，還做出這副架勢，實在是叫人瞧著噁心！

阿魚心中雖然埋怨，但是這個時候木已成舟，況且這裡都是秦征的人，他一人又如何護得了大小姐，他憤憤地捏了捏手中拳頭，也進了房間。

當秦征見到躺在床上奄奄一息的陳悠時，眼眶不自覺赤紅，他邁步到床邊，而後握上陳悠放在被外的手。陳悠的手心仍火燙，面龐憔悴瘦削得厲害，他們不過是短短幾日未見，他卻覺得陳悠瘦了一圈。

佩蘭如同阿魚一樣也非常不待見秦征，認為這秦世子是個馬後炮，可是想著這鼠疫會傳染，秦征竟然也能趕過來瞧他們家大小姐，她也就生不起氣來了。

佩蘭嘶啞著聲音在床邊說道：「秦世子，大小姐這幾日時常念叨著您呢，昨日還向您的護衛打探您的安危。您能來看大小姐一眼也好……」

佩蘭說著便發現自己失聲了，眼睛泛潮，淚水又掉了下來，後面的話是怎麼也說不下去了。

這幾日，籠巢縣內幾百人患了鼠疫，小半數的人都已死亡，剩下的病患情況也在惡化，這麼多病患中至今沒有一個人痊癒，滕縣令的情況也是到了最危急的時候。得鼠疫的病患，多則五、六日，少則兩、三日，都要斃命！

儘管佩蘭不願意相信，但是事實不容她置喙，得了鼠疫就是一半人進入鬼門關。

秦征只是盯著床上的少女，大掌握得更緊，他不敢放開，好像一放開，陳悠就會頃刻消失在他眼前一樣。

正處於昏迷中的陳悠並不知道此時秦征正陪伴在她身邊，她的病情沒有好轉，反而更加嚴重。

秦征在陳悠床前一守便是大半夜，直到第二日黎明，阿北進來小聲在他耳邊說了句什麼，他才疲憊地皺了皺眉頭，出去兩刻鐘。

何太醫是從太醫院出來的，早聽聞過秦征的名號，這沿途也親眼見到這位世子可怕又狠辣的手段，所以對這個皇帝眼前的紅人有些犯怵。趁秦征出去這會兒，才進來給陳悠診脈施針並且開方。

「何太醫，大小姐的病怎麼樣了？」佩蘭在一旁守了一夜，眼眶都哭腫了，現在眼下又添了青痕，顯得憔悴無比，問出口的話也很虛弱。

這裡都是大男人，即便老爺、夫人屬意秦世子，但是兩人的婚事畢竟沒有明瞭，若是偶爾睜隻眼閉隻眼讓他們獨處也就罷了，可眼下絕對不能將秦世子一人留在房中陪著他們大小姐的。而且秦世子一個男人，又是貴胄，自己都是嬌養著長大的，哪裡知道怎麼照顧人。若是大小姐半夜好不容易醒了想喝口水，他只怕都處理不好。

何太醫正在整理藥箱，聞言，臉色暗沈。「佩蘭姑娘，妳是陳姑娘的貼身婢女，有些話我也不瞞妳，妳家姑娘的狀況不大好，到現在高燒都未退下，病情卻更嚴重了，老夫不敢給妳保證，只能說與幾位同僚盡力而為。」這個時候，還是在這種環境下，已經沒有隱瞞的必要了。

還未等佩蘭開口，何太醫繼續道：「佩蘭姑娘，鼠疫極易傳染，若是身子虛弱，更易被侵襲，如果想好好照顧你們家姑娘，自己的身體也要保重。」

佩蘭神色黯淡地謝過何太醫的叮囑。她的這條命早就是陳悠的了，若是大小姐有什麼三長兩短，她活著也沒甚盼頭。

隨後佩蘭將何太醫送到房門口，才折返回來，她站在床邊瞧著床上昏迷中緊鎖眉頭的陳悠，嘆了口氣。

因為陳悠得了鼠疫，她住的這個房間早已被隔離，與前院分隔，倒是清靜些。

連日的陰雨後，突然出了個大晴天，溫度陡然飆升，小小的籠巢縣城就是一個蒸籠，讓人熱得喘不過氣。天氣一變化，一個上午就有好些病患病情惡化了，滕縣令也不例外。

何太醫等人忙得腳不沾地，連午飯也是匆匆灌了一碗稀粥了事。幸好陳悠從藥田空間中拿出的上等藥材，藥效比一般的藥材好上幾倍，才稍稍遏止這場疫病的擴散和惡化。

意識在虛無中飄蕩，陳悠好似聽到一個聲音在喚著自己，可是想要凝神細聽，卻又分辨不出是誰，鎖骨下方突然一陣灼痛，不知過了多久，她卻突然沒了那種難受的感覺。

微微睜開眼，觸目所及就是一張瘦削狼狽的面龐，陳悠雙眸一顫，動了動自己的手指，卻發現右手正被秦征握在手中，她能感受到從他大掌傳來的溫度。

陳悠眼神瞬間變得柔和下來。

他是什麼時候來的？

秦征的長髮微微散亂，有幾縷凌亂地蓋在側臉上，雖然正在熟睡，可是眉間卻緊緊隆起，修長鳳目下有著深深的黑影，鬍碴長了出來，給他的俊顏添了分野性。

陳悠不知不覺嘴角上揚。心中並無責怪和怨恨，此時，他陪在她身邊便是最好的。雖然之前有些失望，但是那種失望已被他此時陪伴在她身邊的感覺驅離。

陳悠深深吸了口氣，秦征身上乾淨的陽剛氣息讓她感覺到溫暖和安全，從沒有一刻，覺得自己是這麼貪戀這種味道，許是生病的人本就比較軟弱吧！

即便陳悠的聲音很小，但秦征還是立馬就醒了，他猛然睜開一雙深幽無底的寒眸，但是這雙孤寂的修長深目深處卻是掩藏不去的驚喜與深情。

「阿悠！」

陳悠扯著蒼白的嘴角朝他溫柔一笑，即使她因為患病而狼狽不堪，臉頰瘦得脫形，可秦征還是認為這個笑容美得讓他窒息。

秦征貼過來，親暱地用額頭抵著陳悠，兩人呼吸相聞。「阿悠，妳知不知道，我好怕。」

從來在戰場上連殺人都不眨一下眼睛，卻這個時候在自己喜歡的女子面前坦露自己最軟弱的一面。

陳悠何嘗不知道他在怕什麼，不過已經雨過天晴，為了避免將疫病傳染給他，她還是及時撇開頭。

「秦大哥，你離我遠些，不然會將病氣過給你的。」

秦征卻執意貼近她，甚至還在陳悠乾裂的唇上含吮了一下。「好了，如今這樣便不怕將病氣過給我了。」

陳悠當真是覺得他在胡鬧，可是這次她沒有避開他，因為她已經知曉，她的病已好了，只不過這個時候身體虛弱，還要在床上躺一躺而已。

秦征就這般趴在她床邊，兩人交頸相擁，他頎長身軀這般瞧著是很彆扭的，可不知為何此時瞧著兩人又覺得古怪得和諧。

秦征閉上眼，陳悠的高燒已退，臉頰的皮膚嫩滑微涼，他用臉頰摩挲了一番，才輕應了一聲。因為忙亂，他並無時間整理儀容，短短一層鬍碴戳在陳悠細滑的小臉上，有些微麻意，又有些扎人，惹得她縮了縮脖子。

忽然秦征撐起身子，直直地與陳悠對視，似乎要看進彼此的靈魂。「阿悠，妳怪我嗎？」

誰知還未等秦征做好心理準備接受她的答案，陳悠便用力搖搖頭。

眼前少女這般直接快速地表露，讓秦征怔然，心中溫暖卻又更加自責，他暗暗在心裡決定，日後定不會讓陳悠獨自面對困難，他要將她好好保護在自己的羽翼下，給她最好的一切！

就在兩人溫存時，陳悠的肚子卻憋不住地發出一聲抗議，秦征這個時候才想起來，她剛醒來，已有一天一夜未吃過東西了。

一個平日裡都鎮定自若、有時還有些腹黑的大男人，這個時候卻笨手笨腳，在房中找了一圈並未見到吃食，才挫敗地回到床邊，對陳悠溫聲道：「阿悠，妳且忍忍，我去尋妳那丫鬟來。」

陳悠抿著唇，笑著微微點頭。

佩蘭去煎藥了，端著藥碗匆匆回來，就瞧見秦征從房間內匆忙走出，正要吩咐外頭守著的護衛，就見到佩蘭回來了。

「拿些吃食來，阿悠醒過來了。」秦征的聲線雖冷冽，但誰都能聽出他語調中的愉悅。

佩蘭端著藥碗的手抖了抖，差點將藥碗摔到地上，片刻後，她好像才反應過來，急忙應是，幾乎是小跑著去廚房做吃的。

秦征出了房間後，陳悠伸手替自己把脈，果真像她預料的那樣，她身上鼠疫之症已經痊癒了，剩下的不過是一些小風寒而已，服用兩帖藥也就好了。而後她又稍稍拉下自己的衣領，鎖骨下那朵盛開的紅色鮮豔蓮花不再是單一幾瓣，而是變得層層疊疊，瑰麗又華貴，而且顏色也比以前更加妖嬈，就好似一朵真的血蓮要從她鎖骨下的皮膚透出。

陳悠暗暗吸了口氣，她猜得沒錯，藥田空間又升級了。她之所以會突然一夜之間痊癒，是因為受到藥田空間升級的影響。好似藥田空間升級時，從那朵紅蓮散發出一股溫和暖流將她全身包裹，慢慢地驅除她身上的病痛，直到她的身子恢復正常。

這麼一想，陳悠覺得自從藥田空間突然變成一朵蓮花鑲在她身上，她與藥田空間便緊密聯繫在一起，有時雖然被坑，但多半是藥田空間幫了她的忙。

回憶著腦中突然變得清晰的那個方子，陳悠清醒無比地盯著帳頂，她抿了抿蒼白的唇，當即決定，不管有沒有用，都要先去試一試！

與佩蘭一同進來的秦征，身後跟著何太醫和姚太醫。

佩蘭瞧見大小姐睜眼躺在床上，清醒地看著她笑，她眼眶中的眼淚就要迸出來。

「大小姐！您終於醒了，奴婢就知道您會醒過來的！」佩蘭到底還有一絲理智，雖然很想去看看陳悠，但還是先讓兩位太醫替陳悠看診。

捏著陳悠纖細手腕的姚太醫原本一臉凝重，等沈下心感受陳悠的脈搏時，臉上的沈痛變為驚訝。「陳大姑娘的鼠疫之症好了！」

因為太不敢置信，他又把了好幾次脈，最後終於肯定地驚喜道：「陳姑娘痊癒了，只要這幾日注意些，便不會再有事。」

何太醫也急忙替陳悠診脈，得出的結論與之相同。

這個消息讓秦征的心跳得飛快，他低沈帶著磁性的好聽聲線有些狂喜地顫抖。「阿悠的病好了？」

姚太醫頷首。「莫不是何太醫開的那方子起了作用？」

秦征朝佩蘭使了個眼色，佩蘭急忙扶起陳悠靠坐在床頭，而後端來準備好的稀粥小口地餵著她吃。

身體上的痛楚消失，陳悠的胃口也變得好許多，就著佩蘭的手吃下大半碗稀粥。秦征坐在一旁耐心地瞧著陳悠喝粥，深邃的目光緊緊鎖著她的動作。

在一旁的何太醫卻皺眉搖搖頭。「不會是方子的作用，那方子已經用了幾日，在旁人身上並無效果。」

「那何太醫可用了什麼新的針法？」

何太醫仍是搖頭。

「既然都無從改變，難道是陳姑娘的體質與常人不同？」

「也只能這麼解釋了。」

兩位太醫討論到後來竟然得出這樣的結論，委實讓人沮喪。原本打算從陳悠痊癒來獲取治療鼠疫的有效措施，現在卻落了空。

陳悠這時也吃得差不多了，佩蘭細心地尋了帕子替她擦嘴。

就在二人沈默之際，陳悠還顯得虛弱的聲音響起。「兩位前輩，我這裡有一個新的方子，不知有沒有效果。」

陳悠這句話引得何太醫與姚太醫都看向她。「什麼方子？陳姑娘說來聽聽。」

如今他們已經束手無策，病患接二連三死去，別說陳悠說她有新方子了，就算一個不會醫術的人說他知道怎麼治療鼠疫，何太醫他們也願意試一試。

陳悠讓佩蘭去拿來文房四寶，而後被秦征接下，他擺好架勢，一副要幫忙的樣子。陳悠笑了笑，也隨他，便開始將腦中浮現的那個方子唸出來，這方子並未用到名貴稀有的藥材，大多是廣普藥材，那時陳悠從藥田空間拿出的藥材中都有。

何太醫與姚太醫傳閱這個方子，仔細檢查了，未發現有何不妥之處。

「陳姑娘是從何得知這方子的？」

許是吃了暖胃的食物，陳悠的臉頰也慢慢恢復了些血色，現在臉色瞧起來並沒有那麼可怕了。

陳悠一笑，鎮定地解釋。「也不知以前是在哪本醫書上看過的，原本都忘記了，可高燒時也不知怎地就回想起來，便想拜託兩位前輩去試一試。」

人的記憶有時就是這麼奇怪，明明先前已經忘了的東西，說不定受了什麼刺激又會記起，這個解釋也不是不可能。

姚太醫還想讓陳悠回想是在哪本醫書上見過，卻見秦征面色一沈，一臉陰寒煞氣地瞧著兩位太醫。兩位老太醫雙腿一抖，乾笑了兩聲，急忙識趣地走開，去試方子了。

陳悠身子還虛弱，今日悶熱得厲害，不多時，她額頭上就滲出一層細細的汗珠，佩蘭要尋冷水替她擦臉。秦征卻轉身出去，不知從哪裡弄來一把摺扇，就坐在床邊替陳悠打扇。

一陣舒服的涼風撲面，讓陳悠覺得舒爽許多，沒了悶熱，靠在床上便昏昏欲睡，過了小半刻鐘，陳悠微微睜開迷濛的雙眼。「秦大哥，你去忙吧，我已經沒事了。」

話出口後，秦征卻只直直看著她卻沒有動作，陳悠被他灼熱的目光看得頗不自在，抬起眼睛小心地瞥了他一眼。

「阿悠，我不會留妳一人等在這裡。」

陳悠聽到他說這句話，心中滿滿脹脹的，她囁嚅一下，不知該說什麼好，她明白秦征還有許多重要的事情要做，她不應該此時將他拴在身邊，可再拒絕的話她卻說不出口，原來她是這樣貪戀他的關懷與溫暖。

見陳悠說不出話，秦征嘴角勾了勾。「睡會兒吧，我在這裡守著妳。」

陳悠輕輕點頭，閉上眼睛，幾乎不多時就進入香甜的夢鄉。

佩蘭端著涼水進來的時候，瞧見秦征坐在床邊替陳悠打扇，以往狠戾的眉眼此時卻溫柔無比。她端著水放到角落，自行坐在角落的繡墩上，做起針線來，也不打擾兩人。

陳悠再次醒來時已是夜色降下，屋內點了一盞昏黃的油燈，進食後又休息了一下午，陳悠的身子好了許多。她一睜眼，竟然還感受到拂面的清風，帶著男子身上獨有的清朗氣息。

秦征正一手替她打扇，一手拿著公文看著，眉頭有些緊鎖，不知道在為什麼事情煩惱。

陳悠一伸手就將他一直搖晃的左手按下，她注意到秦征微不可察地皺了皺眉頭，而後不動聲色地將摺扇放下。

「阿悠睡醒了？」

陳悠對秦征淡笑著點頭，身上有了力氣，自己撐坐起來，而後她在床頭尋了個針包出來，拉過秦征幾乎是痠麻的左手手臂。

「別動，你的手麻了，若是不處理，明日會更難受，我給你扎一針，一會兒多動動便好了。」陳悠邊動作邊解釋，說話間，一枚細小的銀針已經扎進穴道，她又在幾處穴位按壓幾下，秦征僵硬一個下午的手臂恢復了許多。

陳悠想到自己一個下午之所以會睡得那麼香甜，完全是因為秦征一刻不停地替她搧風，心中甜蜜裡又泛起心疼，她忍不住又替秦征的手臂按摩一遍。

秦征定定地看著她，目光深邃，內心浪濤洶湧，陳悠正奇怪他為何沒了聲音，不解地抬頭，恰好與他的目光相撞，這一對視，讓她羞惱地撇開臉來。

不為別的，只因為她瞧見秦征雙眸深處壓抑的慾望。

陳悠尷尬得不知道說什麼來緩解，佩蘭不知出去做什麼了，現在只有他們兩人在房間中。當她正在糾結說什麼話來驅散這樣的氣氛時，突然就感覺到嘴唇一陣溫熱，接著便是唇上輕柔的含吮，一隻大掌固定住自己的後腦勺，原來淺嘗輒止的溫柔啄吻漸漸變了本質。

陳悠胸腔跟著起伏，秦征那隻痠麻手臂正擁著她的後背不斷地輕柔摩挲著，之後她覺得唇間好似有什麼要深入進來。因外面的房門還開著，也不知道佩蘭什麼時候會進來，陳悠尷尬不已，抵著唇「嗚嗚」兩聲表示抗議，不讓他深入。

可是男人有時候是沒有理智的，特別還是在自己如此深愛的女人面前，能忍得住那便是柳下惠了。秦征同樣也一樣，當初花那麼多心思與陳悠接觸，他又不是聖人，有付出當然期待著回報，而且是要加倍拿回來的。

他一手扶著她的後背，一手從陳悠裸露在外的修長脖頸上開始撫摸，因為長年練武，指腹帶著薄繭，撫在細膩香滑的肌膚上，讓陳悠忍不住一陣顫抖。她想要推拒他這樣的撫觸，可是力量差距太大，她的反抗在秦征面前與沒有也無什麼區別。

秦征右手一轉就將陳悠不安分的雙手捉住，唇堵著她的唇，陳悠身上淡淡馨香在他鼻尖徘徊，似乎這樣淡淡的香味要從他的鼻尖鑽進他的靈魂，烙上一輩子也不能磨滅的印記。

呼吸漸漸變得急促，陳悠也有些意亂情迷，秦征的左手不斷在她身上探索著，為之癡狂。許是因為先前極度擔心，這個時候在見她度過了危險，變得健康起來，一時心弦鬆懈，讓他想要發洩。

陳悠幾乎癱軟在秦征懷中的綿軟身子突然一僵，原來沈醉的一雙杏眸也猛然睜大，因為秦征那隻作怪的左手竟然揉捏上她隆起的高聳處，雖然是隔著衣裳，但是這時候天熱，那衣裳根本就起不了隔離的作用，那隻大手完全能清楚地感受到手中那綿軟的胸脯。

「嗚……你……」因為秦征這般大膽動作，陳悠張嘴就想罵出口，可她忘了嘴唇還在秦征的含吮中，她嘴巴一張，就有強硬的東西闖進來，侵入她的領地，勾纏著她的唇舌，席捲著她的口腔。

秦征這個時候根本就不顧她的反抗，似乎他之前的焦躁都要透過這樣親密接觸宣洩出來。吻越來越火辣和凶狠，不過手中動作卻是並未再深入了，只是不時地揉捏撥弄一下而已，並未過分挑逗。可即使這樣，陳悠還是能感受到隔著衣物，他手掌火熱的溫度。

她難受地扭了扭，想要脫離他的懷抱。不過，她只是輕微地一動，秦征卻懲罰性地一收手臂，將她抱得更緊，竟然還將她的小舌頭拖出來用力地嘬，兩人現在的姿勢幾乎是親密無間，她緊緊貼著他堅實的胸口，而自己的胸口因為不住地喘息而起伏，秦征一低頭，就能瞧見陳悠剛剛動作間微微敞開的衣襟口下，綿白起伏的隆起。他深深吸了口氣，壓下心中越來越強烈的躁動，微微閉眼，企圖平復黑眸深處幾乎要咆哮而出的慾望。

陳悠早被他吻得要喘不過氣，現在她一點也不敢亂動和掙扎，因為兩人這般親密地相擁，她明顯感覺到小腹處被抵上一根堅硬的東西……

雖然她羞憤到不行，但這個時候卻不敢刺激秦征。終於，他嚐夠口中的香軟，才放開陳悠紅腫的唇瓣。

陳悠險些一口氣接不上來，只能狼狽地趴在他的胸前大口喘息，秦征低頭還要再來，陳悠秀眉一擰，怒嗔道：「秦征，你還敢再來！」

秦征嘴角微微翹起，帶著一股有些說不出韻味的邪魅，他緊緊攬住陳悠，埋在她頸項，悶悶地笑出聲來，而後呼著熱氣，低啞著聲音道：「阿悠，不來了，就讓我抱一會兒。」

聽他這麼說，陳悠渾身才鬆懈下來，也儘量忽視那處灼燙頂著她的地方。

雖然只是這樣簡單擁著，可時間一長，又開始變了味兒。秦征貼在她頸側柔滑的肌膚上，嗅著她肌膚淡淡的馨香，唇舌就忍不住開始躁動。

不一會兒，細白的脖頸間就被種上斑斑曖昧的紅痕，這下，陳悠再也不相信他了，惱怒地以雙手用力推他。「秦征，你說話不算數！」

「阿悠，我忍不住……」

喑啞暗藏著壓抑慾望的低沈男聲，讓陳悠猛然一抖。

「你……」

薄怒微嗔的嬌俏容顏，染上了紅暈，讓秦征深邃的鳳目中醞釀起風暴。陳悠只吐出一個字，微腫的紅唇就被他有些蠻橫地堵住了，然後就是狂風暴雨……

「大小姐，該喝藥了。」

佩蘭提著食盒，食盒中有剛煎好的湯藥和晚飯，提著裙子就要邁入裡間。

陳悠渾身一僵，飛快地推開秦征，用被子遮了，自己裝睡，薄被下心仍怦怦跳著，臉熱得不行，方才她與秦征親熱，險些就被佩蘭給撞見了。

等佩蘭進來，只瞧見秦征冷著臉坐在床邊，陳悠還躺在床上。佩蘭有些狐疑地瞥了眼秦征，只覺得氣氛好似有些奇怪，等再想看時，卻被秦征一個冷冷的眼神掃過來，她嚇得急忙低頭，不敢再看。

秦征坐了一會兒便出去了，陳悠被佩蘭扶著坐起來喝湯藥，並用過晚飯。

放下碗，陳悠問道：「那方子，何太醫他們試得如何了？」

佩蘭收拾著東西，搖搖頭。「奴婢一直在這裡守著大小姐，也不知曉。」

「去將阿魚叫進來。」

佩蘭拎了空食盒點頭。很快阿魚就腳步匆匆地進來了，他將惠民藥局前院的消息說給陳悠聽。下午，高大夫等一行人將藥方配好，吩咐人熬製湯藥給患病災民，那些第一批服用湯藥的災民，服藥不過才一個時辰，這般短的時間內瞧不出效果。稍後，姚太醫幾人去滕縣令的房中，之前為了方便照顧滕縣令，他也在幾日前被移來惠民藥局。

「滕縣令情況如何了？」陳悠焦急地問出口。

阿魚有些惋惜地搖頭。「聽高大夫說，恐怕不大好，因先前大小姐得了疫症，他們便沒將這事與妳說。此時，幾位大夫都在滕縣令房中呢！」

滕縣令是早一批得鼠疫的人，幸而發病不是頂快。要知道，與他同時期患病的許多難民已經失去生命。因早前，幾位大夫給他做了初步的抑制，又一直有人細心照顧，能熬到今日已算是奇跡了。

「我這就過去瞧瞧。」陳悠堅定道。

「可是……大小姐，您的病才好……」

「莫說了，讓佩蘭進來。」

阿魚拗不過她，他知道只要是她決定的事情，就會執意去做，只能讓佩蘭進來服侍。

陳悠穿戴洗漱後，讓佩蘭拎著藥箱，出了房門，與秦征知會她要去看滕縣令。

秦征本要與她同去，陳悠不肯，反而要他去休息。秦征守著她一天一夜，沒怎麼合眼，加上他是匆匆來籠巢縣，之前為了收服山寨更是沒睡過好覺，任誰都能瞧出他的精神不好。再加上阿北也在一旁勸著，秦征才答應下來。

陳悠匆匆離開，秦征見她的背影消失在院角，他靠在椅子上，揉了揉自己的眉心，一股疲倦就襲來。

阿北吩咐兩聲，一個護衛出去了，一會兒又進來，為難地對著阿北搖搖頭。阿北朝他揮手，讓他下去守著。

阿北小聲地叫了一聲秦征。「世子爺。」

秦征並未應聲，只是疲憊地睜眼看了他一下。

阿北知道他在聽，抓了抓頭髮，好像不知該怎麼開口。

「什麼事？」秦征出口的聲音帶著微微惱怒。

「世子爺，方才溫良來說惠民藥局沒有空房間了，屬下還是安排您去府衙歇著吧！」

阿北說著用眼覷他，瞧他臉色。

惠民藥局的病患都安排不下，剩下幾間稍好的房間給了何太醫他們，就連何太醫、高大夫幾人也都是兩人一間房，若不是陳悠是女子，那房間也定是要與他人同住。

見秦征不作聲，阿北只好道：「世子爺，不……不若您就先在陳大姑娘這裡將就一會兒？」

左右陳悠這會兒也不在，她床上用過的床單、被褥因怕留著病源，也都叫阿魚拿出去燒了，如今換的都是新的，並不擔心會感染。陳悠暫住的這個廂房，裡外兩進，外頭有張小榻，平日是佩蘭睡的，裡間東西也簡陋，一床一櫃一桌一椅。

秦征總不可能睡小榻，也只能睡陳悠睡過的那張床。聽到阿北的這個建議，他只猶豫片刻，就起身朝裡間去了。

秦征倒在陳悠的床上，被褥上有陳悠身上淡淡的香味，他深吸了口氣，先前的擔憂和恐慌盡散，幾乎是一沾上枕頭就睡了過去。

片刻，阿北就聽到微微低沈的鼾聲，看來這次爺是累狠了。

滕縣令已昏迷好幾日，先前還能一日清醒少許時間，到後來一天一夜都沒有醒來，食指指尖發黑，今早還嘔了血，湯藥都難餵進去。

陳悠捏著滕縣令的手腕，秀眉緊鎖，她將滕縣令的手臂放入薄被中，抬頭看著高大夫。

「高大夫，你們可有什麼法子？」

高大夫與姚太醫互相看了一眼，才斟酌地道：「我們打算先施針順通經脈，而後再配上陳姑娘今日說的方子。」

「你們要如何施針？」

高大夫將他們先前四人商量的結果仔細與陳悠說了一遍，她聽後，卻搖搖頭。「我覺得這樣不妥，滕大人身體虛弱，若是這樣刺激，病情只會惡化得更快。」

幾位老大夫之前也考慮過，可是除了這個施針法子，他們實在是想不出別的。

「那依陳姑娘來看，要如何？」

以前賈天靜曾教給她一種針法，那針法專對體弱之人，方式溫和，雖然起效慢了些，但優點是不傷病患根基。陳悠將這些與高大夫一行人說了，幾人雖有歧異，但最後都達成共識，讓陳悠親自試一試。

時間匆匆溜走，陳悠回來時已是戌時中。她下午時睡飽了，身子現在沒覺得有什麼不爽利的地方，想著秦征還未用晚飯，從滕縣令房間出來後，就直接拐去廚房。

姜駙馬命手下送來的糧食中有白麵，只因為做白麵浪費時間，惠民藥局中沒有那麼多人手，就被堆在角落裡，一點兒也沒動過。

這時晚了，也不宜吃那些不易消化的食物，想要做別的，這裡也沒有，只能撿這些簡單易飽的做。陳悠在廚房瞧了瞧食材，動手和麵，不稍一刻鐘，弄了一小鍋熱騰騰的疙瘩青菜湯，放了鹽調味。陳悠自己也沒吃，想著還有阿北、阿魚和佩蘭，便多做了些，尋了空食盒提回房間。

此時阿北正在門口守著，見她提著食盒走過來，急忙笑著迎上來接過食盒。「陳大姑娘，滕縣令的疫症如何了？」

「暫且穩定了下來，明日再看情況，秦大哥呢？」

阿北偷瞥了陳悠一眼，心虛道：「主子在裡頭睡覺……」

陳悠點點頭，便大方進去，絲毫未在意阿北的話，阿北才放下心來，跟在陳悠身後。

秦征警醒，聽到外頭說話聲，就已經醒過來，自己起身到外間。

阿北將食盒放在桌上，陳悠轉頭對秦征道：「還未吃吧？我隨意做了些吃食，將就著吃一些。」

秦征頎長的身姿筆直地站在一旁，在陳悠低頭時，他深潭般的眸子深處蕩出漣漪，盯著陳悠從食盒裡端出一個盅，熱騰騰散發著香氣。

這還是第一次吃陳悠專門為他做的飯……

阿北在一邊瞧見陳悠做的是什麼後，雙眼一亮，以前他娘還在世的時候，家裡只要有一點白麵，他娘就會給他做麵疙瘩，自他娘過世後，卻是再也沒吃過這樣的吃食了。

「不過是些青菜麵疙瘩，將就著吃吧！」陳悠笑著說道，拿了一旁的小碗替秦征盛了一碗。

秦征雖也捱過苦日子，但是並沒有機會接觸這種平民吃食，在陳悠招呼他坐下後，拿起筷子嚐了一口，卻出奇覺得合自己的胃口。

阿北嚥了口口水在一旁看著。他一直在外頭守著，午時只吃了半塊乾巴巴的饅頭，到現在粒米未進。

陳悠在一旁見了好笑。「阿北哥，將阿魚哥和佩蘭都叫來，大家坐著一起吃，在這裡也不要講什麼規矩，吃飽了要緊。」

聽了陳悠的話，阿北並未動，而是看了秦征一眼，見他未反對，才笑咪咪地出去叫人。

一桌子不分主僕，坐在一起吃青菜麵疙瘩，再普通不過的麵疙瘩，秦征好似吃出了山珍海味的味道。

若是忽略掉主子頻頻掃過來的陰寒目光，阿北吃得也很痛快。陳悠做的麵疙瘩比他娘替他做的好吃許多，又因許久沒吃到這種充滿回憶的食物，一不小心，阿北就吃得有些多了，當然惹來秦征的不滿。

幾人飯後，阿北為了躲避主子的視線，主動端著空碗筷送去廚房。

秦征現在人雖然在龍巢縣，但是該辦的公文還是要處理，尤其淮北垢弊還沒排除，他與姜戎要在暗中聯繫。

「秦大哥，你晚上在哪裡休息？」陳悠關切地問，惠民藥局是住不下了，而且都是病患，秦征如果真的要歇在這裡，她也不會同意。

「我去府衙，手頭還有好些事，阿悠晚上好好休息，我明日一早再過來。」

陳悠頷首，將秦征送到房門前，秦征轉頭看了她一眼，而後給她一個安慰的眼神，才轉身帶著阿北快步消失在夜色中。

佩蘭打了熱水來，還是有些後怕地詢問：「大小姐，您身子一切都好吧？」

陳悠接過佩蘭手中擰好的熱帕子，笑著點了點她。「我都好了，妳也別跟著瞎操心，今兒晚上好好休息，妳這妮子怕是好幾日沒睡好了。」

「大小姐別光顧著說我，今晚您千萬不能再熬夜了，那天晚上可把奴婢魂兒都嚇掉了。」

陳悠笑應著，保證今晚一定早點休息，佩蘭才沒繼續磨著她。等到內間只剩下陳悠一人，她靠在床頭，才開始細細回想她病突然好的原因。

既然是藥田空間升級促使她患的鼠疫消退，那為何藥田空間會這個時候升級呢？藥田空間先前顯示的任務，她閉著眼不用想便知道沒有完成，那又是什麼原因？

思來想去，她的行事與藥田空間有關聯，便只有從藥田空間搬運出草藥了。那草藥是藥田空間自產的，而後被何太醫他們製成各種湯藥，患鼠疫之病患喝了湯藥雖然沒有痊癒，卻對控制症狀惡化有了些效果，高大夫那日還親自誇讚了。

所以說，藥田空間的升級是不是與藥材緩解病症有關係？這籠巢縣中，如今約莫有萬餘人，至少有兩、三千人服用過藥田空間裡的草藥，數目如此之大，若是藥田空間因此升級從而惠及她也不奇怪了。細想，好像也就只有這個解釋比較合理。

這樣想後，陳悠默唸靈語，想要進入藥田空間瞧瞧裡面升級後有何變化，但是自己唸過千百次的靈語突然失去了作用，她怔怔地瞧著眼前一點都未變化的情景，驚詫地瞪大眼睛。

陳悠壓下心中的忐忑不安，又唸了幾遍靈語，可她還是在原地，而不是在熟悉的藥田空間，這到底是怎麼回事？

陳悠慌亂地在桌上尋了一小面銅鏡，而後拉開胸前的衣襟，鎖骨下那朵血蓮盛大綻放，妖嬈不已，藥田空間根本就沒有消失。那她怎麼進不去？

壓下心中一股股湧起的不安，陳悠坐回床邊，她要好好想想，這到底是怎麼回事，想一想前世祖父將藥田空間戒指交給她時，她有沒有什麼遺漏的。她一遍遍地回想，就是想不出什麼地方出錯，最後只能疲憊地睡下。

第五十九章

翌日，佩蘭進來叫陳悠起身，見到她精神委頓地揉著額角，有些恨鐵不成鋼地道：「大小姐，您又沒好好休息了？」

陳悠無奈地一笑。「許是昨日白天睡多了，昨晚睡不好。」

陳悠剛起身不久，秦征便來了，他陪陳悠用過朝食，兩人身上都有許多急事，便都各忙各的去了。

唯一值得高興的是，陳悠昨日說的那個方子已經有效果，服用此方的病患病情都出現了好轉，高大夫斷言，只要配上正確的行針，這些病患在十天之內都能恢復。這無疑是個巨大的驚喜！

這麼多年來，無法攻克的鼠疫，竟被陳悠一紙藥方給制伏。當然在鼠患預防上，還要細心地做好老百姓的工作。

何太醫滿意地頷首，一雙雖然蒼老但是晶亮的雙眼盯著陳悠，滿意地讚道：「真是後生可畏，陳姑娘這般小小年紀，就能攻克鼠患，當真是讓人意想不到，我看吶，妳比慶陽府藥會上通過審核的那個最年輕的女大夫都要厲害。」

這個時代訊息傳播畢竟較慢，陳悠在藥會上展示的《百病集方》，並非是太醫院裡的所有太醫都看過，何太醫和姚太醫當然到此時也不知道陳悠就是慶陽藥會中通過審核的那位最年輕女大夫。

陳悠聽到這個誇獎著實覺得有些好笑。「前輩們也別拿我這個後生開玩笑了，那方子也不是我寫的，不過是偶然從醫書中瞧來的而已。」

「天下書本千萬，若能將從書上瞧到的知識活用，那也是了不起的。」齊大夫以為陳悠謙遜，也跟著誇讚。

「博學謙遜，可有大成。」姚太醫也跟著湊熱鬧。

最後陳悠也不反駁了，就由著他們說。

鼠疫尋到有效的方子後，病患們陸陸續續都得到治癒，惠民藥局和驛站中的病患一日比一日少，這幾日天氣也不再動不動就傾盆大雨，淮北一帶疫情暫時得到緩解。

陳悠原本還擔心籠巢縣中藥材不夠用，可幾天後，福州萬寶祥大藥行的少東家便親自押著藥材來了。

她驚詫之下，一詢問才知道這是秦長瑞的安排，淮北邊界濟城便靠著福州，萬寶祥來施援是最方便的。

八、九日轉眼就過，鼠疫已得到控制，幾乎所有嚴重的患者都已痊癒，滕縣令也不例外。籠巢縣的城門終於可以打開。在城內憋了半個月的人們好似覺得見到新生的太陽，一切都充滿旺盛的生命力。

陳悠與秦征一同站在城牆上，朝淮揚府的方向眺望著。秦征轉頭，他瞧見金色的餘暉灑在少女的臉上，嫩白小臉上細茸茸的毛都能看得一清二楚，他轉過頭，順著陳悠的視線看過去，嘴角也微微翹起。

雖然陳悠不知道前方還有更大的困難等著他們，但是他願意與她一同守護這一刻小小的安寧，多想時間永遠停留。

籠巢縣的鼠疫徹底解決，成功遏制疫病的傳播，其他地方的義診這個時候也結束了。已經到了七月，一年中最熱的時候，白日裡給惠民藥局剩下的幾個病患看診過後，大家都到後院納涼。這場共同抵抗極強傳染病的半個月，將會給每個人心中留下一生寶貴的記憶，當然這其中也不是沒有折損的，五位醫女中有兩位患了鼠疫未來得及救治便香消玉殞。

陳悠帶著佩蘭親自下廚，又讓阿魚去請了滕縣令和府衙的老管家來惠民藥局，大家一起吃頓慶賀的宴席。

雖然食材簡陋，陳悠也弄了十來樣菜色，其中有阿北提供風乾的肉、乾炒的蒜苗，有陳悠用藥材煮的藥膳，在這樣嚴峻的環境下，能吃這樣一頓飯菜，著實不易。

滕縣令帶著好酒欣然赴宴，就連秦征也毫不忌諱地陪著幾個年長的老輩吃酒，陳悠到底是女子，只開頭陪著喝了一小杯酒，便帶著佩蘭下去了。

阿北沾光地坐在秦征身邊，跟著爺在外辦差是件苦活計，連吃飽都難，今日好不容易有頓像樣點的吃食，怎能不埋頭苦吃。

嘿！還別說，世子爺的眼光真不錯，陳大姑娘不管做什麼菜都這麼好吃！

直到被秦征瞪了好幾眼後，阿北才苦著臉上來給秦征擋酒。阿北好酒，但是一般都不敢多喝，因為他負責秦征手下傳哨的任務，隱蔽的事情和消息多得很，喝酒誤事，可是四個兄弟當中，阿北可以說是千杯不醉。

今兒大家都高興，難免也就喝多了，幸而秦征與阿北還清醒，阿北派屬下將滕縣令和太醫、大夫們都送回去。

杯盤狼藉中，就只剩下秦征一人。他獨坐在院中，微微瞇眼，透過院中梧桐樹的縫隙能瞧見半彎弦月，雲彩如青煙一般飄過，將銀白的月亮遮住了，而後又露出來。

院中靜謐，蟲鳴一聲接著一聲，偶有清風拂過，帶給人渾身舒爽，秦征長吁了口氣，他已經很久沒這般放鬆過了。夜晚溫柔的風幾乎要令他睡著，他聽見熟悉的腳步聲在身後響起，微閉著眼眸的俊臉上，嘴角不自覺地彎起。

陳悠端著醒酒湯走到秦征身邊。「可喝高了？我煮了些醒酒湯，何太醫那邊已經叫佩蘭送過去了。」

將醒酒湯放在桌上，卻沒聽到秦征的聲音，陳悠奇怪地轉頭看向他。這一看，她便有些發愣。

銀白月光透過梧桐樹在秦征身上留下斑斑駁駁的樹影，半束的墨黑長髮，有一半都垂落在椅邊，隨著夜風輕輕飄蕩，好似掃在她的心尖上。他今日穿的是家常寬大的深衣，卻自有一股魏晉時期不羈的風骨，寬袖滑下結實有力的臂膀，修長指節遮住容顏，靜謐的夜下，陳悠好似能聽到他熟睡透出的綿長呼吸。

陳悠連忙撇開臉，平復了急促的心跳。

想著酒喝多了，睡覺也會不舒服，陳悠只好轉過身來，繼續輕喚他。「秦大哥、秦大哥……」

沒有人應，秦征好似睡得真的很沈，陳悠想要走近輕推他。「秦大哥，快起來把醒酒湯喝了再睡吧！」

手指剛剛觸到秦征的肩膀，陳悠猛然就被摟進一個炙熱帶著甘醇酒香的懷抱中。陳悠嚇了一跳，隨後就聽到耳邊低沈磁性的低笑聲。「阿悠，妳真笨！」

被他突然的動作嚇得還渾身僵硬著，陳悠有些惱怒。「秦征！」

每次她嗔惱的時候都不會叫他秦大哥，而是他的名字，秦征好似很享受其中。

「秦征，你喝多了，快放開我。」

「不放！」

平日裡，冰冷得甚至是有些冷酷的男人，這個時候卻突然傲嬌起來。

帶著香醇酒味的灼熱呼吸拂在陳悠粉嫩的頸項上，讓她整張臉都跟著燒紅起來。雖然陳悠的身材在大魏朝一般女性中還算是纖瘦高䠷的，但是被長手長腳的秦征一抱到懷中，卻顯得格外嬌小柔弱起來。

「秦征，你發什麼酒瘋，快放開我！」

秦征不但沒有放開她，反而雙臂微微一用力，竟然將她一提，抱坐在他的雙腿上。他手臂收緊，兩人之間幾乎沒有任何空隙，少女綿軟的部位壓在他的胸前，讓他的呼吸變得沈重。

「阿悠，我沒喝醉。」

酒都被阿北那個酒鬼給擋了，除了開頭秦征喝了幾杯，後面他根本沒怎麼喝酒。

陳悠哪裡會相信，有哪個醉酒的人會承認自己喝醉的。

「沒醉也要把醒酒湯喝了。」陳悠賭氣道。

他身體重得要死，她根本就是蚍蜉撼樹，最後她也不掙扎了，只能無奈地由他抱著。

良久之後，秦征好不容易平息腦中那些胡思亂想，陳悠卻不舒服地動了動，秦征身體跟著就是一僵，他低啞地輕喚。「阿悠……」

陳悠想到前些日子兩人在她房中的事情，杏眸睜大，急忙不敢再動。

時間慢慢流淌，埋在他結實的胸口，陳悠有點昏昏欲睡。

「秦征，醒酒湯要涼了。」

言下之意，該將她放開了，她被他抱著的姿勢實在是有些彆扭，腰部痠痛。秦征卻未回答她的話，長臂從她腿彎穿過，給她換了個姿勢，讓她舒服地坐在他的腿上，而後扶著陳悠的肩膀，與她對視。

儘管月光柔和，陳悠在帶著些朦朧夜色的晚上並不能完全看清他的臉，但是那雙深邃清亮的鳳目，她卻是看得一清二楚。

這般清明，看來秦征真的沒有喝醉。那雙眸好似有吸力，陳悠覺得自己幾乎是瞬間就陷入他明亮的雙眸裡。

「阿悠，明日我讓阿北送妳回慶陽府。」

陳悠本來還沈浸在秦征的目光中，瞬間被他這句話炸回了神思。「為什麼？」

秦征伸手給她理了理擋在眼前的一縷長髮，而後輕觸著陳悠細滑的臉龐。「阿悠，我走不開，但是淮揚府不安全，妳若是跟著義診隊伍回京，我也不放心。」

陳悠瞬間就明白秦征的顧慮。「即便是這樣，為何不讓阿北送我回建康？」

秦征將陳悠攬近，把她的一隻手執到自己手中揉捏。「阿悠，建康城此時也不太平，爹娘的來信中叮囑了，讓我將妳送到慶陽。」

陳悠瞪大眼睛，一眨不眨地盯著秦征，她想要從他的臉上看出些什麼來，可是他掩藏得太好，她什麼也看不出。

其實陳悠想說，她要留下來一起面對，不管多麼困難的時刻，都有她陪著他，但是她說不出口。她除了會醫術，其他的一無是處，如今藥田空間也出了狀況，什麼忙也幫不上，反而有可能拖累他。

陳悠定定看著他，最後只能叮囑道：「放心吧，我回慶陽不會有什麼事，反倒是你，在淮北一切都要小心。」

雖然不知皇上私下給他下了什麼密旨，但是陳悠知道，定然不會是簡單便能完成的。秦征頷首，在她唇角輕啄一下，眸子深處滿是不捨，卻笑著安慰她。「阿悠，放心，我不會有事的。」

在秦征還沒反應過來時，陳悠勾著他的脖頸，飛快地給他一個輕吻。堂堂一個歷經風雨的大男人卻在這個時候恍然失神，空寂又倉皇了許久的心似乎瞬間被填滿。

秦征認真地瞧著陳悠。「阿悠，等塵埃落定，嫁給我可好？」陳悠仰頭看了他許久，就在秦征心中忐忑不已，甚至惶恐緊張不安的時候，他見到懷中的少女對他可愛地皺了皺鼻頭。「怎麼，你除了我還想娶別人嗎？」

就在陳悠話音一落，她的紅唇已經被堵上，秦征修長的雙眸深處晶亮，親暱間，他磁性的聲音含混道：「阿悠，怎麼會有別人……」

等兩人溫存夠，醒酒湯已經冷了，陳悠要將它端走，秦征卻一把接過來，兩三口喝光了。

「你不是沒喝醉，喝這醒酒湯做什麼？」陳悠不解。

秦征眼神赤裸地看了她一眼，理直氣壯回道：「解渴。」

愣了一下，陳悠幾乎是立馬明白他話中的意思，瞬間，白皙的臉上變得酡紅。她狠狠瞪了秦征一眼，好似被踩了尾巴的貓，匆匆跑開。

他們如今這樣親密，只能乾看著吃不著，秦征可憋得慌。

回了住處後，將他們要離開的消息與佩蘭和阿魚說了，佩蘭連夜收拾行李，他們不和義診隊伍一起，由秦征讓阿北領著私兵護送，行李也早先就被阿魚從淮揚府的驛站拿過來，離開時，不必繞回淮揚府城了。

籠巢縣其餘事情，交給原來惠民藥局的大夫就行了。

第二日天微微亮，陳悠他們就已經登上回慶陽府的馬車。由阿北帶著幾十人馬護送，秦征依依不捨地直將人送到十里長亭，才折返回淮揚府。

陳悠臨走前，給秦征留了好些傷藥，叮囑他千萬注意安全。

送走陳悠之後，秦征進了淮揚府城一座別院中，與姜戎碰面。

姜戎從一堆公文中抬起頭。「將人送走了？」

秦征坐到一旁點頭。

姜戎忍不住提點。「淮北大災，現在時局亂得很，莫要讓人鑽了空子。」

秦征小啜了口茶水。「阿北做事我放心，多謝駙馬爺提點。」

「知道就好，你現在可不是孤身一人。好了，與我說說這幾日你那邊的情況如何。」

秦征放下茶盞，兩人便在房中商討起來，直到日暮，秦征才起身告辭，中間飯食都是手下送到房中兩人匆匆吃的。

回慶陽這一途要比來時快得多，輕車簡從，很快陳悠一行便出了淮揚府地界。一出淮揚府，他們便扮作商戶，混在大型車隊中，倒也沒遇到什麼危險。

陳悠這幾日匆忙趕路也累，進了驛站洗漱後就歇下了。

翌日一大早起身，這時天氣熱，早點動身人也少受罪。等陳悠剛下樓到驛站大堂，卻瞧見了趙燁磊。

趙燁磊身後跟著阿農，還有十幾個護衛，好幾個看著都頗眼熟，是他們在慶陽府的護院。

阿北此時就跟在陳悠身後，自然也瞧見趙燁磊。

趙燁磊帶著人進來，眼神梭巡著，顯然是在找人，等他將驛站大堂看了一圈，最後目光落在陳悠身上，面上帶著驚喜，可又不敢確定，便試探著喊了一聲。「阿悠？」

要按著陳悠現在的這身易容來看，若是只有幾面之緣的人定然認不出。她現在一身樸素的短打男裝，容顏又刻意修飾過，可以說是變了一個人，但是趙燁磊與她在一個屋簷下生活幾年，對她甚為瞭解，這才半信半疑地上來確認。

「阿磊哥哥，你怎麼來了？」

這個時候，趙燁磊不是應該在建康嗎？怎麼會在慶陽府？

「阿悠，真是妳，真是太好了！旁的事情我們進屋再說。」趙燁磊滿面驚喜，同時又帶著一股放鬆。

這驛站大堂人來人往，說話是不怎麼方便，陳悠點頭，轉頭瞧了阿北一眼，阿北就向驛站要了一個房間。

進屋前，阿北叮囑手下在外面好好看著，至於趙燁磊帶來的那些人，也暫時被安排到驛站大堂休息。

進了屋，趙燁磊連一口清茶都來不及喝，便從懷中掏出一封信，交給陳悠。「這是叔讓我帶來給妳的，他知曉秦世子會派人將妳送到慶陽府來，便叫我帶人到驛站這邊來接妳。」

陳悠接過信封，快速瀏覽著信中內容，那信是秦長瑞的筆跡，說建康局勢不穩，讓她與趙燁磊留在慶陽，並且暫時不要回京，聽他後面的安排。他與陶氏在建康會一切小心，要陳悠不用擔心。

陳悠的臉上一片沈色，擔心著秦長瑞夫婦的安危。她對官場不瞭解，也不知這個時候局勢到了何種程度。

阿北見陳悠臉色不好，站在一旁詢問道：「陳大姑娘，怎麼了？」

陳悠將那封信遞給阿北，阿北看後臉一黑。

「建康到底發生了何事？」陳悠擰著眉頭詢問阿北。

屋中只有陳悠、趙燁磊和阿北三人，阿北也不怕洩漏什麼機密。他長吁口氣，說道：「恐怕十三王爺是坐不住了！」

陳悠不敢置信地盯著阿北，彷彿在質疑他說的話。

十三王爺與皇上是一母同胞，怎會造反？而且十三王爺這麼多年在外人眼中也都是玩世不恭的模樣，皇上作為他的兄長，對他多番寵愛包容……難道說這麼多年，皇上反而養虎為患？

阿北心中所想比陳悠多，但他最擔心的還是秦征，若是十三王爺真的如他想的那樣要造反，現在姜駙馬和世子爺都在外，白起又被送回建康，他身邊帶的親信不多，他們四人只留不用一人守在世子爺身邊，阿北實在擔心。

陳悠抬頭，一臉嚴肅地看著阿北。「阿北，到了這裡，我也安全了，況且阿磊哥哥親自帶人來接，不會出什麼事情，你帶人趕緊回去支援秦大哥，若是十三王爺真的有什麼異動，也好讓秦大哥一早有個防備。」

「可……」阿北有些猶豫，秦征可是親口要他將陳悠送進慶陽府城，但是與陳悠堅定的眼神對視，阿北最後還是決定同意她的話。「那好，陳大姑娘一定要小心謹慎！」

阿北部署下去，即日就返回淮揚府，而陳悠也隨著趙燁磊回慶陽府城。

進了慶陽府城後，趙燁磊卻不帶著隊伍朝慶陽府的陳府去，而是繞過陳府，去了一個偏僻的巷口，陳悠聽到外面的喧囂聲漸漸沈靜下去，不免有些奇怪，掀開車簾一瞧，外面的光景她已經一點也不認識了。

趙燁磊騎馬走在馬車邊，聽到聲響，轉過頭對陳悠溫和一笑。「我們現在要去的這個別院是叔早先安排好的，府裡還住著堂哥、大嫂和李阿婆他們，若是去那邊，怕是會連累他們。」

趙燁磊溫柔周到地解釋著，瞧起來就像是個盡職盡責的兄長，將陳悠原本的疑慮也打消了。

陳悠想想也是，十三王爺知曉他們一家與秦征走得極近，若是被十三王爺的手下抓住，豈不是牽累秦征？

「阿磊哥哥，還有多遠的距離？」可儘管這麼想，陳悠心中不知為何還是有些忐忑不安。

趙燁磊對她溫潤一笑，只是臉色有些蒼白，讓他看起來有些羸弱。「不遠了，就在前頭巷子盡頭，到了院子，我讓阿農替妳去百味館打包些吃食來。」

多日未吃到自家館子做的吃食，猛然提起，陳悠還真是有些嘴饞。

見馬車簾子放下，遮住少女嬌俏的容顏，趙燁磊前一刻還落在臉上的笑，卻化為了痛苦和澀意。他深深吸了一口夏日灼熱的空氣，企圖平息自己胸腔內的翻騰。他在心中不斷暗示自己，便只有這一次，他就只騙阿悠這一次。這次後，他將家仇報了，娶了陳悠，用下半輩子來彌補她。

馬車在一座極其偏僻的小院前停下，趙燁磊親自扶陳悠下馬車，而後將她領進院中。

「阿悠便暫時在這裡住下，等叔、嬸的消息。」

陳悠應下，帶著佩蘭去房間整理行李。

午飯是趙燁磊陪陳悠一起吃，吃食都是從慶陽府的百味館打包來的。吃著熟悉的美味，陳悠懷念不已，當初她交給陳奇的龜苓膏方子，現在在百味館中已開始販售，阿農還帶了兩份回來給她嚐鮮。

由於院中廳堂裡放了兩個冰盆，周遭陰涼，並不覺得炎熱。陳悠與趙燁磊坐在一張桌子邊，趙燁磊沒吃幾口，只是一直替陳悠布菜。

「阿悠嚐嚐這個，說是百味館新推出的藥膳，最適合這個季節食用。」

陳悠從趙燁磊手中接過碧玉湯碗，舀了一勺喝了一口，冰涼甜爽，確實是降暑又溫養身子。等吃得差不多了，陳悠向趙燁磊打聽家人的消息。

「阿磊哥哥，阿梅、阿杏怎樣了？」

趙燁磊本想拿帕子幫陳悠抹去嘴角沾到的一點湯漬，卻被陳悠輕輕閃開，她從趙燁磊手中接過帕子。「阿磊哥哥，我自己來，我已及笄，不是小孩子了。」

趙燁磊雙眸深處閃過一絲黯淡之色，強顏歡笑地回答陳悠。「阿悠，嬸嬸將阿梅、阿杏照顧得很好，阿梅有時會小聲與阿杏說一、兩句話，懷敏每日去上學，夫子教得好，現在他比以前懂事多了，前幾日還纏著我，問妳什麼時候回去……」

趙燁磊語氣緩緩地說了一大堆幾個小包子的事情，又道雙親的身體都好。

陳悠聽後，心寬了些，許是方才一不小心吃多了，這時竟然開始犯睏。

「阿磊哥哥，這幾日路趕得急，恐怕沒休息好，剛吃飽飯，我這時就想著歇息了。」

趙燁磊滿眼憐愛，想伸出大掌摸一摸陳悠柔滑的髮絲，可手伸到一半，想著陳悠並不喜歡自己觸碰她，手掌頹然落了下來。

「既然這樣，便回房歇著吧，剩下的事情我會安排的，阿悠便放心休息。」

陳悠朝趙燁磊信任地一笑，隨後就回到房中。

陳悠一走，趙燁磊面上所有的表情都消失殆盡，他的心好似被一隻有力的手掌狠狠捏著，讓他抽痛不已，怕是今日過後，陳悠再也不會對他露出這樣依賴又信任的笑容了。這麼想著，他垂在寬袖中的雙拳捏得死緊，骨節青白可見。

阿農進來時，見到大少爺這個樣子，嚇了一跳。「大少爺，您是怎麼了？可是身子哪裡不舒服？」

趙燁磊搖頭。「我無事，派人來將這些都收拾了，還有，命人準備馬車吧！」

阿農點頭，默默去辦事了。

陳悠回到房中，越發覺得這瞌睡來得離奇。她喚佩蘭喚了幾聲，卻沒有人回應。陳悠本以為佩蘭與阿魚去廚房用飯了，遂靠在床頭，一手撐揉著額頭，腦中一片混亂。

她老覺得趙燁磊看著自己的眼神奇怪，就像……就像有什麼事情瞞著她一樣，覺得他有什麼難言之隱。

陳悠朝門口看去，佩蘭還未回來，她在心中責罵了這小妮子兩句，吃個飯也不知道知會一聲。雖然腦中還有許多疑惑，但是倦意襲來，終是擋不住，躺在床上睡著了。

陳悠並不知道，她這一覺醒來後，早已翻天覆地。

阿農很快進來覆命。

趙燁磊站在廳堂中背對著他。「阿魚和佩蘭可收拾了？」

「大少爺放心，他們吃的飯菜裡藥下得多，恐怕沒個兩、三天是醒不過來了。」

「通知十三王爺的人，我們這就出發吧。」說完，趙燁磊大步邁了出去。

趙燁磊帶著人馬剛出院門，就見到與十三王爺整日形影不離的護衛阿茂抱著劍立在門口。

趙燁磊見到是他，頓時就有些怒不可遏。「怎麼？十三王爺還不相信在下？」

阿茂瞥了眼趙燁磊，面色絲毫不變。「不是王爺不相信你，是王爺不想有意外。」話音一落，周圍就多了好幾個暗衛。

「有他們保護趙公子，可保萬無一失。」阿茂撂下這句話，就騎馬快速離開了。

趙燁磊立在門口，眼中帶著怒意，十三王爺竟然敢讓人監視他！

「趙公子，快些上路吧，不然就要趕夜路了。」

趙燁磊冷哼了一聲，轉身上馬。

當陳悠再次醒來時，早已不是先前住下的那個小院。她扶著脹痛的額頭從床上坐起，有些迷糊地喊著佩蘭，不一會兒，外間有腳步聲響起。

等到陳悠眼神清明，見到站在自己床邊一個恭敬的陌生小丫鬟時，渾身都跟著一驚。

「妳是誰？」陳悠眼睛危險地瞇起。

那小丫鬟恭敬地答道：「奴婢是來伺候陳姑娘的。」

除了這句，後面的話不管陳悠如何詢問，都再也問不出什麼來了。

「妳下去吧，若是見到趙燁磊，請他來見我，就說我有話問他。」

小丫鬟也不說應沒應，只說姑娘有何需要找她便行，她叫綠珠，就在外間守著。

叫綠珠的丫鬟一出去，陳悠就自嘲一笑。

若這樣她還看不出什麼來的話，那她就是真傻了。很明顯她已經被人軟禁，而這個人還不是別人，就是趙燁磊！或許這件事是受別人指使的，趙燁磊有可能逼不得已才出此下策，但即便如此，她這輩子都不會原諒趙燁磊了。

藥田空間如今不能進去，想要逃離這個地方又談何容易？但是她不會就這樣認命地任人擺布！

看清事實後，陳悠儘量讓自己冷靜下來，靠著床頭養神。她儘量讓自己呼吸平緩，恢復體力。

看來中午吃的那頓飯有問題，怪不得趙燁磊只動了幾筷子，就不斷地給自己布菜……想到這裡，陳悠嘲諷地一笑。

這間廂房布置並不差，可以說是有些奢華，但是房間內什麼草藥也沒有，陳悠隨身帶著的針包也被收走了，這是怕她用醫術做手腳。

陳悠心中氣憤，因為對趙燁磊的信任，讓她毫不設防。而且趙燁磊還拿出爹爹的親筆信……才令她完全相信他的話，並沒有深想。

現在想來，趙燁磊身體本就虛弱，也無功夫傍身，就算爹爹要派人來接她，也定不會讓趙燁磊親自帶人來。

替自己把過脈，陳悠明白自己攝入的藥物不多，不用多久，等身上的力氣恢復之後，她才起身。

外頭的綠珠聽到聲響，急匆匆進來，在見到陳悠一身打扮妥當後，面顯為難。「奴婢還是勸姑娘莫要出去了。」

陳悠站在床前，居高臨下地看著綠珠。「為什麼？」

「院中都是護衛，那些護衛不近人情，恐會傷了姑娘，姑娘還是聽奴婢的勸，在房間內好好休息，姑娘若是覺得無聊，奴婢可以為您尋些書來打發日子。」

陳悠盯著綠珠，好似要將她看穿。「這些都是趙燁磊交給妳的？」

綠珠不承認也不否認，低著頭不敢看陳悠臉上的怒色。

「哼，若是對我好，擔心我受到傷害，為何還要將我關在這裡？妳出去吧，讓我一個人靜一靜。」

綠珠擔心地看了陳悠一眼後，還是乖乖去了外間，不一會兒綠珠不知道從哪裡弄來幾本書，又端來清爽冰涼的酸梅湯和幾碟精緻的小點心放在桌上。見陳悠只是怔怔坐在床邊，沒有做什麼出格的事情，她才一聲不響地退出去。

陳悠走到桌邊，翻開桌上放著的那幾本書，無一例外都是話本遊記，竟連醫書都沒有，趙燁磊真是防她防到一定的境界。

陳悠如今很是謹慎，她取下頭上一支蝴蝶銀釵，先挨個兒試著食物中是否被加了料，然後才放心吃下。她必須要保存體力，才能想法子逃出去。

吃過點心後，陳悠走到窗邊，微微打開小半扇窗戶朝院中看去。

這大概是一間別院，她現下住的地方偏僻且是獨立院，院門口有好些侍衛，院中有一株桂花樹，另一邊有一口古井，井邊種著幾株海棠，院子雖小，但是布置得卻很有格局，不像是一般人家的院子。

陳悠心中有了思量後，回到桌邊坐下，靜下心來裝作看書。實際上，腦中卻在想著逃離的計劃。

綠珠幾次進來偷偷窺探她，每次陳悠不是在安靜看書，就是在睡覺，便漸漸放下心來。

建康城，陳府

秦長瑞心口驟然一縮，猛然將手中的信緊攥在手心，而後大怒地吼道：「大少爺呢！哪裡去了？」

薛鵬急急地奔進來。「大少爺前日出的府，直到今日都沒回來……」

「他身邊的小廝呢？」秦長瑞一掌拍向桌角，將桌上的茶盞震得「嘩啦」作響。

薛鵬還從未見過老爺這般動怒，他有些膽寒地回道：「大少爺的小廝也跟著離開了……」

「給我暗地裡派人去找！今日務必給我消息！」

薛鵬抖著手應了聲後，快速跑出去辦事。

陶氏正帶著放學回來的陳懷敏，恰好走到後門，見到秦長瑞在發火，急忙摀住陳懷敏的耳朵，不讓他看到秦長瑞這般動怒的可怕模樣。

陳懷敏這個小人兒卻搖搖頭，低聲在陶氏耳邊說：「娘，爹無論是什麼樣子，我都不害怕。」

陶氏頓時覺得一片心暖，伸出一隻手臂摟了摟兒子。等到薛鵬離開，母子倆才進去。

秦長瑞已經很久沒發過這麼大的火了，陶氏擔心地看了丈夫一眼。

「怎麼回事？」

秦長瑞心焦不已，他看了眼陶氏身邊的陳懷敏，陶氏立馬明瞭。

陶氏和藹地對陳懷敏說道：「娘送你回房練字好不好？過兩日郡王要到咱們家裡來找你

玩呢，郡王哥哥不是說要檢查你的字寫得如何了？」

這郡王便是清源長公主的獨子，兩個孩子師出同門，又因為長公主與陶氏交好，所以走得很近。

陳懷敏眨著黑白分明的大眼，抬頭看著父母，乖巧不已地朝陶氏點頭。「那娘送我回房練字吧。」

陶氏與丈夫交換一個眼神後，便牽著陳懷敏到他房中。

陶氏剛要走，就被陳懷敏一把拽住衣袖，純潔清澈的眼眸盯著陶氏，而後出口的話讓陶氏大驚。「娘，是不是大姊出事了？」

陶氏心中雖然也這樣猜測，但是哪裡會像陳懷敏這樣直接說出來。陶氏怎麼也沒想到，明明還是十歲的孩子，心智卻比她想像得還要成熟。

被這樣一雙澄澈的眼睛盯著，陶氏實在說不出謊話來，她矮下身子摸了摸陳懷敏的頭。「懷敏，娘也還不知道發生了什麼事，你現在年紀還小，等你再長大些，有能耐可以保護姊姊們了，爹娘便什麼事情也不瞞著你，可好？」

陳懷敏緊緊抿著一張小嘴，良久之後，好似下定決心一樣點點頭。「娘，我會用心學習，比郡王哥哥還要厲害，以後可以保護姊姊們和爹娘。」

雖然陳懷敏相較於他這個年齡的孩子早熟一些，但也不過是個孩子，陶氏聽後還是滿心感動。

當陶氏回到後院書房時，秦長瑞正在裡面等她。

「永凌，到底是如何？」陶氏急急問出口，秦長瑞將秦征寄來的信給陶氏瞧。

信上說派阿北將陳悠送到慶陽府，估摸著六、七日就能有消息，但是現在已經是第八日，慶陽那邊竟然絲毫沒有消息傳來，而趙燁磊又不聲不響離府，難免不讓夫妻二人多想。

「永凌，你是說，阿磊綁架了阿悠？」陶氏顫抖著嘴唇說出這句話。

秦長瑞雖然也不願意相信，可這幾乎是擺在眼前的事實。

「怎麼會這樣！」陶氏捏著信，後退了兩步。

秦長瑞急忙上前扶住她。「文欣，並未確定，總之我們先打聽阿磊和阿悠的消息。」

陶氏撐著額頭，只覺腦中一片暈眩，什麼事情都變了，明明他們已經掌握許多情報，卻突然覺得派不上用場。

「文欣，現在許多事都與以前不同了，我們必須要警惕。明日一早妳就帶著孩子們去城外避一避，別莊裡的人我早就安排好了。」

陶氏忽然覺得風雨欲來，她有些擔心地看向秦長瑞。「永凌，這一次，咱們一家都會沒事的，對不對！」

秦長瑞輕撫著妻子光滑的臉頰，與她帶著驚恐和渴盼的眼神對視，而後鄭重承諾。「文欣，放心，不管是孩子們還是我們，都會平安度過。等到這場動亂過後，我們便將一切都交給孩子們，含飴弄孫，享享清福便好。」

陶氏閉了閉眼，竭力忍住要湧出眼眶的淚水，她埋在夫君的胸前，輕輕地應了一聲。

驕陽似火，建康城好似時間停滯了一樣，看起來與往年並無不同。年年到了初秋，建康城都如一個蒸籠般，過了午時，連出門的人都少了，平日裡熱鬧的大街冷清一片。

淮北雖籠河決堤，但這一切並不影響山高水遠的建康百姓，這種事也不過就是充當建康百姓們每日生活裡的談資，感嘆兩句、唏噓兩句，甚至幸災樂禍兩句也就過去了，至於到底是怎樣，壓根兒就不干他們的事。

可建康皇城中卻有一件事很不尋常。往年一到六月初，宮中的大總管就要開始忙著太后去行宮避暑的事情，七月不到，太后就會出宮。但是今年，太后卻穩坐後宮，連屁股都沒挪窩。

有官員提議讓太后出去避暑，溫養身子，一向喜歡享樂的太后娘娘卻拒絕了，說什麼淮北大災，今年去避暑的花銷能省則省，可把一群官員感動得就差沒歌功頌德了。

於是，這大熱天的，皇宮中還坐著個老國母。

皇上自然很贊同自己母后的做法，怕太后在宮中熱出毛病，將太后宮中夏日裡的用度增了不止一倍，這其實已經將去行宮省去的用度又補回來了。

至於皇后對此事則氣個半死。往年盛夏，太后不在宮裡的這些日子，這後宮就是由她來作主，乘機除去幾個活躍的妃子，生活不僅自在，還不用每日請安，就等著宮中這些妃嬪來給她磕磕頭就成。但是太后現在不走了，還要對後宮的事插手插腳，幾頓一攪和，皇后就要被氣個倒仰，大熱天整個人上火了，嘴角也起了兩個水疱。

「這老太婆真是氣人。」皇后奪過貼身侍女手中的象牙柄小扇子，火冒三丈地猛搧著，寢殿裡擺放的兩個冰盆根本就沒什麼效果，只穿著薄衫的皇后覺得自己都要燒起來了。

因為太后殿裡的用度奢侈，其他宮中就要縮減，不然這殿裡擺上個四、五個冰盆都成。

李霏煙坐在一旁喝茶，瞥了眼她的皇后大姊，放下茶盞，微微一笑，若是那種詭異又駭人的眼神能藏起來，當真是個知書達禮、面容可人的大家閨秀。

「娘娘，為了這點事生氣不值得，那老太婆想管著就讓她管，您還樂得清閒呢！等過些日子，可有您煩的了，這後宮您想偷閒都不成了。」李霏煙話裡透著笑意，總算安撫下皇后。

「阿煙的話在理。」皇后一雙細長的桃花眼微微瞇起，透出一股危險的氣息來，如果不是知曉了那個秘密，她也不會這般快動手。

「看住叔、伯他們，若是他們折騰得厲害，便一個不留吧，省得他們壞了我們的大事，爹和二弟也派人盯著些，這些日子，咱們還是先小心謹慎得好。」皇后叮囑李霏煙。

「我做事，娘娘就放心吧，娘娘在宮中只需要隔山觀虎鬥便成。」

皇后滿意地笑了笑。「阿煙，只要妳將這樁事情辦成了，別說一個沒有根基的秦世子，就算是要姜家的嫡子，也無妨。」

李霏煙對著皇后笑，卻有著自己的野心。如果這件事她真的能辦成，又何必受制於一個皇后？

此時淮北的治水和貪污一事才處理一半，突然淮北各地又發生災民暴動，讓回建康的義診隊伍受到牽累，死了半數人都不止。

姜戎緊急調兵往淮北平息暴動，但這場暴動就好似有人牽引一樣，一起接著一起。淮北一帶占大魏朝國土的十之一二，這樣頻發的暴動，很是浪費兵力，再加上淮北官員不配合，事情越發棘手。

七月中，姜戎手中將近兩萬兵馬已經派了出去。

此時阿北回來覆命，將送陳悠去慶陽府這一路的情況告訴秦征。

因手頭的事情實在太多，在聽阿北彙報時，秦征還在翻看著堆積的公文。

「屬下將陳大姑娘送到慶陽府驛站後，第二日一早出發碰到了趙公子，陳大姑娘擔心世子爺的安危，便讓我們先回來，她與趙公子一同回慶陽了，而後屬下帶人，馬不停……」

「嘩啦」一聲，阿北的話還沒說完，秦征剛剛端上手的茶盞便掉落在地，青花纏枝紋的茶盞在青石板地上摔得四分五裂。

「你說什麼？」秦征啞著喉嚨問出口。

阿北瞪大眼睛，不知道世子爺是怎麼了，只好忐忑地將剛剛說的話重複一遍。

「世子爺，有……什麼錯？」

秦征緊繃的身體，突然癱軟在椅子上。「你們……」

可是想來，阿北他們不知道趙燁磊當初做的事情，責怪他們根本於事無補。現在只能期望趙燁磊不會傷害阿悠。

阿北立在原地動也不敢動，房中氣氛壓抑，再加上天氣悶熱，更是讓人焦躁得喘不過氣來。

秦征提起筆，寫了信，吩咐阿北。「將這封信八百里加急送到建康陳府，定要讓陳老爺親手收了這封信。」

等到阿北小心收好信封出門後，秦征一雙寒潭般的深眸卻發出冷光。

若是陳悠真的在趙燁磊手上出了什麼事，他一定不惜代價將他親手誅殺！

第六十章

傍晚，夕陽殘落。站在建康城高高的城牆上，能看到血紅的夕陽，那紅色好似要燒透半邊天，美麗中又透著一股說不出味道的詭異。

趙燁磊隨著幾個冷面護衛進了一處偏僻的院落，這院落在建康西城，西城算是建康最龍蛇混雜的地方，這裡甚至還有西域來的胡人、傳教士等，三教九流，可算得上是朝廷三不管地帶。

他跟著那個護衛穿過一個長廊又拐了個彎，使在一扇門前停下。這院中布置雖然簡單，但裡面護衛眾多，院中只點了幾個昏暗的燈籠，看不清原貌。

護衛在門上輕敲三下，門從裡面打開，趙燁磊邁了進去。

一進去，見到的第一個人，就已讓趙燁磊驚怔在當場。「元禮！你怎會在這裡?!」

張元禮要比趙燁磊還要高一些，他有些國字臉，濃眉大眼，且身材寬厚，如果換下身上的斯文長袍，穿一身短打出去，會更像個練武之人。

趙燁磊也是高眺的，但他因為哮喘復發後，一直不能根治，人比以前瘦了許多，此時與高壯的張元禮站在一起，就顯得很是羸弱和削瘦。

張元禮的濃眉揚了揚，他視線微微下移，掃了趙燁磊一眼，許是趙燁磊幾日都沒有睡好，此時他的眼下一片青影，嘴唇發白，眉頭下意識緊鎖著，給人一種懷有心事的感覺。

張元禮的眼神突然黯了黯，而後卻一笑。「阿磊，為何我不能在這裡？」

「十三王爺呢？」趙燁磊的聲音頓時冷硬下來。

「呵，怎麼？阿磊，你如今連一句話也不願意與我說了？」

趙燁磊皺眉看著他，見張元禮眼神深沈，裡頭有許多複雜的情感，突然不知為什麼，他就想避開張元禮的目光。他一語不發，撥開張元禮，朝裡間快步走了進去，不想多待上一刻。

進了內間，果然見到十三王爺正好整以暇地靠在軟榻上，旁邊小几上還放著杯盞，顯然方才正與張元禮一起飲酒。

見到趙燁磊進來後，十三王爺嗤笑一聲，若是陳悠在這裡，肯定會渾身膽寒，因為方才十三王爺的笑容，實在是太像前世那個與她同歸於盡的人了。

「還以為你們在外間要聊上一陣子呢，怎地這麼快就進來了？」

十三王爺又恢復了那副玩世不恭的模樣，他說話半真半假，總是讓人猜不透。

還站在外間的張元禮，背著手，盯著趙燁磊頎長瘦弱的背影，滿眼陰沈。

趙燁磊朝十三王爺行禮，而後沈默不作聲，立在一旁。

十三王爺瞧見他的樣子。「呵呵」笑了兩聲，一會兒後，張元禮才進來。

「既然到了本王的地界，便都聽本王安排，來，今夜也沒什麼人，都坐下。阿茂，讓人再添一雙筷子。」

也不知道阿茂是從哪裡冒出來的，將東西送來後，又消失不見。

「聽說你們是多年同窗，還是好友，怎麼氣氛還這般沈悶？連句話也不說？事情若是成了之後，你們可就是本王名下的兩大功臣，日後聚在一起的時日可就更多了，這般僵著氣氛可不好。」

「王爺這麼給面子，阿磊，你真要這麼沈默下去？」張元禮早已掩下眼中動蕩的情緒，和樂地對趙燁磊道。

「既然趙兄弟不想多說，那便喝酒可行？」十三王爺與人親近起來，就好似親兄弟一般。

趙燁磊端起桌上的酒盞，仰頭一飲而盡。

「好，痛快！本王可是許久沒這麼痛快地喝酒了。」

趙燁磊面前空掉的杯盞瞬間又被倒滿，張元禮嘴角勾了勾，瞥了趙燁磊一眼，不再插話。

酒過幾巡後，趙燁磊幾乎是喝得酩酊大醉，他心裡壓力大，喝多了很正常，十三王爺卻轉著手中的酒杯，眼神清明，他瞥了眼張元禮，又朝趙燁磊看了一眼。

張元禮起身，恭敬地朝十三王爺行了一禮，而後扶著幾乎醉得失去意識的趙燁磊去旁的房間休息。

深夜裡難得涼爽，雖沒有月亮，卻有滿天繁星閃閃爍爍，清風迎面拂過，好似要吹走一日積攢下的悶熱，不知不覺撫平了人心。

喝醉的趙燁磊吹了這涼爽夜風，身上的燥熱也去了不少，緩緩找回一絲意識。他抬頭瞇了瞇眼，對著張元禮看了片刻，而後臉上的表情變得糾結。「你是……元禮？」

張元禮冷冷哼了一聲。「我還以為阿磊不認識我了呢！」

但趙燁磊下一刻就用力甩開他。「對，我不認識你，我認識的那個張元禮早就死了，你根本就不是張元禮……」

張元禮被趙燁磊一把推開，如果不是他身體強壯，還真要被他推得一個踉蹌。

「呵！趙燁磊，你是真的酒喝多了。告訴你，這個世上便只有我一個張元禮，你不承認也得承認。」張元禮突然上來抓住趙燁磊的胳膊，手掌像是鐵鉗一般收緊。

趙燁磊渾身發熱，隔著一層衣服，在張元禮緊攥下，肌膚熱度幾乎要穿透衣袍。

張元禮咬牙狠狠盯著他，恨不得此時咬他一口，讓他知道些教訓。

趙燁磊用盡全力猛然甩開張元禮的箝制，微弱星光的映照下，張元禮發現趙燁磊竟然還留了一絲清明。

只見趙燁磊在黑夜中盯著他的眼眸璀璨明亮，但是裡面卻充滿了憎恨和噁心。他迅速消失在黑暗中，筆直的步伐，哪裡還有剛剛醉酒的樣子。

張元禮緊攥成拳的指甲幾乎掐進手心的肉裡，他盯著趙燁磊消失的方向，臉上滿臉的扭曲和不甘。

趙燁磊狼狽地離開，等被護衛引到休息的房間後，剛坐下，胃裡就一陣翻騰，他急忙起身進了淨房，扶著面盆就開始嘔吐起來，等到將胃中穢物吐乾淨了，靠在牆邊難受地喘息，才自嘲一笑。

想起剛剛在院中與張元禮相處的情景，又是一陣噁心泛上來，這次除了吐幾口酸水，卻是什麼也吐不出來了。

十三王爺舉著杯盞，看著空無一人的房間，將杯中酒一飲而盡，諷刺一笑。「還真是有趣！阿茂！」

阿茂也不知道是從什麼地方閃出來的，面無表情地盯著十三王爺。

「去將陳家那大姑娘接來。」

阿茂只是動了動嘴唇，便已經消失了。

十三王爺嘴角勾起，看著窗外滿天繁星。

秦征，這次，看你要怎麼選！

身處陌生的環境，陳悠睡得很警醒，當綠珠在外間一說話，她就已經醒了過來。

不多時，綠珠掀簾走進來，到了陳悠床邊，輕聲喚了兩句。「姑娘、姑娘，起身了。」

陳悠才裝作迷濛地睜開雙眼，問是怎麼了。

「姑娘，十三王爺那邊來人了，讓您連夜過去。」綠珠邊說著，邊將陳悠的衣衫遞給她。

陳悠默不作聲地穿戴好，心中卻另有一番思量。

十三王爺若是惦記著她，恐怕多半是因為秦征的關係，她不知道眼前形勢，後面也只能走一步看一步。陳悠現在有些後悔，之前沒能詢問雙親，前世十三王爺是個什麼樣的人，現在再想這些也於事無補。

陳悠從裡間一出來，就見到立在外間桌邊的阿茂。

阿茂體格健壯，甚至讓人感覺有些肥碩，長得一張撲克臉，很容易讓人發笑，但若是知道他的手段，恐怕就沒有幾個人能笑得出來。

陳悠第一次在林遠縣碼頭見到阿茂，阿茂便是跟在十三王爺身邊，可見是他的貼身護衛。陳悠並不傻，也知曉不能以貌取人。

阿茂冷冷看了陳悠一眼，對身邊的人道：「出發吧，爺還在等著。」

陳悠沒有任何反抗，這倒是讓阿茂多看了她一眼。

書房中只點了一盞微弱的燈光，窗外有風吹進來，將燭火吹得明明滅滅，好似鬼魅，書房中的氣氛頓時也詭異得令人害怕。

陳悠凜然立在書房的博古架旁邊，警惕地注視著周圍，寬大袖口下的小手緊抓半截被她掰斷的簪子，手心已經冒出一層冷汗。

深夜本就安靜，突然窗外一隻鳥雀撲騰著翅膀飛走，讓陳悠驚出一身冷汗。

「怎麼，阿悠害怕了？」

熟悉的聲線、熟悉的語氣，甚至是話語裡帶出的感情全都一模一樣！

陳悠眸光猛然朝著一個方向厲射過去，昏暗的書架後，走出一個高大的身影，那個人還有一半身體隱藏在暗夜裡，也只有半張臉露在外面，讓人瞧了覺得陰森可怖。

上一世的記憶像是詛咒在腦中徘徊，陳悠盯著與那個人相同的臉，幾欲作嘔。

但是她知道，眼前的人並非與那人是同一個人。因為她早就試探過了。

「你到底有什麼目的？」陳悠也不向他行禮，只凜然與他對峙。

「像阿悠這麼大膽的姑娘真是少見，本王也是憐香惜玉的人，請阿悠過來，也不過與阿悠聊聊天而已，阿悠何至於這般緊張？」

十三王爺從陰影中走出，那張不輸於趙燁磊的俊美臉上帶著笑，但陳悠卻生不出絲毫好感。

「若王爺沒有目的，何必將我抓來？都已經到了這個地步，像王爺這麼聰明的人為何還要繞圈子，不嫌麻煩嗎？」陳悠根本不給十三王爺面子。

「本王真沒想到，阿悠姑娘還是個痛快人。好，那本王明人不說暗話，若是妳助本王拿下清源長公主，本王便不傷害妳的家人，如何？」

陳悠雙眼狠狠瞇起，而後就是一聲清越的冷笑。「看來，十三王爺也太看得起我，長公主是什麼人，又怎會聽我的話？」

「阿悠，我這可是在給妳機會，忘了告訴妳，本王的耐性不是很好。」

陳悠撇開臉來，不再看他。

十三王爺原來笑嘻嘻的一張臉，臉色驟變，兩三步走到陳悠面前，伸手就朝陳悠的脖頸掐去，這情景簡直與上一世相同。

那時，男子有力的手腕扼住她的咽喉，讓她透不過氣來，她死命抓著男人的手腕，想將這個要結束她生命的手推離。最後，在她還剩下最後一絲意識的時候默唸靈語，運用藥田空間的力量與那個男人一同毀滅。

但，這是前世了，如今的陳悠早已不是前世的陳悠。

就在十三王爺掐上來的那一刻，陳悠輕放在背後的右手一個翻轉，握著的半截銀簪一道寒光劃過，精準地扎進十三王爺的風池穴。

一聲痛苦的嘶吼，十三王爺的手瞬間就鬆開，摀住頸後，狼狽地往後踉蹌了幾步，扶住案桌才穩住身形。

阿茂聽到裡面主子的慘叫聲，第一時間衝進來擋在十三王爺面前，而後滿眼殺氣地盯著陳悠。

死過一次的人了，陳悠還有什麼好怕的，越是這樣緊張的時刻，陳悠越是鎮靜，她毫不退縮地與阿茂對視，好似無視阿茂眼中的殺氣，眸光清明冷然。

阿茂在確認十三王爺並沒受傷後，拔劍就要朝陳悠坎過去，卻被十三王爺阻止，他說道：「阿茂，你出去。」

阿茂卻舉著劍僵立在原地動也不動。

十三王爺有些無奈，他揚著後頸，踉蹌地站直。「好吧。你不要動手，就站在這兒。」

這次阿茂沒有反對，他謹慎地防範著陳悠。

十三王爺有些奇怪地盯著陳悠，卻沒有在她臉上找到一點可以懷疑的蛛絲馬跡。片刻後，等腦中的那股暈眩感過去，十三王爺開口道：「阿悠，本王說的話希望妳好好想想，本王若是沒記錯，妳家中還有兩個雙胞妹妹和一個幼弟。」

「這就不勞王爺費心了。」

「既然這樣，咱們便走著瞧吧！」

陳悠相信秦長瑞夫婦能保護好阿梅、阿杏和懷敏，所以她不會被威脅。明顯是談崩了，十三王爺憤怒地一甩袖，轉過身去，讓阿茂叫人進來將陳悠帶走。

等到陳悠離開，阿茂站在十三王爺身後，冷硬的聲音帶著僵硬。「爺，方才為什麼不讓屬下殺了她？」

「本王做事什麼時候要你置喙了？」

「是屬下踰矩了。」

「你出去，本王現在不想看到你那張面具臉。」

阿茂無聲無息地出了書房。

阿茂一離開，十三王爺立馬伸手揉了揉脖頸那處被陳悠扎的穴位，那是真的疼。陳悠一點都沒有手下留情，而且用的還是銀簪的尾部，即便銀簪再細，那也比銀針粗得多，脖頸都冒血了。

至於讓十三王爺真的決定暫時不動手的原因，是因為方才他掐住陳悠脖子的時候，腦中一片混亂，那種感覺他從未體驗過，就像是身體裡多出了一個意識，在與他反抗，他絲毫不懷疑，如果他繼續動手下去，他的思想會被那個猛然冒出來的意識控制住。所以，十三王爺害怕了、膽怯了，才決定暫時撩開手。

外表紈袴的十三王爺，實際上一直活得非常自我，他知道他應該做什麼，如果不是那個秘密，他不用背負那樣的重擔和責任，或許他真的會是個任由皇兄寵愛的幼弟，做一個逍遙王，享盡人間樂，可惜一切都不是那樣。

走到窗前看著一片蒼茫夜空的十三王爺，這一刻卻顯得十分寂寥和落寞。

繁華的建康城，像平日一樣來來往往的百姓沒有人知道一場動亂在即。

秦長瑞一大早就命人將陶氏及孩子們送出建康城。至於慶陽府那邊，他也早就暗中安排讓陳奇、李阿婆他們撤走，暫避了起來。

同時，秦長瑞剛將家人送走，就確定陳悠被劫的消息。雖然心中早已有了準備，他仍是氣憤非常，至今也一直沒有趙燁磊的消息，陳悠的失蹤只怕是他的手筆。

秦長瑞壓下胸腔中的憤怒，將自己關在書房半日，其間，發了數封信出去，午時前，他從書房中走出來。薛鵬跟在他身邊，覺得老爺好似瞬間老了十歲一般，眉頭深擰，滄桑的雙眼裡是一片冷然。

「帶著剩下的人，我們即刻出發。」

就在秦長瑞帶人喬裝離了府中沒半個時辰，就有一群人趕到陳府，偷偷將陳府搜查了遍，可惜陳府已經人去樓空。

秦長瑞帶著手下並未出城，到了西華門就兵分兩路，他與薛鵬各帶上一路人馬，最後秦東將秦長瑞從毅勇侯府的西角門給請了進去。

「世子爺吩咐的一切都安排好了，陳老爺這邊請。」

秦長瑞進了毅勇侯府，輕車熟路的模樣，令跟在後頭的秦東都吃驚不已。秦長瑞根本就不用秦東帶路，就直往東跨院走。

跟在後頭的秦東有些急。「陳老爺，東跨院現在沒什麼人住，只有幾個打掃院子的下人而已。世子爺早吩咐屬下，屬下在西跨院給您安排了廂房。」

秦長瑞回頭看了他一眼，而後淡淡回了句。「我知道。」

秦東愣是被這一眼看傻了。因秦長瑞帶著惱怒的眼神簡直與秦征有八、九分相似，秦東作為秦征的得力屬下，自是沒少見主子的這種眼神，所以記得很清楚。

這相似的眼神在不同的兩個人身上表現出來，秦東竟然覺得沒有一點違和感……

秦東這一恍神，秦長瑞已經進了一處院子。

秦東急忙追上去，走到院門前，抬頭一看——衡蕪苑，臉上苦得都要滴出膽汁來。東跨院裡這麼多院子，陳老爺為什麼都不選，偏選世子爺爹娘的院子……

想起秦征私下定的那些規矩，秦東感覺渾身都開始泛疼起來。衡蕪苑主屋的門平日裡都是上了鎖，只有打掃的時候，抑或是秦征來的時候才打開。

秦長瑞走到跟前，看到門上的鎖時，什麼也沒想，提起手中的長劍，猛地一劈，「嘩啦」一聲，竟然直接將木門給劈壞了。

秦東瞧著剛才一幕，瞪大眼睛，愣是沒說出話來。等到秦長瑞兩三腳將門給踹了個窟窿，從窟窿裡進去了，秦東才找著自己的聲音。

「陳老爺，您給我條活路吧！」秦東這才連一刻也不敢耽誤，他寧願被陳老爺砍上一劍，也不願意到世子爺面前請罪，並在心中暗暗決定，後面再也不能讓陳老爺胡來。

房內有一絲燈火亮起來，秦東眼皮子猛跳，腳幾乎是用上逃命的速度，他真怕陳老爺一個手抖，這院子就被燒了。

秦東一進房間，就被眼前的情形驚呆了，秦長瑞用油燈上的火種將博古架上的一盞古燈點著，隨著那盞古燈燃燒，博古架突然開始緩緩一動，然後在最裡面露出一個凹陷進去的方形凹槽。凹槽中放著一個古樸金盤，金盤中間有個鑲嵌在上頭的金湯匙，秦長瑞把金湯匙的柄不知怎地撥了幾下，房內擺放著雲鶴長松的那幅畫後，顯現出一個黑洞洞的小門來……

「密道！」秦東險些驚訝得叫出聲。

秦長瑞回頭看了他一眼。「這個地方誰也不能說。」

秦東急忙點頭，這會兒他明白過來，定然是世子爺將這處密道告訴了陳老爺，所以陳老爺才直奔這裡。這麼一想，秦東也就釋然了。

秦長瑞又交代秦東兩句話，便從密道離開。

秦東將密道的開關恢復成原來的模樣，被秦長瑞砍壞的門準備明日再叫工匠來修繕。其實秦東不知道的是，毅勇侯府藏在衡蕪苑通往建康城外的這處密道，連秦征都不知道。並非秦長瑞不告訴秦征，而是他也沒料到會有用到的時候。

秦長瑞從這處密道神不知鬼不覺地出了建康城，與他安排在城外的人馬會合。

隨後幾日，秦東照著秦征的吩咐，派出好幾批人去營救陳悠，但全部鎩羽而歸。十三王爺的防範猶如鐵籠，根本連接近陳悠的機會也沒有。

淮北的暴動仍然持續著，姜戎手中的兵力大部分都被絆住。

因登州和萊陽緊鄰淮北邊界，隨後十三王爺以此為由，調動登州和萊陽的兵力，說是要助姜戎鎮壓災民暴動。在皇上眼中，登州和萊陽的兵力加起來雖然有五、六萬，卻因為地勢，設備也不精良，不過是一群散兵，根本不能構成什麼威脅，所以不假思索就同意十三王爺的提議，加上皇上對十三王爺根本就沒有防範，所以更是一點危機意識都沒有。

但是這群被皇上小瞧的兵力實際情況根本不是這樣，登州、萊陽的兵力直接開道進入淮揚府地界，哪裡是什麼五、六萬的散兵，根本就是十來萬的精兵良將，到了淮揚府也從不插手災民暴亂的事情，只在淮揚府歇了兩日，隨後就離開了淮揚府。

姜戎指使不動這群人，而若是將這一切告訴皇上，皇上與十三王爺關係好，也定然不會全相信。

晚間，姜戎與秦征會面，幾日不見，秦征卻忽然瘦了一圈，讓姜戎嚇了一跳。「快坐，你小子這幾日是做什麼勾當去了，怎麼搞成這樣人不人、鬼不鬼的樣子？」

秦征苦笑著搖頭。「姜駙馬，阿悠被劫持了。」

秦征眼下都是青影，一張清俊的臉，下巴鬍碴都冒了一層，也沒有心情去打理。他灌了口姜戎替他倒的濃茶，諷刺般地點了點頭，將前因後果與姜戎說了。

姜戎摸著下巴想了想。「這也不能怪你，那趙燁磊到底能有什麼把柄被十三王爺抓著？」

「他是趙崇奉的旁支。」

姜戎一驚。「趙尚書的旁支？」

這倒是耐人尋味起來。說起趙尚書，其實他當年死得不冤。

這個人耿直，但就是因為太耿直了，榆木腦袋不知道拐彎，得罪了當時德妃的娘家，而後趙尚書恰好因為家族的生意虧空，被迫向彙聚錢莊貸了一大筆銀子，德妃的娘家就藉這個機會設計他，不但那筆在錢莊貸的銀子沒還上，又虧空更多進去。

趙尚書被逼上絕路，被迫受賄幾十萬兩白銀，這受賄的銀子剛到府裡，就被皇上派禁衛軍抓個正著，罪名就這麼沒頭沒腦被判定了，後來也沒有詳查。其實趙尚書罪不及誅九族，但是不知德妃娘家在暗中使了什麼手段，使趙尚書整族被滅，致使遠在華州林遠縣的趙燁磊一家也被牽累。

姜戎略微想了想，也就把其中的門道給弄清了。

「他是為了掣肘阿意？」姜戎很快就點到關鍵處。

秦征點頭。「十三王爺怕是要利用阿悠來威脅長公主殿下。」

清源長公主雖沒有實權，但她有銀子。當初長公主出嫁，先帝將無數金銀珠寶、鋪面給她當陪嫁。要是將這些算下來，養一個十來萬的軍隊也不成問題，這還是保守估計。

姜家勢大，清源長公主受先帝寵愛，為了長公主在姜家不受苦，先帝才作這個決定。姜家本來就有權勢威望，這些都已經不用皇帝去賦予了，而這些年，因為姜戎的關係，長公主又頗得姜家人的心，所以長公主在姜家越來越受到重視。

十三王爺若是真想奪得那個位置，獲得姜家的支持必不可少。這樣想來，如果利用陳悠來得到清源長公主的配合，大魏朝的江山就算是有一半在十三王爺手中了。

「你有什麼打算？」姜戎語氣變得嚴肅起來。

「這就要姜駙馬多費心了，明日一早我就回建康。」秦征道出自己的決定。

姜戎點頭。「放心吧，只是咱們人手是個問題，如今我的兵馬都被困住，而邊疆的軍隊調不回來，十三王爺又虎視眈眈。」

「這事交給我來解決，過幾日就會有消息的。」

姜戎想不出秦征會有什麼法子，但是共事這麼久，姜戎很相信他。

「成，你要小心。」

「我連夜將淮北的一些事移交給你。」秦征讓不用將那些機密的信全拿來。

兩人直到深夜，才將淮北的事情交接完畢，而後秦征帶著不用、阿北回房休息一個時辰，在後半夜急行軍，秘密趕回建康。

因為秦征本就是秘密來淮北，他離開也沒有官員會關注。

這幾年來，凡是上朝的高官貴胄都知道秦征是皇上眼前的紅人，但是這些地方官員不清楚，加上秦征身上又沒有明確的官職，所以他在地方並不引人注目。

正常半個月的路程，秦征急行軍只用了三天三夜。他帶百來個手下回來的這趟，跑死了上百匹良馬。

剛到建康地界，在郊外一處莊子，便有人來與他接頭，這是一早就安排好的。

邵華藏將一個精緻的梨花木盒子放在秦征面前，笑咪咪地說道：「陳老爺叫在下給世子爺的，在下已經在這裡等候三日，可總算把世子爺給等來了，也算是不辱使命了。」

這人就是萬寶祥大藥行的少東家。

秦征微微將盒蓋打開，只瞥了一眼，就已經明瞭。「這趟有勞邵大少了。」

「哪裡哪裡，我這不是也在為了我以後鋪路嘛！」邵華藏微胖的身材，笑起來時幾乎是沒了眼睛。

「還是邵大少知趣。」

寒暄了兩句，邵華藏就告辭。

秦征轉手便將這個精緻的梨花木盒子交給阿北，讓他派人送去當初在淮北收復的那個山寨，這個時候，那群人最需要的就是銀子。日後還要重用他們，秦征自是對他們不會苛刻。

城外的事情早已暗中安排好，餘下的也與姜戎商議過，移交給秦長瑞。

在別莊中匆匆休息了一夜，秦征就帶著十來個屬下朝建康城的方向去了。

自從十三王爺那次盤問後，陳悠再沒見過十三王爺，甚至他身邊的阿茂都沒再瞧見。

趙燁磊好似來過幾次，但是到院門口的時候，就被人攔住了。

陳悠一人在這個孤清的小院中待了好幾日，只有一個幾乎不怎麼說話的丫鬟綠珠陪著她。外頭發生什麼事，她一概不知，唯一的好處是十三王爺沒怎麼為難她，甚至還讓她吃好睡好，除了無聊了些外，一切都好。

也許是被她的凶悍勁震懾了，十三王爺大有一種任她自生自滅的想法，也可能是他太忙，此時根本就沒多少工夫顧著她。

陳悠猜得沒錯，十三王爺此時確實是忙，忙得連歇個午覺的時間都沒有。

別以為造反是件簡單的活計，安排好手下，自己坐在高門大殿裡就等著嘲諷之前的皇帝兩句，然後得意洋洋地登基，那都是假象。

雖然十三王爺心思深沈，做事也謹慎，而且宮中還有太后這棵大樹，但是他畢竟裝了這麼多年紈褲的逍遙王，什麼事都有人先幫他料理好了，如今什麼事情都要他親力親為，自然有些吃不消。

因為事件機密又牽扯國家社稷，以前那種什麼都不用他考慮的逍遙日子，沒事在秦樓楚館小坐片刻，聽聽小曲兒，如今都成了奢想。

這一刻，他反倒開始佩服自己那個日理萬機的大哥來。想想日後自己的苦逼日子，十三王爺苦笑著無奈搖頭，竟然第一次開始對自己的這番做法質疑起來……

秘密地從宮中出來，十三王爺雖然身著華袍，卻臉龐蒼白憔悴，顯然已經幾日未休息好了。他原本就有些絡腮鬍，只是平時修剪得甚為乾淨，看不出來而已，現在兩腮邊卻冒出短短的鬍碴青影。

習武之人耳聰目明，十三王爺一進來，阿茂就看清他如今的模樣。十三王爺很愛惜自己的形象，不給面子地說，他有點臭美，阿茂跟在他身邊多年，還是第一次見他毫不顧及自己的形象。

阿茂忍不住建議。「主子進去洗漱一番吧！」

十三王爺明白自己現在的形象有點狼狽，但是他對阿茂這樣的建議還是感到不滿，他從鼻孔裡哼了一聲。「怎麼，這就嫌棄你家爺了？」

阿茂經常毫無表情的一張臉抽搐了一下，努了努嘴，還是把想說的話嚥了下去。

阿茂邊陪著十三王爺繞過照壁，往內院走，邊聽到十三王爺問道：「那小姑娘這幾日折騰沒？」

阿茂腦子裡一轉，才想起十三王爺問的恐怕就是陳家的大姑娘。

一想到陳悠，十三王爺就莫名其妙開始摸頸後那個傷口，雖然現在已經不疼了，也結了疤，但是他對陳悠那日凶悍的模樣就是記憶猶新。

看不出來……外表那麼嬌滴滴的，凶狠起來這麼厲害。

「陳姑娘很聽話，安靜地待在院子裡，也沒惹什麼麻煩。」

十三王爺挑了挑眉，感到很驚訝。照著那日情形，陳悠看起來不是個不折騰，也不是個喜歡坐以待斃的人，怎地現在這麼乖，倒是讓他意外了。

十三王爺無意識地嘴角翹了翹，而後竟然鬼使神差地說：「本王去荷心院看看。」

荷心院就是暫時用來軟禁陳悠的小院。

阿茂偷偷瞥主子一眼，驚恐地發現主子現在的心情竟然比進門前好多了，他有些悚然，渾身僵了一下，但還是在一瞬後就反應過來，默不作聲地跟在十三王爺身後。

他並沒有提醒，現在已經很晚了，陳姑娘可能早已休息了云云……

站在荷心院院門前，裡面已是一片漆黑。只有夜晚的蟲鳴聲，聒噪又讓人煩悶。

不過十三王爺現在心情依然很好。他揮了揮手，侍衛就幫他打開關上的院門，讓他輕步邁進去，進了房間，就如入無人之境，阿茂還幫他點亮外間的燭火。

綠珠睡在外間的小榻上，一睜眼就看到冷眼盯著她的阿茂，連忙摀住嘴，將驚叫堵在口中。阿茂朝裡間一指，綠珠慌慌忙忙穿衣要進去將陳悠叫起來。

十三王爺搖搖頭。「不用了。」

而後在綠珠震驚的眼神下，十三王爺竟然直接進了裡間。

卻說在別人的地盤，陳悠哪裡敢真的睡那麼沈，早在綠珠被驚醒的時候，她已經醒過來。

陳悠從枕頭下小心翼翼地將一片她暗藏的碎瓷拿在兩指間，只要十三王爺敢接近她，她就有把握讓十三王爺付出慘重的代價！

輕微的腳步聲在外間響起，陳悠聽得越來越清晰，而後是簾子被輕輕撩開的聲響。捏了捏手心，陳悠儘量放輕自己的呼吸。

暗夜靜謐，陳悠覺得自己緊張的心怦怦跳得飛快，即便她確定能讓十三王爺接近自己就討不著好，可他身邊還有阿茂。阿茂的能力，陳悠雖然不盡然瞭解，也能猜到比起阿北他們肯定也不差。

正當陳悠全身戒備時，腳步聲卻突然停止了，屋中黑暗，陳悠微微睜開雙眼，只隱約看到一個高大的身影站在離自己床邊一丈多的位置。

十三王爺突然發出一聲低沈又短促的笑聲，隨後腳步一拐，走到房間另外一邊窗下的玫瑰椅旁，就這麼大剌剌地半躺在玫瑰椅上，閉上眼睛假寐起來。

屋中點了清淡的安神香，睡前被陳悠用一盞茶澆熄了，但還是餘留清淺讓人昏昏欲睡的殘香。

不多時，陳悠難以置信地竟然聽到窗口那邊傳來十三王爺輕微的鼾聲……

這個男人在自己房裡睡著了！

陳悠氣憤極了，十三王爺簡直是太不要臉。若是平日，她定要大發雷霆，但這是在十三王爺的地盤，也只能憋屈地忍著。

她毫無睡意，睜眼盯著黑暗，時間過得漫長無比，一分一秒都是那麼難熬。

與此同時，在黑夜中急行的秦征與阿北一行人焦躁無比。

馬蹄用棉布裹住，踏在地上輕如無聲。

「世子爺，就是前面胡同底的院子。」

秦征眼中寒芒爆閃，朝身後一揮手。

阿北卻愣了一下。「世子爺……」

秦征轉頭盯著他，阿北一噎，急忙搖頭。「沒什麼，咱們快去吧！不知陳姑娘如何了？」

秦征才轉頭打馬急行。

阿北跟在秦征身後，輕嘆口氣，方才他是想說，讓世子爺不要親自出馬，由他們去營救便可，若是他出什麼事，可如何是好，但是在瞧見秦征眼中的堅定後，這些話怎麼也說不出口了。他總算明白，日後若想要主子不去冒險，他們就得先拚命將未來主母給護好才行。

守在外間的阿茂耳朵微動，他突然站起身，快步進了裡間。陳悠還未反應過來，就聽到阿茂俯身在十三王爺耳邊悄悄說了什麼。

十三王爺微微睜開一雙與太后相似的眼睛，嘴角詭異地翹起來。「去部署吧！」

阿茂很快就閃身不見。

陳悠突然覺得哪裡有些不對勁。

十三王爺從椅子上起來，慢慢踱步到陳悠床邊。「阿悠，不用裝睡了，很快妳就能見到妳想見的人。」

陳悠眼皮一個驚跳，猛然從床上坐起，惱怒地道：「你是故意的！」

十三王爺閒適地坐到床邊，優雅一笑。「阿悠，怎麼不裝睡了？」

陳悠藏在薄被中的右手捏緊，手背上青筋一片。

「阿悠，本王勸妳一句，妳以為妳那些小伎倆可以在本王身上用第二次？別到時候吃虧的是自己！」

聽到這話，陳悠面色一變。

十三王爺好似因為她變化的臉色心情變得更好。「看，就這樣安安靜靜的多好，本王才捨不得讓妳受苦。」

陳悠心中現在擔心到不行，秦征若真的來救她可怎麼是好！這裡猶如龍潭虎穴，十三王爺做了周密的準備，就等著他跳坑呢！

許是發現陳悠臉上的擔心，十三王爺微不可察地皺了皺眉。「本王還是勸妳現在什麼話都不要說比較好！不然讓本王感到不快，妳便等著看本王折磨秦征吧！」

十三王爺臉上一瞬間出現暴虐嗜血的表情，可怕得讓人顫抖。

陳悠下意識地往後縮了縮，這是人類遠離危險的一種本能。誰料，陳悠這個無意識的動作好似讓十三王爺的面色變得更難看，他眼神盯著她頓了頓，正當陳悠的心提到嗓子眼時，十三王爺卻離開她，轉身走到一旁小几邊，將燈給點著了。

房間中昏黃的光芒一顫，陳悠就清晰地看清不遠處那個高大人影，一身華袍，是記憶深處最熟悉又最痛恨的背影，十三王爺轉過身，嘴角斜斜地揚起，俊美的面容不但沒有化解他笑容中的猙獰，反倒讓人瞧來覺得更加可怖。

陳悠的黑眸緊盯著他，努了努乾燥的嘴唇，藏在薄被下的雙手緊捏，似乎這樣就能讓自己鎮定一些。

「王爺，我們做個交易如何？」陳悠儘量平靜語氣說道，儘管她盡力克制，但微顫的聲音還是洩漏自己內心的緊張。

十三王爺瞥了她一眼，慢步朝她走近，帶著鼻音，那聲音就像是從鼻孔裡發出的。「現在？晚了！」

陳悠的秀眉猛然一皺，隨即身上陡然出現壓力。

她杏眸瞪大，正要怒罵出聲，十三王爺卻好像已預料到她的動作，已經先一步出手將她的嘴給摀住。這一刻，兩個人的動作曖昧不已，十三王爺疊在陳悠身體上方，一隻手將陳悠的兩隻手給制住，按到頭頂，再以另一隻手摀住陳悠的唇，若是忽略陳悠的掙扎，兩人現在倒真的像是一對恩愛的小夫妻，而且陳悠此時只著了單薄的中衣。

十三王爺伏在陳悠的身體上，欣賞著陳悠當前精采又憤怒的表情，他以為會有一種惡作劇的滿足感，但是此時他卻悲哀地發現，他的心底深處竟然還有一絲挫敗和不捨！

這種異樣的感覺讓他焦躁不已，他急忙拋卻腦中這奇怪的想法，俯視著陳悠，而後壓下身子一步一步地欺近她……

第六十一章

秦征帶著手下潛入黑夜中安靜的院落，幾人都是一身黑衣輕裝。

「世子爺，就是最裡頭的那個院子。」

阿北向著一個方向一指，秦征朝身後的手下做了個動作，很快就飛簷走壁接近那個深處的小院。

離得越近，秦征就看得越清晰，小院中這個時候還亮著燈火，窗前有兩個人的身影！

那兩人摟抱在一起……纏綿悱惻……

秦征只覺得自己的心猛然被重錘擊中，瞬間被碾成血肉模糊變成殘渣，連拼湊都拼湊不起來，一瞬間的心痛和憤怒，讓秦征失去理智，下一刻，他就不管不顧地衝出去。

在旁邊的阿北自然也瞧見那個小院窗內的情景，只是還未等他開口提醒主子，秦征就已經朝那個小院飛奔過去了。

他嘆了口氣，只好示意手下的人趕緊跟上。

果然，有了喜歡的人後，一個人的弱點也變多了起來。平日世子爺是絕對不會這般衝動的，希望這不是別人故意布下的局……

阿北的眉頭不自覺就開始緊皺起來。突然，他黑暗中犀利的眼神一睇，朝一個方向厲射過去，一抹寒光掃過。

「不好！」阿北心一沈，他暗殺經驗豐富，又帶著一股殺手天生的警覺，剛剛閃現的那抹寒光，他能確定這裡有埋伏。

可是焦急的阿北怎麼樣也追不上秦征，他們主子救人心切，根本就沒有一點心思放在周圍詭秘的環境上。阿北咬咬牙，看來今日這裡就算是龍潭虎穴、機關遍布，他們也只能捨命闖了！

已經怒紅眼的秦征確實沒有任何精力去關注周遭奇怪且讓人毛骨悚然的環境，他此時眼中只有疊在窗影後的那對身影，那對身影讓他的一雙深目燒得通紅，幾乎是目眥盡裂！

而後就是無所顧忌，當秦征破窗而入的一剎那，好似整個世界都安靜了。

他舉著長劍，森寒的目光向著那刺眼的床上看去，這個時候，他心中滿是自責，更多的是對床上那個男人的憎恨！

眸光像是利箭，好似最鋒利的刀刃，當觸及到床上陳悠一雙帶淚的雙眸時，秦征心口猛地一顫，身體幾乎不受控制，舉劍朝壓在陳悠身上的十三王爺刺過去。

十三王爺雖然武藝不行，但也不是沒有練過武功，一個後退便躲過秦征的攻擊，隨後，阿茂就跳出來護在他身前。

秦征瞬間將陳悠摟抱在懷中，給她最踏實的安全感。其實剛剛看到床上的十三王爺與陳悠時，秦征瞬間便明白過來，這不過是十三王爺布下的局而已，但即使是埋伏，他也不允許讓陳悠受一丁點折辱。

此時陳悠除了身上的中衣些微凌亂外，並無任何不妥。見她無事後，秦征一顆心放下，又變回那個冷靜沈穩又手段狠辣的秦世子。

「英雄難過美人關，古人誠不欺我！就連秦九都如此，本王今日這『大宴』可真是沒白設。」

「十三爺，那就看您有沒有這個能耐了！」秦征聲音森寒。

「秦九，本王知道你在皇兄手下做事，經過風浪。本王今日這番部署，縱然你有通天的手段，也是逃不出去的，更遑論你還帶著一個小姑娘。」

秦征冷眼盯著他。

十三王爺一笑。「本王先前是想與你合作的，如今本王卻是一點也不稀罕了，今日讓你埋骨於此，也算是對你不錯。阿茂，愣著做什麼，吩咐動手！」

說到後來，十三王爺的聲音早已越發森冷，猶如地獄來的索命惡魔。

陳悠難以置信，她以為最壞的結果便是十三王爺要逼迫秦征與他合作，但現在他根本就沒有這種想法，反而是一心想誅殺秦征！

一旦涉及到心愛之人的安危，每個人都會變得無措不安。

陳悠緊緊抓住秦征的手臂。「秦征，你先走，不要管我！十三王爺不會拿我怎麼樣的。」

秦征低頭看了她一眼，伸手從旁邊屏風勾了一件披風披在她身上，面上微微帶著溫和的笑容，安撫地說道：「阿悠，這次不管遇到什麼危險，我都不會丟下妳！若是咱們注定要死在這裡，也有我陪著妳。」

兩人互相對視著，這一刻都看清楚各自眼中的堅決，陳悠用力點頭。「我陪你！」

十三王爺站在遠處，在他還未意識到的時候，袖口中的拳頭已經攥得死緊。眼前的一對男女實在刺眼！

此時，阿北帶著手下將秦征與陳悠護在中央。

十三王爺朝阿茂一揮手，頓時許多暗衛從房間四面八方衝進來，這些人都是阿茂親自培養的手下。

剎那間就是刀光劍影，秦征手下這些專門辦皇差的人功夫自是不會差，可漸漸都落了下風，阿茂的人馬源源不絕，但是秦征這邊卻只有十來個人。

很快地，阿北的手下都已喪命，房間內充斥著讓人作嘔的血腥味。

一地的屍首，讓人目不忍睹，阿北身上也有多處受傷，最嚴重的當數腹部的那一刀傷口，鮮血正從傷口肆意漫出，但阿北連眉頭都沒有皺一下，他橫著劍擋在身前，鷹眸狠狠盯著眼前的暗衛，將秦征與陳悠護在身後。

這個時候，出生入死的兄弟間根本就不需要任何話語，秦征只是與阿北交換了個眼神，兩人便已經明白各自心中的想法。

其實秦征身上也好不到哪兒去，大腿和手臂布滿傷口，背後也被砍了一刀，這一刀是秦征為護著陳悠而擋的。

反倒是陳悠，沒有一點兒受傷，她抿著唇，臉上沒有十三王爺腦中想像的恐懼之色，她微皺的秀眉，滿是堅韌，就像是雪山上永遠也壓不彎的青松。

因為打鬥，幾人都是激烈喘息著，十三王爺突然抬了抬手，阿茂一個命令，將秦征、陳悠、阿北三人團團圍住的暗衛們就停止攻擊。

「阿悠，本王今日心情好，現在給妳一個機會，只要妳走到本王身邊來，跟本王一起，本王便留秦世子一命如何？」

陳悠緊緊盯著他，烏黑的瞳仁中，竟然連一點點漣漪和動搖都沒有，她嗤笑了一聲。

「十三王爺還在作夢？難道沒睡醒？」

她與秦征都是死過一次的人，這個世界又有什麼是比死亡更可怕的？

聽到陳悠的話，秦征原本凶厲的俊容瞬間溫和得如同剛化凍的春水一樣，他左手用力，嘴角揚起，將陳悠更深地攬進自己的懷中。此時，這裡倒不像是龍潭虎穴了，而是兩人宣誓的神聖之地！

十三王爺如何想得到陳悠竟會這樣回答，向來笑得玩世不恭的他，這個時候一點也笑不出來了，不但如此，他反而變得憎恨起來。

不知不覺間，他竟然開始有些嫉妒秦征，這與那次他想要陳悠的命不同，這是他的這個身體，乃至於自己這個靈魂原原本本的情緒。他雙眸深處一下子變得暴虐起來。

眼前一雙男女同甘共苦的模樣是那麼刺眼刺心，他冷聲笑了笑，忽然情緒有些不受控制。在他還未反應過來之前，自己嘴巴已經先於思想下了命令。

「殺！」

阿茂在他堅定的命令出口後，幾乎是同步讓自己的手下將秦征、陳悠、阿北三人格殺！

秦征和阿北已經受了重傷，而阿茂的人早已將他們圍成一圈，此時要絞殺他們簡直是輕而易舉。

鋒利的長劍、無形的暗器，幾乎是瞬間，阿北和秦征身上就又多了幾道嚴重的傷口，就連陳悠手臂也被劃破，刀鋒深入骨肉中！

秦征的眸色一狠，揮動長劍將刺向她胸口的鋒刃給挑開，但是身後阿茂一個借力猛刺，手法刁鑽，秦征這個時候根本無法閃避，阿北雙眼大睜，長劍猛然點地，躍到他身邊，再一個轉身就用血肉之軀擋在他背後。

「噗——」利劍刺入骨肉的微小聲響，陳悠一回頭，就見到阿北整個前胸至後背被貫穿，那劍尖竟然都陷入秦征的後背些許，阿茂眼神冰冷，手腕用力，便將長劍抽回，又是一聲細微利器劃過血肉的聲響。

「阿北哥！」陳悠啞然出聲，秦征帶著她一個轉身，將她護在懷裡。

戰到現在，秦征與阿北早已體力透支，又渾身都是傷口，秦征還要護著陳悠，哪有餘力去救阿北，儘管知道阿北為自己擋劍，他也只能默默記在心中。

整齊的廂房中早就凌亂一片，成為戰場，秦征俊容上染著殷紅的血液，深藍色的暗袍上早已被血跡浸透，院外是靜謐的黑夜，平靜而又安寧，而這裡是沙場，充滿著血腥和仇恨。

陳悠右手摟住秦征勁瘦的腰，觸手間卻是一片黏膩的濕滑。她大驚，急忙看向秦征的側臉，搖曳的燭火下，秦征的側影深邃又剛毅，微薄的嘴唇緊緊抿著，這樣重的傷勢，他也只是輕輕蹙著眉，攬在她腰間的大手還是這麼有力。

這一刻，陳悠突然感動得想要哭，她猛然轉頭看向十三王爺的方向，眼神裡滿是憎恨和控訴。

就算是在上一世，與那個男人同歸於盡，她都沒有產生過這麼深的痛恨，痛恨到恨不能將這個人扒皮抽骨，讓他永不能超生！

十三王爺與陳悠對視，他的眼神中先是有些迷惑又有些不解，而後突然他的表情變化，變得猙獰起來，最後，他嘲諷地朝陳悠一笑，好似是看著一個死刑犯的劊子手。

陳悠就像是被一塊巨大的石頭砸到，心猛沈。

是他！是他！

在這千鈞一髮的時刻，萬千利劍朝秦征和陳悠襲來，他們連絲毫的機會都沒有了。秦征不可能帶著她全身而退，而阿北已經受重傷昏迷過去……

就在兩人幾乎絕望的時刻，陳悠胸前紅光一閃！

「乒乒乓乓」兵刃相擊的聲音，等到眾人反應過來，眼前的秦征與陳悠竟然憑空消失了。

阿茂所有的手下都未反應過來，在他們這麼多年來的殺手生涯中，還未見到過這種離奇的事情，就連萬年撲克臉的阿茂面上也是震驚和不敢置信。

他推開手下，長劍朝空氣連劈了數下都沒有任何人影，他怒道：「人呢？人呢！快給我去找！」

而剛才一直站在不遠處、被護衛護在身後的十三王爺已經僵在原地，他眼神陰鷙得可怕，甚至是微微泛著可疑的紅色，雙目中布滿血絲，臉色扭曲猙獰，像是完全換了一個人。

十三王爺用力拍向一邊的案桌，嘴中瘋癲地呢喃。「不可能的、不可能的，空間怎麼可能容得下兩個人，一定是我眼花了。對，眼花了，藥田空間是我的、是我的，我一定會搶到手，哈……我一定會……」

不多時，原來還好好的十三王爺不知道怎麼回事，突然「撲通」一聲摔倒在地上。

阿茂一回頭，就見到十三王爺鼻孔、嘴唇、眼角流血後昏迷的可怖模樣。

「十三爺？快來人，請太醫！」

這個隱蔽小院，在這樣安寧的秋夜卻是如此混亂。

在藥田空間湖邊大榕樹下，不遠處就是波光粼粼、一望無際的清澈湖水。

等到陳悠睜開眼，就聞到一股熟悉的味道，這是藥田空間中特有的藥香味。顧不得想自己是怎麼進了藥田空間，陳悠倉皇著急地朝身側尋找，在見到秦征還在昏迷的容顏，又探了探他的鼻息後，陳悠提到嗓子眼的心才稍稍放下。

等她找回一點鎮靜，才發現秦征布滿血跡的右手，還下意識緊緊捏著自己左手。盯著秦征俊逸卻狼狽的容顏，陳悠卻覺得沒有一個時候是像現在這麼安寧的。

「真好，秦征，我們都還活著！」她幾乎是低啞著嗓音喃喃出這句話。

那一刻，她都以為他們必死無疑了。儘管是無懼的，但她還是覺得無比可惜，他們才剛剛確定彼此，還沒開始一段幸福的時光；還沒有過一、兩年的家長裡短，也還沒有一個可愛的孩子，就這麼要結束了。

陳悠趕緊止住自己劫後餘生的傷感和感慨，替秦征檢查傷勢。她記得沒錯的話，當時秦征傷得很重，尤其是後背和腰間的刀傷，若是再挪一點點位置，幾乎就要致命。

秦征整身的衣服都是血跡，像是從血缸裡撈上來似的。陳悠皺著纖眉替他號脈，奇跡地發現秦征的傷口不如她想像的那般嚴重。

陳悠現在需要一些工具幫助秦征處理和包紮傷口，不遠處的小院中都有這些物品。她想要抽出自己的左手，卻發現她越是掙扎，秦征握得越緊，最後，她的手都被他捏痛了。

陳悠無奈，趴伏在他耳邊輕聲說道：「秦征，我們已經安全了，你先放開我好不好，我去替你拿藥箱來，你的傷口不能耽誤。」

陳悠溫柔的話語像是一劑靈湯灌入秦征的心，他的身體好像有記憶一樣，臉上緊繃的表情微微開始放鬆，緊捏著陳悠的大掌也慢慢鬆開，直到陳悠毫不費力地從他的大掌中抽出手。

摸了摸秦征剛毅而稜角分明的臉，陳悠輕輕在秦征的唇角落下一個吻，而後在他耳邊輕聲說：「秦征，我馬上回來。」

陳悠對藥田空間瞭若指掌，很快就找全自己要的工具和草藥，甚至還在木箱中翻出一套自己祖父以前穿過的中山裝。

秦征身材頎長，雖然不壯碩，但是對於陳悠一個弱女子來說，想要將他移動到房間中幾乎不大可能。

幸好這是在藥田空間，並無天氣變化，陳悠不用擔心外界環境對秦征的身體有什麼影響。

先餵了一些基本止痛的藥丸給秦征後，陳悠才開始快速替秦征處理外傷。他身上的血液已經將衣袍黏在肉上，本來衣袍就已髒污不堪，又被陳悠用剪刀將傷處剪開，如破布掛在身上一樣，哪裡還能再穿，等陳悠替秦征將身上大小傷口全部包紮和敷好藥後，就算是在溫暖如春的藥田空間中，也忙出一身汗水。

聞了聞自己身上，又低頭聞了聞秦征身上，都是一股不大好聞的血腥味。坐在秦征身邊，陳悠瞥眼看了昏睡的人一眼，他身上衣袍實在狼狽。她嘆了口氣，又自我安慰一番，乾脆自己動手，在湖泊中打了水，又稍稍加熱，幫秦征換上以前祖父穿過的那套中山裝，雖然袖口和褲腿短了些，但是勉強可以入眼。

等陳悠看著已經潔淨的秦征，長長吁了一口氣，再低頭看看自己，渾身都是髒污。

那時，十三王爺半夜闖進她的房中，她一直穿著不厚的中衣，後來沾滿秦征身上的血跡，又經過這番忙碌，其實現在自己瞧著比秦征更加狼狽，髮髻傾斜散亂，臉上血跡混著黑灰，身上的傷口也沒處理。

陳悠在湖邊一照，就開始覺得渾身痠痛起來。幸而藥田空間中也有之前她留下的衣物，等陳悠將自己收拾好後，也累得疲憊不堪，她替秦征和自己各自灌了半杯湖水，才疲憊地靠在秦征身邊的榕樹幹上睡著了。

秦征起先是在光怪陸離的夢中掙扎，而後就是陳悠彷彿能撫平一切傷痛的聲音在腦中響起，接著他竟然奇跡般平靜下來，後來他微微有了些意識，雖然不大明白他們為什麼會在這樣一個安逸的地方，但是他知道陳悠就在身邊。

他能感受到她小心翼翼替他剪開黏在血肉上的髒衣；能感受到她溫柔地給他擦拭傷口、上藥、包紮，而後給他施針、餵他喝藥，甚至是她留在他嘴角那個輕得像是羽毛一樣的吻，後來她還替他換了衣裳……秦征心裡柔軟無比，許是身上的傷痛讓他的體力透支，他知道一切，可就是醒不過來。

時間過得很漫長，不多久前，他感受到陳悠在身邊吐露出的綿長又平穩的呼吸，她這種有規律的呼吸好像有安神的作用，慢慢地，他竟然也跟著一同陷入沈睡。

帶著藥香的空氣拂面，秦征有些困難地睜開眼，映入眼簾的就是陳悠閉著眼睛的安然臉龐，他微伸長臂就將陳悠往自己懷中攬了攬，卻不小心觸到腰間的傷口，一個壓抑的悶哼將陳悠驚醒了。

「秦征，你怎麼了？哪裡不舒服？」陳悠被驚醒後，就開始緊張地詢問。

秦征根本就不給她說話的機會，手臂一用力，把她拉近，就將她柔軟的唇瓣含到口中，一番挑撥……

陳悠紅著臉有些惱怒，伸手推著他的胸口，胸口有處不深不淺的傷口，不會致命，但是非常疼痛。

「秦征，你不要醒過來就耍流氓！」陳悠瞪了他一眼。

秦征眼底帶著些微蠢蠢欲動，勾著眼角盯著她，陳悠立馬感到無力，不都是說得了教訓才會知道乖嗎？怎麼這人都傷成這樣了，還這麼「不知廉恥」。

「阿悠，我這裡痛。」秦征適時地捣住腰間。

陳悠一個緊張，湊過去，就又被偷襲了一次。

「秦征，你受傷了，而且很嚴重！如果你想以後都躺著的話，你就折騰吧！」陳悠氣呼呼地道。

秦征這才笑開，低沈磁性的笑聲在藥田空間的湖岸邊飄蕩，連胸腔都跟著輕微震動，他突然伸出一隻手，摸上陳悠的臉，雙眼中全是深情，他說了一句話。「阿悠，我們都還活著，真好！」

是啊！真好！

一句話，化解陳悠心中的那些惱怒，讓她的心滿溢得淚水都要流出來。

「秦征，有些事我要告訴你。」

關於這裡，關於她，關於她所有的一切。到現在，陳悠已經不想再有什麼事情瞞著秦征。坐在藥田空間大榕樹下的一對男女，內心是從未有過的貼近，他們對彼此坦誠，成為彼此心靈最堅強的依靠。

陳悠有些緊張地瞥了他一眼，她其實心中有些擔心，秦征聽了這一切之後，會不會對她害怕甚至是恐懼。

秦征一手攬著陳悠，低眉看著她有些忐忑的小臉，他伸手觸了觸她柔滑的臉頰。「阿悠，妳會因為我是重生的而害怕或者恐懼嗎？」

陳悠凝視著他的深目，快速搖頭。

「那麼，我也和妳一樣。」

「其實，我要感謝十三王爺，他讓我明白，我遠比自己想像的在乎你！」

「阿悠，等一切塵埃落定後，我們就成婚吧！」

陳悠輕輕靠在秦征的胸口，頷首。

沒有什麼事，能比陪著自己深愛的人白首到老更幸福了，她怎會不答應呢？

「秦征，我們待在這裡真的沒事嗎？」陳悠有些擔心地問。

如果她沒猜錯的話，十三王爺的不對勁與前世那個人有關係，但好似不全然。

秦征撫了撫陳悠披散在肩後的長髮。「阿悠，放心，這些我在來之前早已安排好了，有爹在，沒事的。」

陳悠有些怔然，轉頭瞧著秦征平靜甚至是安詳的側臉，真是不自覺間又被他感動了。陳悠抽了抽鼻子，難道秦征來救她之前已經做好最壞的打算？

陳悠猜得沒錯，秦征來之前確實是做好最壞的心理準備，他不是上一世那個被父母寵壞的秦世子了，他早已成長為無畏無懼、能夠獨當一面，甚至能保護家人和心愛之人的參天大樹。

既然秦征這麼說了，陳悠也安下了心，對於秦征，她是無比信賴，況且，秦征現在嚴重的傷勢也不適合出去，兩人便就這麼先在藥田空間中養傷。

接著，又詢問弟弟妹妹們的情況，得知他們安全，陳悠更是沒有什麼牽掛了，藥田空間中的物資充足，完全夠他們生活十天半個月。

第六十二章

大魏朝景泰十五年，瑞王造反，引兵入建康，登州、萊陽將近七萬兵力一開始打著救助淮北的旗號，借道淮北，繞過慶陽，橫跨嵩州到建康城下。

一時間，舉國震盪，建康城百姓更是人人自危。

往日裡的繁榮和安逸瞬間消散，坐在龍椅上的皇上被氣得吐血，就在千鈞一髮之際，太后卻突然倒戈，站在十三王爺這邊，孤立無援的皇上猶如籠中傀儡。

皇宮已經被太后和十三王爺的人控制，而皇上的兩大手下姜戎和秦征，一個深陷淮北、一個不知所蹤，那些中立官員和世家也都化身牆頭草，紛紛倒戈。

當十三王爺帶著阿茂走進金殿，身後一身鳳袍款款而來的正是風韻猶存的太后。

九尾鳳凰雲飛烏黑鬢間，象徵她是這個國家最尊貴的女人，太后下巴微抬，顯得有些倨傲。

坐在上首最高位置的皇上低頭看著進入金殿的兩人，嘴角含笑，出口的聲音卻帶著淒涼和冷澈。「母后和十三弟來此是為何？」

十三王爺凝眉盯著皇上，人到中年的帝王，青春已經不再，鬢角都已是蒼蒼白髮，歲月在他的臉上留下不可磨滅的痕跡。在十三王爺眼中，他威嚴猶存，但勇氣與膽識卻早已遺散在時間長河中。

這就是他的哥哥，同母異父的哥哥！

清晨的風從大殿的窗口吹進來，將十三王爺的衣襬微微掀起。「皇兄，是時候將這江山還給我們魏家了！」

皇上本來平靜如潭水的眼眸瞬間波瀾驚起，那雙飽經風霜的眸子如利箭一般射向太后。

太后好似早已預料到皇上的這番舉動，她平靜地抬頭，而後面無表情地嚅動嘴唇。「博禎，你的確不是皇家血脈。」

太后無波無瀾的聲音在空曠的大殿中響起，這是一個帝王奪人所愛的老套故事。當今聖上並非先帝的愛子，而是太后與一個不知名侍衛的兒子，是太后為了報復先帝所施的手段，是仇恨的產物！

而十三王爺——瑞王才有著真正的皇家血脈。

皇上如何也不會想到，到後來竟然是這樣一個真相，即使此時他還坐在龍椅上，身子都已搖搖欲墜……

「母后，這就是多年來您只疼愛十三弟的原因？既然您那麼痛恨父皇，為何現在還要將這皇位還給魏家？」

太后古井般的眼中突然出現一瞬間的動搖，但只是一閃而過，她冰冷地說道：「贗品就是贗品，正統永遠都是正統，本宮年輕時雖做了糊塗事，但是皇家血統絕不容玷污！」

龍椅上的帝王突然悲愴地大笑起來，笑得連淚水也順著眼角滑落。

「皇兄，若是你主動下詔退位，我還尊你一聲皇兄，不然就不要怪我不客氣了。」

「好一番狗血的戲碼啊！當真是精采！」

就在太后母子逼迫皇上退位時，皇后卻與自己娘家的三妹李霏煙一起從後殿走出來。皇后揚著唇，譏諷地盯著眼前這對母子，又轉頭假惺惺的，一臉同情地看向皇位上的帝王夫君。

「皇上的身世還真是可憐吶，連臣妾都不由自主同情起來了。母后還真是手段狠辣，為了報復，不擇手段，當真叫人佩服！」

李霏煙站在皇后身後，譏誚地看著殿中這幾人，直覺得眼前的戲碼比前世電視劇裡演的都令人覺得狗血精采。

「妳怎麼會在這裡？」太后精緻的面容出現了一絲龜裂。

明明皇宮已被他們的人封鎖了，其他殿的人也已被禁足，皇后是怎麼出來的？皇后娘家這個妹妹又是怎麼進得了宮？

一絲不好的預感在太后心中升起。

皇后好似聽到什麼天大的笑話，她瞅著太后，慢步朝她走近。「母后，您到底年紀大了，安心頤養天年便得了，偏要插手管這些事。您問本宮為什麼會在這裡？這還不簡單，當然是因為宮中這些人都是本宮的。」

「妳說什麼？」不只是太后，就連十三王爺臉上也開始變色。

事情好像突然超乎他們的預料！

李霏煙的人早就查探到十三王爺與太后會聯手造反，而皇上對皇后所出的太子不滿已經很久了，太子儲君的位置岌岌可危。這幾年皇上對金誠伯府的人更是不看重，在李霏煙的策劃下，才來這一齣螳螂捕蟬、黃雀在後。

只要逼得皇上退位，讓還年幼的太子登基，那麼這江山便是他們李家的，這個時候誰還管王室血統純不純正，這魏家百年之前也不是天生龍脈！

這天下，誰奪得便就是誰的！

殿下兩方人馬吵鬧，皇上這個時候心緒卻出奇平靜，這些人就是他以前珍之重之的親人和伴侶，這一切，現在看起來是多麼可笑！

雖然皇宮大部分人馬已被皇后控制，但是太后和十三王爺仍有自己的親衛，一言不合，雙方就開始行動起來，各方人馬將自家主子護在身後，就在兩方人戰得難分難解之時，李霏煙突然注意到龍椅上不動如山的皇上。

她眸色一厲，攛掇皇后命人上去殺了皇上，既然這個男人不肯退位讓賢，那麼，她就讓他死無葬身之地！

李霏煙嘴角如惡鬼般地揚起，血紅的獠牙好似都伸了出來，她豔麗嬌俏的容顏此時猙獰得可怕，護在她身邊的蔣護衛仍忠心耿耿……

正當長劍襲向首座上的帝王時，一道破空飛來的袖劍將那刺過來的長劍擋開，阿茂一個縱身，飛速躍到皇上面前，一一擋住所有的攻擊，將皇上護得滴水不漏！

十三王爺目眥盡裂地瞪著阿茂，狠狠地從牙縫中擠出幾個字。「阿茂，你到底是誰的人？」

阿茂只抬頭看了他一眼，便不再理會。

十三王爺震驚地瞪大眼睛，阿茂是他最信任的手下，卻在最關鍵的時候叛變了，他的心好似被人狠狠捏住一樣。

皇上顯然也未想到這個時候還會有人站出來保護他，他此時已平靜下來，睥睨著殿下混亂的人群，只覺得人情冷暖。

早知他就應該相信秦小子的話……此時，後悔晚矣。

就在皇上幾乎是看破之時，緊閉的大殿門被人從外面用力撞開，所有人的視線都被吸引過去，而後就瞧見清源長公主攙扶著一身正裝的太皇太后立在殿門前，身後是姜家眾位虎將還有秦長瑞與唐仲等人。

「何人敢動我大魏社稷！」太皇太后一聲威嚴的怒喝，竟讓大殿裡的人都有一瞬的停頓，但也僅僅是一瞬間而已，在這個時候，只要錯過須臾，這個江山就有可能易主。

李霏煙機關算盡，卻單單將這個多年不理宮中事的老太婆給漏算了。她一個命令，身邊的蔣護衛就飛躍出去，與阿茂站到一處。

蔣護衛的身手並不遜色於阿茂，這個時候，只要將皇上殺了，他們便還有機會。

阿茂雖然是暗衛營出來的第一高手，可他也是血肉之軀，之前的戰鬥他本就消耗巨大，又被多人圍攻，還要保護皇上，一時就落了下風。

清源長公主急忙讓姜家人馬上去幫忙，城外十三王爺的軍隊已被姜戎控制住，秦征的一千多私兵以及在山寨收服的那些人這次立了大功。

局勢在十三王爺和李霏煙還未意識到的時候已經扭轉，向一邊倒了，太后、十三王爺一黨以及皇后一黨這時候只不過是強弩之末而已。

不過小半個時辰的時間，孽黨都被拿下，阿茂受了傷，並沒有生命之危。

蔣護衛卻為了完成李霏煙下達的命令，不顧性命，傷到致命處，已奄奄一息，他躺在地上，眼神拚命瞅著李霏煙的方向，但李霏煙此時正在氣頭上，根本就沒有分出絲毫心神給他。

蔣護衛以為只要他永遠在她身邊保護她，給她一席安全之地，總有一天，在她轉身之時，她會看見他的默默付出，他不求她將自己放在心上，只是希望她能注意到自己。

這麼卑微的渴求已經難以實現，他走到生命的最末端，才幡然醒悟，有一些人，無論你怎麼付出，也絲毫收不到回報的……

五臟六腑都在劇痛，當疼痛到達巔峰，蔣護衛覺得自己的思想一輕，整個人意識就開始緩緩消散。

此時，不論是太后、皇后還是十三王爺、李霏煙都已被拿下，一場本是驚天動地的叛亂，頃刻就被推倒，成了一場鬧劇。

然而皇上卻還有些精神恍惚，畢竟一個統治者，站在權力巔峰幾十年後，突然有人說你不是正統的血脈，無論是誰都不會太好過，尤其當今的景泰帝還是個責任感很重的人。

太后看向龍座上中年的兒子，發瘋一般的大笑。「博禎，就算你坐在這個位置上，也是玷污了整個大魏朝！哈哈哈……」

太皇太后眸光掃射過來，憤怒地用力一拄手中的金龍頭枴杖。「還不將這個刁婦塞了嘴，拖下去！」

清源長公主無奈又有些心疼地看了眼太后，立即讓人將這些亂黨給拖下去關起來。

當今皇上、長公主與十三王爺是一母所出，現在卻母子異心，清源長公主實在是心寒。

太皇太后由清源長公主攙扶著走到皇上身邊，她看了一眼低首立在一邊的阿茂，而後聲音有些嘶啞地說：「皇帝，跟哀家來後殿吧！」

後殿之內，長公主夫妻親自守在殿外，殿內只有太皇太后、皇上、太后、阿茂以及太皇太后的兩個心腹。

「晴晚，妳到現在還不願意說出真相？」太皇太后如枯枝一般的手狠狠捏著桌角質問。

太后閨名晴晚，已經許多年沒有人叫過了。

「呵！母后，我沒有什麼好說的，這一切都是事實！」

「真是孽障啊！我兒怎會喜歡妳這樣的女人！」

「您以為我喜歡他？若不是他，我會在這深宮孤獨終老？」太后情緒激動地反駁。

太皇太后終是嘆了口氣，其實自從阿茂捨棄十三王爺去救皇上的時候，太皇太后便已經明白其中真相，只怕十三王爺才不是先帝的血脈……

這是一樁陳年舊事。

如今的太后晴晚當年還只是忠國公家裡三房嫡出的小姐，那時候，因忠國公府上閨女眾多，所以選秀這件事並未輪到忠國公府三房的頭上，三房嫡出的六小姐就逃過這一劫。

她父母早年給她定了一樁娃娃親，長大後，兩個小兒女的感情很是順利，沒多久就互許終身。晴晚的未婚夫在皇上還是太子時做過他的伴讀，所以皇上待他如友，即便皇上如今已榮登大寶，還經常會與好友在京中微服遊玩。

就是這樣，皇上與好友同遊時，見到了好友的未婚妻，一見傾心，後來竟然使了手段，將忠國公府六小姐弄進宮中，成為後宮眾妃之一。

好友卻為此失意落魄，那時還是個小妃子的太后便對皇上恨之入骨，卻為了整個忠國公府不得不屈服隱忍，還暗中讓人救了自己的未婚夫，送往邊疆。

其實她做的這一切，先帝當時怎麼可能不知道？不過是覺得對不起她跟好友，睜一隻眼閉一隻眼罷了。後來她誕下皇子，當時恰好皇后因不知名的原因病逝，她便被先帝送上后位。

誰也不知道，這個萬千女人窮極一生都想要得到的位置，她是有多麼厭惡，甚至是視如草芥！

既然你將我弄到這個位置上，給了我權力，那我便用你給我的所有來報復你！

太后為先帝孕有一子一女，分別是當今聖上和清源長公主。先帝早年受了重傷，後來傷勢復發，身體虧空得厲害，龍體一日不如一日，當今皇上那時才十多歲，太后卻又再度有了身孕，誕下的皇子便是現在的十三王爺。十三王爺一出生，先帝就喜愛非常，疼愛程度更甚太子年幼的時候。

太后每次見到先帝關愛十三王爺，臉色也會好上一分，她當時心中很是痛快，太后覺得她瞞過先帝，他肯定想不到自己最放在心上疼愛的孩子並非是他的親子，這讓她心中有了一分報復的快感。

帝后兩人多年貌合神離的關係因為十三王爺漸漸緩和起來，後來他將自己直屬暗衛營選出的第一暗衛賜給了十三王爺，伴他左右。直到先帝駕崩，太后也未將十三王爺的身世親口告訴過先帝……

殊不知，先帝自始至終都知曉十三王爺並非自己的血脈，而是太后與當年好友的私生子。但他對十三王爺的父愛卻不假，他希望緩和與太后之間的關係，也希望太后這輩子能夠原諒他。只是等到生命終結，也沒有等到這一天。

不過先帝並不糊塗，他最在意的當然還是自己的親生兒子，阿茂在去十三王爺身邊時，先帝對他下了最後一道命令。
在最關鍵的時候要守護正統的皇家血脈！
或許，那個時候，他就已經預料到可能會有這一天了吧。
阿茂從頭至尾都未背叛過十三王爺，只不過他效忠的卻是真正的皇室正統。
當真相擺在面前，皇上也覺得疲憊不堪，他沒想到，在他記憶中看起來琴瑟和鳴的父皇、母后其實是一對怨偶，太后恨先帝恨到想毀了他的江山！
「母后，難道在您的心中，朕便不是您的兒子嗎？」皇上苦澀道。
這仇怨埋在心中多年，太后的內心早已崩毀。「博禎，你當然是我的兒子，不過，怪就怪在你身上留著他的血！只要是他遺留下來的東西，我便只有恨！」
好一句「只有恨」啊！
皇上搖搖晃晃地站起身，痛苦地閉了閉眼，走到太皇太后身邊。「皇祖母，我們出去吧！」
孤寂冷清的後殿最後只剩下太后一人，她瞧著這熟悉得成為她噩夢的宮殿，到處都是先帝的影子，她崩潰地尖叫出聲……
清源長公主擔憂地看了一眼已被緊緊關閉的殿門，低喃了一聲。「母后。」
「阿意，裡面的那個人已經不是我們的母后了。」皇上對著長公主悲涼地道。
清源長公主與皇上對視一眼，沈默下來，當皇上轉身離開時，姜戎拉著她的手慢一步跟上。

只用了一日，建康城就已經恢復往日的平靜和繁榮。

因皇上有意封鎖，知道內幕的人不多，龍體經過兩日的休養也大致痊癒。御書房中，皇上坐在上首，身旁立著姜戎，下首站著的人再熟悉不過，就是秦長瑞。

「可有秦九那小子的消息？」皇上邊批閱奏摺，邊問身邊的姜駙馬。

姜戎皺眉搖頭。「臣已叫人在全城搜尋了，可惜無任何蹤跡……」

「這小子這次倒是很會躲，不會是被埋屍了吧？」皇上合上一本奏摺玩笑道。

一旁的姜戎嘴角僵硬地扯了扯，皇上自從經歷太后那件事後，變得格外風趣起來，風趣得他都有些吃不消了……

不是都說受了打擊會變得抑鬱，怎麼他們這主子卻和人反著來？

「妹夫真是無趣，朕現在可是有些後悔將阿意許配給你了，整日要面對你這張木訥的臉。」

「皇上的教訓，臣會記在心中。」姜戎硬著頭皮答道。

皇上放下手中朱筆，看向站在下首的秦長瑞。「陳永新，朕的得力助手可是被你們家閨女不知拐哪兒去了，你要如何賠償朕？」

秦長瑞一個標準揖禮，作勢急道：「草民惶恐！」

「你惶恐個屁，連銀礦都敢私挖還惶恐！」

難怪皇上要爆粗口，湖北竹山那麼大一個銀礦被發現的時候已經被掏空了，他還找不出證據是被這個自稱草民的人給挖空的，氣得皇上想罵娘！

「陳永新，朕怎麼覺得你無恥得很像一個人呢？」

皇上想起當初一同在國子監讀書的毅勇侯府小侯爺秦長瑞來。那小子從小就奸猾，卻長得人模人樣，國子監裡，就連他都不敢欺負他，生怕什麼時候被那個傢伙從背後陰一把。可惜，秦長瑞命不長，竟與他的妻子雙雙出意外而故去。

皇上又看了眼下首的中年男人，如果不是這外貌與他印象中的秦長瑞一點兒也不相似，他都要試著喚一聲「秦愛卿」試試了。

「行了，朕也不想多看你這張臉，看著就心堵，直說你想要什麼獎賞吧！說完了，好讓人送你出宮！」

皇上心情有點鬱悶，他雖然不想瞧見眼前這男人，可這次十三王爺叛變，他確實是立了大功，若是沒有他提供的那些銀錢，姜戎也不能及時帶著人趕到建康，及時救駕，那幾千匪兵也不能裝備精良成為主力。

「草民別無所求，只求皇上一件事！」

「別磨蹭了，明明是個白丁出生，比個讀書人還會掉書袋。」

秦長瑞只好簡潔又迅速地說了自己的要求。

「你說什麼?你要給趙崇奉翻案?」皇上簡直難以置信自己所聽到的。難得加官進爵的好機會，這個蠢人竟然要翻一個並非冤案的陳年舊案?這秦九的老岳丈是腦子被門夾了吧!

「你可知趙崇奉當年並無冤屈?」皇上正色道。

秦長瑞嚴肅地點頭。「草民知曉，雖然趙崇奉當年死得不冤，但根據大魏律法，判處他滅九族卻是過分了。」

其實，說來說去也不過就是讓皇上將當年案子的判決拿出來稍微改一改，赦免了被趙崇奉牽連的那些旁系，給他們一個正常的大魏戶口而已，讓那些還僥倖活著的人不用隱姓埋名。

這對於皇上，不過是吩咐手下臣子的一句話，兩個字:「好辦。」

等到秦長瑞被皇上派人送出宮，皇上才不解地詢問姜戎，這到底是怎麼回事。

秦長瑞早把其中原委與姜戎說了個清楚，當皇上知道秦長瑞窩藏一個死刑犯五年的時候，再次憤然地重複那句話。「陳永新，你惶恐個屁!」

觸犯大魏律法的事情都被他做盡了，還敢用大魏律法來要求他改判決?

皇上覺得自己要好好冷靜一下，不然血壓都要飆升了。突然，皇上眉頭一皺。「多派些人去尋秦九，不管如何，朕活要見人死要見屍!」

阿茂將那日秦征莫名消失的情況與皇上說了，雖然皇上不大相信，但是他仍然很擔心，畢竟，秦征是他的左膀右臂，日後，還要更加依仗他。

幾日後，陳悠感受不到外界有人了，才與秦征一同從藥田空間中出來。

秦征的傷勢已好了一半，秦征帶著陳悠剛準備從這方隱蔽的院中走出，便被皇上安排尋找他蹤跡的暗衛發現了。

那暗衛「嗖」的一聲，從高處躍下，恭敬地行禮，只是在見到秦征身上的奇怪服飾時表情有些怪異。「秦世子！」

秦征認得皇上身邊的人，他故作平靜地點點頭，忽視掉身上還穿著陳悠祖父的那套中山裝。

「皇上叫屬下尋到秦世子後，帶著秦世子去宮中一趟。」

聽到這裡，秦征可以肯定那場動亂已經過去了。

「容我先將阿悠送回去，再與你同去宮中。」

那暗衛聽完後應聲，便低頭站到秦征身後。

秦征長吁了一口氣，理了理陳悠耳邊的亂髮。「現在一切都平安了。」

陳悠雙眼一亮。「真的嗎？」

秦征確定地點頭。

兩人先回了一趟毅勇侯府，秦征換了身衣裳，順道詢問阿北的情況。

阿北傷勢雖重，卻保住了性命，唐仲已經幫他看過，不過要在床上躺幾個月罷了。

知曉阿北平安，陳悠和秦征就放下心，隨後秦征將陳悠送回陳府，才隨著那暗衛快馬進宮。

途中遇到正從宮門出來的清源長公主，清源長公主將姜戎寫的一封信交給他，就揚長而去。

秦征在宮中待到半夜，他踏著露水而歸。

不多時，一封密信就被送到秦長瑞手中。秦長瑞與陶氏瞧過信，終於放心了。

半個月後，十三王爺被褫奪封號，終生監禁於林明寺中，這時太后已經神志不清，臥病在床了。

皇后被廢、太子被貶為庶民；而整個金誠伯府抄家滅族，男丁問斬、女眷發配，正當李霏煙想要逃走之時，被秦征帶著人堵個正著，而後秦征毫不留情地親手將她的生命終結，李霏煙直到死時都是滿臉滿眼的不甘。

又過了半個月，秦長瑞被封為安樂侯，並且皇上還親自替秦征與陳悠賜婚，婚期就定在一個月後——金秋十月。

安樂侯的府邸就與毅勇侯府在斜對門……也不知是不是皇上故意的。

御書房中，皇上一拍手中的奏摺，嗤笑道：「這個陳永新，得了便宜還賣乖！拿著朕的俸祿還整日逍遙自在！」

姜戎在一旁笑，不得不說，陳永新實在是太會做人了。湖北竹山那個銀礦實在大，不但逆轉整個大魏的命運，還充盈了國庫！

本來皇上對這個莊稼漢還有些猜疑，給他賞也是不情不願的，可轉頭人家就將挖銀礦得到的所有銀子全數捐給國庫，這可真是大手筆啊！

這麼多銀子，姜戎捫心自問，即便是他，可能都會捨不得，但人家連眼也不眨，就給上交了，皇上能不高興嗎？即使嘴上不承認，心裡也是舒坦的，給一個沒有實權光拿俸祿的虛名爵位，當然是給得心甘情願。另外這賜婚的聖旨也是真心為秦征著想的，皇上將自己手下這大齡剩男塞出去，也算是了了一樁心事。

「明日讓秦九將他那小媳婦帶進宮來，朕有幾句話要交代他們。」

姜戎道是，回說等出宮就給秦征帶話。

這小子這幾日告假，說是要成婚了，侯府要迎接女主人，必須要重新修葺一番才行，於是，就留在府中監工了。

安樂侯府

陳悠正在藥房中配藥，佩蘭獨自在外間守著。

秦征突然闖進來，佩蘭慌忙站起身來攔住他，苦著臉道：「世子爺，大小姐吩咐了，誰都不能進去打擾她，您就在外面等等吧！」

秦征渾身氣勢一變，佩蘭便哆嗦著讓開了道。

瞧著秦征的背影，佩蘭撫了撫胸口，心道：世子爺真是太可怕了，以後自家小姐嫁過去會不會吃虧啊？

聽到腳步聲，陳悠抬起頭來，驚奇道：「秦征，你怎麼來了？娘不是讓我們這個月不要見面？」

秦征長腿一邁，就來到陳悠的身邊，一伸手就將陳悠攬到懷中。「阿悠不說，爹娘不會知道。」

陳悠翻了個白眼，毅勇侯府和安樂侯府靠近的那處白牆上都是腳印，都快被他爬塌了，爹娘不知道才怪，只不過是懶得說他而已。

陳悠伸手推開他欺近的俊臉。「我身上現在都是藥味呢！你不嫌難聞？」

秦征厚臉皮地在陳悠臉上印了一吻，陳悠急忙推開他，現在她渾身都是一種特殊藥材的味道，實在說不上好聞。

秦征被陳悠攆到一旁椅子上坐下。

「阿悠，有件事要告訴妳。」

陳悠將各色瓶瓶罐罐收拾好，又整理著桌上的手札，聞言抬頭看了秦征一眼。「什麼事？還要你親自跑一趟？」

秦征嘆了口氣，從袖袋中拿出一封信遞給陳悠。

陳悠放下手中的東西，狐疑地看了秦征一眼，接過信封拆開。當那熟悉的字體落入視線的時候，她渾身跟著一僵。

這是趙燁磊留下的書信……

陳悠自從脫險後，便再也沒見過趙燁磊，再次得到他的消息時，也就是秦征拿給她的這封信。

信很短，只有幾行熟悉的字體而已，看到最後「有愧於心」四個字時，陳悠嘆了口氣，終究，趙燁磊還是與他們家形同陌路。現在想來，也不知當初父母收留趙燁磊是對是錯了。

若不是秦長瑞夫婦，他的這一生定不會是這樣的。

其實，當秦長瑞寧願用救駕的功勞來換取趙燁磊一家昭雪時，也就意味著秦長瑞夫婦早已原諒了趙燁磊的所作所為，也許是趙燁磊自己看不開，也或許是趙燁磊覺得自己再沒有臉面留在這裡，所以才決定遠赴邊疆，終生不歸……

陳悠摺好信紙，塞入信封中，轉頭問道：「爹娘知道嗎？」

秦征頷首。

兩人一陣沈默，陳悠自然是不希望趙燁磊去邊疆那等蠻荒地冒險，他那哮喘並未根治。而秦征就不同了，陳悠雖在名義上是趙燁磊的妹妹，爹娘也不會允許陳悠與趙燁磊在一起，但是誰希望自己身邊天天有個情敵在晃悠礙眼？

所以秦征當然認為趙燁磊是走得越遠越好，最好一輩子都不要再出現在他們面前，他並未忘記趙燁磊上輩子的手段，這些手段如果用在與他爭奪陳悠上，他不願意看到。

陳悠不知道秦征這種想法，還在為趙燁磊的安危擔心。

秦征見她面色變化，深邃眼眸一閃，問道：「阿悠，這是什麼藥？」

陳悠被秦征一問，回了心神，低頭看了看秦征指著小藥缽中研磨一半的藥粉。

她嘴角高高地翹起來，解下身上外罩的麻布罩衣，走到秦征身邊仰著嫩白的臉蛋看著他。「秦征，藥田空間又升級了，我在藥田空間的醫書中尋到治療阿梅病症的法子，這些藥是給阿梅配置的！」

說到藥田空間，陳悠也很是奇怪，那次她患鼠疫，藥田空間升級讓她痊癒後，她再也進不去藥田空間了，可是那次當她遇到生命危險的時候，她卻能帶著秦征一同進入藥田空間休養。

就在前些日子，藥田空間裡那個顯示未完成的任務突然達成了，而後藥田空間就升級，如今已經是天級一品。

現在藥田空間中的全部醫書她都可以隨便閱覽，原本荒蕪的藥田空間內滿是各種草藥，一望無際，陳悠甚至覺得這個藥田空間比起上一世還要繁榮幾倍。

那座緊鄰藥田的大湖變大了，通天的瀑布猶如玉帶一瀉千里。不僅如此，陳悠還能感覺到自己的記憶力提高數倍，現在無論是什麼書，基本上她都可以做到過目不忘……

想起這些，陳悠都覺得有些不可思議。只是讓她奇怪的是，她再也不能帶旁人進藥田空間了，就連秦征都不行。

不過這只是小事，阿梅的病能尋到治療的法子，才是真正值得高興的事。

秦征伸臂將陳悠攬在懷中。「阿梅是個好孩子，我很早就相信妳一定能將阿梅治癒。」

這個時候，外頭突然響起秦征能聽懂的特有暗號聲，他臉上一陣抽搐，只好摸了摸陳悠烏黑的鬢髮，而後又在她的唇角落下輕吻。「阿悠，明日我再來看妳。」

匆匆告辭後，身影瞬間就消失在門後。

陳悠汗顏，堂堂世子爺，竟然會有這麼狼狽逃跑的時候。

佩蘭眼神閃躲地跟在陶氏身後進了藥房裡間。

陶氏瞥了眼還被放在案桌上的信封，心中已經了然，她款步走過來拉住陳悠的手。「阿悠，離婚期不到一個月了，娘想好好與妳說說話，手頭上這些方子也停一停，一會兒讓佩蘭將妳院中的東西收拾了，去娘院子裡住上半個月。」

陳悠錯愕，可是想起陶氏剛進來時的眼神，便忍著笑答應下來。

她娘這是連親兒子都要防著了。

與此同時，秦東跟在秦征身後，緊繃的臉皮抖了抖。「世子爺，方才安樂侯夫人讓世子妃搬到她院中……」

秦東為了討好主子也挺沒節操的，暗地裡，在秦征面前，陳悠的稱呼已經變成了世子妃。

人家姑娘還沒嫁過來呢！

不過，秦征似乎很吃他這套，從未阻止過他這麼稱呼，所以說一個厚臉皮的屬下必定有個厚臉皮的主子，無庸置疑，近朱者赤，近墨者黑嘛！

「我知曉了。」

「世子爺，那咱們明日還來不來？」

秦征回頭瞪了他一眼，人都被他娘藏起來了，還來什麼？只能老老實實等著大婚了……

原本秦長瑞在未獲爵位前，清源長公主擔心陳悠嫁給秦征會遭到京中那些官宦和世家的白眼，所以一直想要收陳悠為義女。後來皇上不但親自賜婚，秦長瑞又被封了安樂侯，這件事情才作罷。

不過清源長公主與陶氏很投緣，兩個女人越相處越覺得脾性相近，叛亂時秦長瑞的足智多謀和機智相助也讓姜戎對他刮目相看，所以姜戎與秦長瑞也漸漸成為好友，兩家來往更為頻繁了。

秦長瑞雖然未領官職，不過是掛了爵位之名而已，對京中那些世家貴冑並無威脅。但是陳悠畢竟是要嫁給秦征的，且是皇上賜的婚，又傳聞等到秦征大婚，皇上會親臨，加上姜家與清源長公主交好，安樂侯府倒是很快就在建康立足，成為京中新貴。

秦長瑞給慶陽去了信，離秦征與陳悠的婚期只剩半個月了，秦長瑞安排人將賈天靜、李阿婆、陳奇一家等都接來建康。

白氏九月初已產了一子，雖然早產一個月，但是母子健康，孩子雖然沒足月，但是並不瘦弱，加上身邊又有賈天靜照顧，母子倆身子很快就恢復過來。等陳悠婚期前正好是白氏的孩子滿月，恰能來參加秦征與陳悠的婚事。

婚期一日日近了，有秦長瑞夫婦和秦征，婚禮一切事宜都不用陳悠插手，她在建康並無閨密手帕交，只寫信給同在慶陽的孫大姑娘，請她與她的夫君孩子一同來赴婚宴。

半個月內，陳悠將配好的藥讓阿梅服用了一個療程，阿梅已不再那般自閉，時常能說一句話來，有時候還能陪著陳悠聊聊天，臉上也多了笑。陳悠相信只要她配置的這種成藥讓阿梅持續服用，用不了半年，阿梅就能恢復正常。

這段日子，唯有老侯爺的病情沒有進展之外，幾乎事事順利。

轉眼便迎來金秋十月。

建康城內，十里紅妝，因毅勇侯府與安樂侯府就是門對門，所以送親的隊伍繞著建康城轉了一圈，才進了毅勇侯府的大門。

喧騰過後，小夫妻倆終於能見面，共度良宵。

春宵帳暖，紅燭並蒂。

耳鬢廝磨，溫情和激烈過後，秦征攬著陳悠，吻著她汗濕的鬢髮，平復著自己的呼吸。

秦征緊緊地擁著她，有些粗糙的手指輕柔愛憐地摸著陳悠滑膩的背部，在光滑柔嫩的肌膚上有一道明顯突起的長疤痕。

秦征眉頭一皺，順著那條疤痕摸下去，突然撐起胳膊，掀開層層帳簾，將放在旁邊小几上的一盞燈拿進來。

陳悠剛剛被他折騰得渾身痠痛，迷迷糊糊的，身體連動也不想動，感覺到他的動作，又忽覺帳內有了亮光，原來就酡紅的臉頰更紅了一層，嗔怪道：「秦征，你做什麼？」

「阿悠，別動，讓我好好看看妳。」

說完不管陳悠的反抗，就掀開蓋在兩人身上的大紅鴛鴦錦被。春光乍現，陳悠連護都護不及，她側身趴伏在枕頭上，兩人剛剛親暱完，渾身赤裸著，這樣突然將被子掀開，陳悠整個優美的背部以及翹起的臀部都落入他的眼中。

這樣的美景，秦征卻毫無慾念，因為他看到陳悠背後那條幾乎橫跨整個背部的傷疤，讓完美的雪背添上猙獰。儘管傷疤已經淡去，還是能讓人想像到當時傷得有多重。

陳悠沒有聽到動靜，睜開眼羞赧地偷偷看向他，秦征一張五官深邃的俊容，眉間卻緊緊皺在一起。等陳悠發現他在看著什麼地方時，開玩笑道：「這可是你抽的，現在只能是你吃虧了。」

秦征放下手中燈盞，深吸一口氣擁住陳悠。「阿悠，還疼嗎？」

陳悠也看著他，搖搖頭。

「阿悠，對不起……」

他的自責反而讓陳悠低低笑出聲來，其實決定與他在一起時，她就對背後的那條傷疤釋懷了。

秦征卻緊擁著她，久久不願意放開，而後又輕易將她翻了個身，一寸寸用唇吻遍了那條疤痕。

是夜，溫柔如醉。

三年後，毅勇侯府中僕役進進出出，熱鬧非凡，老侯爺前兩年到底還是沒熬過去而撒手人寰，秦征承襲了爵位成為毅勇侯。

前院，秦征拉著剛滿兩周歲的小世子接待賓客，只是還不到半個時辰，小傢伙就喊著要娘、要去看妹妹。

今日是毅勇侯府的弄瓦之喜。

陳悠正在後院抱著女兒與清源長公主等貴婦聊天。

等到宴畢，一家四口在後院團聚。

因白日太累，兩個小傢伙都睡著了。

站在窗前，瞧著如銀盤一樣的月亮，秦征緊緊地將陳悠擁住，陳悠也將自己柔軟的身體靠在夫君寬闊的胸膛。

她聽到耳邊秦征低沈磁性的聲音。

「阿悠，現在的一切真好。」

是啊，她何嘗有幸，在漫漫人生路上，能找到攜手偕老一輩子的人。

陳悠情不自禁地揚起嘴角，轉頭吻向秦征微薄的嘴唇。

在月色下，兩個人依偎的身影拉得老長，歲月靜好，一切盡在不言中。

——全書完

文創風
414

小醫女的逆襲 5 完

國家圖書館出版品預行編目資料

小醫女的逆襲 / 墨櫻著. --
初版. -- 臺北市 : 狗屋, 2016.05
冊 ; 公分. --（文創風）
ISBN 978-986-328-595-3（第5冊：平裝）. --

857.7　　　　105003846

著作者　墨櫻
編輯　黃鈺菁
校對　黃薇霓　許雯婷
發行所　狗屋出版社有限公司
地址　台北市104中山區龍江路71巷15號1樓
電話　02-2776-5889～0
發行字號　局版台業字845號
法律顧問　蕭雄淋律師
總經銷　知遠文化事業有限公司
電話　02-2664-8800
初版　2016年5月
國際書碼　ISBN-13　978-986-328-595-3
原著書名　《医锦》

定價250元
狗屋劃撥帳號：19001626
網址：love.doghouse.com.tw　E-mail：love@doghouse.com.tw